ハヤカワ・ミステリ文庫
〈HM479-1〉

パーキングエリア

テイラー・アダムス
東野さやか訳

早川書房

8532

NO EXIT

by

Taylor Adams

Translated by

Sayaka Higashino

First published 2020 in Japan by

HAYAKAWA PUBLISHING, INC.

This book is published in Japan by

arrangement with

JOFFE BOOKS LIMITED

c/o LORELLA BELLI LITERARY AGENCY LIMITED

through THE ENGLISH AGENCY (JAPAN) LTD.

ライリーに。

目次

パーキングエリア

登場人物

ダービー・ソーン……………………………………美術専攻の女子大生
デヴォン……………………………………………ダービーの姉
マヤ…………………………………………………ダービーの母
アシュリー…………………………………………若い男
エド…………………………………………………男。サンディと同伴
サンディ……………………………………………女。エドと同伴
ラーズ………………………………………………イタチ顔の男
ジェイ………………………………………………7歳の少女

送信日時：十二月二十三日　午後六時五十二分
宛先：Fat_Kenny1964@outlook.com
送信者：amagicman13@gmail.com

今夜決行。そのあと数週間、寝泊まりする場所がいる。それと、例の件は信用していいのかな——念のため——確認したい。番号を連絡してほしい。そしたら、このメールは削除すること。こっちもそっちからのメールを削除する。

いま、コロラド州のどこかのパーキングエリアで足止めをくらってる。吹雪(ふぶき)はひどくなる一方で、取り返しのつかないことをやらかしてしまいそうだ。

そうそう、いいクリスマスを。

第一部　夕方

午後七時三十九分

十二月二十三日

「もう、うるさいってば、ビング・クロスビー」

バックボーン山道を六マイルほど走ったところで、ダービー・ソーンの車のフロントワイパーが壊れ、バスバリトンの声が二番の歌詞を歌いはじめた。今年は彼の希望どおりホワイトクリスマスになる。だから、いいかげん、黙ってくれてもよさそうなものだ。

カーラジオのつまみをまわし（どこも、ぶうんという雑音しか発しない）、左のワイパーが骨折した手首のようにぱたぱたするのをじっと見つめた。車をとめてダクトテープで固定したいけれど、いま走っている道に路肩などというものはなく、右も左も泥混じりの雪の壁がそびえている。いずれにしても、怖くて停止する気にはなれない。九十分前にジプサム（コロラド州の州都デンヴァーから百三十マイルほど西にある町）を抜けたときの雪は大きくてべたっとしていたが、標高が高くなるにつれて細かくさらさらしたものに変わってきていた。いまはそれが、疾走するヘッドライトのなかで眠りを誘うように舞い、フロントガラスいっぱいの星が筋を描いている。

　チェーン装着のこと。最後に目にした標識がそう警告していた。

　ダービーはタイヤチェーンを持っていなかった。いまのところは。彼女はいま、コロラド大学ボールダー校の二年生で、キャンパスの外に出ても〈ラルフィーのスリフトウェイ〉より遠くまで行こうと思ったことは一度もない。先月、寮の友だち何人かとそこから歩いて帰ったけれど、そのときに、クリスマス休暇はどこに行く予定かと（なかばどうでもいいけどという口調で）訊かれたとき、ダービーはそっけなく答えた――神がなんらかの行動を起こさないかぎり、ユタ州の実家には帰らない。

　どうやら、それが神の耳に届いたらしい。ダービーの母に末期の膵臓（すいぞう）ガンという試練があたえられた。

　携帯メールで。

　ダービーはそれをきのう知った。

　ぎゅぎゅっ、ぎゅぎゅっ。折れたワイパーがまたフロントガラスを叩いたが、雪がさらさらしているうえ、車のスピードがかなり出ているので、フロントガラスの視界は充分に確保されている。それよりも問題は、道路に積もりつつある雪のほうだ。黄色いセンターラインはすでに数インチの新雪に埋もれ、ときおり、雪面が愛車のホンダ・シビックの下をこするほどになっている。痰（たん）のからんだ咳のような音があがり、それがしだいにひどくなってきていた。さっきなど、強く握ったハンドルが振動したほどだ。この粉雪があと一インチ積もったら、海抜九千フィートの場所でにっちもさっちも行かなくなるだろう。ガソリンはタンクの四分の一までしかなく、携帯の電波は入らず、旅の供は千々に乱れる思いだけ。もうひとつ、ビング・クロスビーの耳障りな声も一緒だ。彼が最後のリフレインを歌いあげるのを聴きながら、ダービーはぬるくなったレッドブルに口をつけた。

ぎゅぎゅっ、ぎゅぎゅっ。

ここまでずっと、丘陵地帯となだらかな雑木林を何マイルも爆走してきた。車をとめる余裕などなかった。おなかに入れたのは頭痛薬だけ。寮の部屋の電気スタンドをつけっぱなしにしてきてしまったけれど、気づいたのはドライデンの駐車場を出たときで、引き返すにはもう遠くまで来すぎていた。胃液が喉にこみあげる。違法ダウンロードしたスクールヤード・ヒーローズとマイ・ケミカル・ロマンスの曲を、愛用のiPod（いまはバッテリーが切れている）でエンドレスで流しながら、色あせたファストフードの標示がついた緑色の標識をいくつも通りすぎた。正午をまわるころ、ボールダーがバックミラーから消え、つづいて霧に包まれたデンヴァーの街並みと駐機中の飛行機が消え、ついには小さなジプサムもしんしんと降る雪の向こうに消えた。

ぎゅぎゅっ、ぎゅぎゅっ。

ビング・クロスビーの「ホワイト・クリスマス」がフェイドアウトし、次のクリスマスソングが流れはじめた。どの曲もすでに二回、聴いている。

ホンダが急に左に振れた。レッドブルが膝に飛び散る。ハンドルがロックされたが、ダービーは胃がきりきりするのを感じながら（スリップしちゃう、スリップしちゃう）、どうにかこうにか車の制御を取り戻した。タイヤが路面をグリップする力も弱くなっていた。ひたすら前へ前へと、坂をのぼる――けれども、スピードは落ちていた。

「だめだめ、だめだって」アクセルを踏みこんだ。

オールウェザータイヤがぬかるんだ雪道をとらえたものの、それも一瞬のことで、車体が激しく上下した。ボンネットから蒸気が立ちのぼった。

「勘弁してったら、ブルー――」

ぎゅぎゅっ、ぎゅぎゅっ。

ハイスクール時代に手に入れて以来、この愛車をブルーと呼んできた。アクセルを軽く踏み、路面をグリップする感触があるか確認する。バックミラーのなかで、巻きあげられた一対の雪がブレーキランプの真っ赤な光を浴びて舞いあがった。耳障りながたがたという音が響く。ブルーの底がまた、雪面をこすったのだ。車がボートのように尻を左右に振ったそのとき――

ぎゅぎゅっ――

――左のワイパーがぽきりと折れ、くるくるまわりながら飛んでいった。

ダービーはがっくりきた。「ああ、もう！」

襲いかかる雪がフロントガラスの左半円に張りつき、無防備なガラスに猛烈ないきおいで積もっていく。すでにかなりスピードを落としている。わずか数秒のうちに、州道七号線は視界がほとんどきかない状態となり、ダービーはハンドルを殴りつけた。誰も聞いていないなかにクラクションが鳴り響いた。

こうやって人は死ぬんだと悟り、思わず身震いした。雪嵐のなか、人里離れた場所で身動きが取れなくなって、ガス欠する。

そして凍え死ぬ。

レッドブルに口をつけた――空（から）だ。

ラジオを消し、道路状況を確認しようと助手席に身を乗り出して記憶をたどる――きょう、最後に見た車はなんだっけ？　どのくらい前だった？　ドアにコロラド州運輸局（CDOT）とステンシルされたオレンジ色の除雪車が、氷片を噴きあげながら右の車線沿いを走っていた。少なくとも一時間は前だ。あのときはまだ、太陽が顔を出していた。

いまや灰色のランタンと化した太陽は、のこぎり歯のような山頂の向こうに消えかけ、空がしだいに濃い紫色に染まりつつある。凍てついたモミの木がごつごつしたシルエットに変わっていく。平地が闇に沈む。三十マイルほど手前でシェルのガソリンスタンドの前を通りかかったときは、看板にマイナス十五度の表示が出ていた。おそらく、いまはもっと低くなっているだろう。

そのとき、それが見えた。右前方、雪だまりに緑色の標識が半分埋もれている。標識はじわじわと近くなり、ホンダ車の泥まみれのヘッドライトを受けて、一瞬だけ光った。**死亡事**

故ゼロ三百六十五日継続中。

雪嵐のせいで、この数字は何日か前のまま更新していないのだろうけど、それでもなんだか気味が悪い。ちょうど一年だ。そう考えると、今夜は不吉な記念日のように思えてきた。趣味にしている墓石の拓本蒐集と同じ、奇妙なほど個人的な感じがする。

そのうしろから、べつの標識が現われた。

この先、パーキングエリアあり。

ぱっと見ただけで全容がわかる程度のものだった。

横長の建物（ビジターセンター、手洗い、もしかしたらボランティアが運営するコンビニエンスストアかコーヒーショップもあるかもしれない）が風に吹かれたモミの木立とひびの入った岩肌のあいだに埋もれていた。旗のない旗ざお。輪切りにした古い丸太。腰まで雪に埋もれた何体ものブロンズ像は、地元の医師なり開拓者なりを讃えるため、税金で作ったものだろう。少し離れたところに駐車スペースがあり、車がわずかながらとまっていた――自分と同様、立ち往生したドライバーが除雪車の到着を待っているのだろう。

ボールダーを出発して以来、何十というパーキングエリアを通りすぎてきた。これよりも大きいものもあったし、ほとんどはもっとましで、ここまで人里離れたものはひとつもなかった。しかしどうやらここが、運命に選ばれた場所のようだ。

お疲れですか？　青い看板が尋ねる。**無料のコーヒーあります。**

それと最近のものだろう、ブッシュ時代に設立された国土安全保障省のワシの紋章が描かれた看板もある——**不審なものを見かけたら関係者にお知らせください。**

進入車線の終点に現われた最後の標識はT字形だった。トラックとキャンピングカーは左に、小型車は右に行くよう指示している。

ダービーはあやうくその標識に突っこみそうになった。

大雪のせいでフロントガラスはまったく見通せず——右のワイパーもまともに動かなくなっていた——ダービーはサイドウィンドウをおろし、てのひらで雪を丸くどけた。潜望鏡をのぞきながら運転している気分だった。駐車スペースを探す手間はかけず——ペンキで描かれた線も縁石もどうせ三月までは見えない——愛車ブルーを窓のない灰色のバンに寄り添うようにとめた。

エンジンを切り、ヘッドライトを消す。

静寂。

手がまだ震えている。最初にスリップしたときに出たアドレナリンがまだ残っていた。ダービーはまずは右手を、つづいて左手をぎゅっと握り（息を吸って、五まで数えて、息を吐いて）、フロントガラスに雪がたまっていく様子をじっと見つめた。十秒もすると、さっき雪を丸くどけたところはすっかり見えなくなった。三十秒後には暗さを増す氷の壁に封じこめられてしまい、明日の正午までにユタ州プロヴォにたどり着くのは不可能だという現実を突きつけられた。この楽観的とも言える到着予定時刻は、雪嵐のなかをひた走って真夜中までにバックボーン山道を越え、午前三時までにヴァーナルの町にたどり着き、そこで仮眠を取るという皮算用のもとにはじき出したものだ。まもなく午後八時になる。仮眠もトイレもがまんしてひたすら走りつづけたとしても、手術の前に母と話すのはもう無理だ。その時間枠は、ニュースアプリに表示されるべつの山道と同じく、〝無期限に閉鎖〟されている。

しかたない、手術のあとだ。

そのときに話そう。

ホンダの車内は真っ暗になっていた。全部のウィンドウに雪がみっしりと積もり、北極の洞窟のなかにいるように思えてくる。iPhoneを確認しようと、液晶の明かりに目をこらす――圏外で、バッテリー残量は九パーセント。最後に受信したメッセージがひらきっぱなしになっている。最初に読んだのは、ジプサムあたりを走行中、凍って滑りやすくなった土手道を渡っているときだった。時速八十五マイルで飛ばしていると、てのひらのなかで小さな画面が振動した――**いまのところオーケー**。

いまのところ。ぞっとするような限定句。けれども、とりわけぞっとしたのはそこではない。

姉のデヴォンは絵文字で考えるタイプだ。メッセージもツイッターの投稿も句読点を使わず、筋道の通った考えを模索して、ひたすら言葉を連ねることが多い。けれども、今度のはそうじゃなかった。〝OK〟と略さずに〝オーケー〟とつづっているし、文末にピリオドを打っている。そんなささいなことが、ダービーの胃に潰瘍のように取り憑いていた。口ではうまく言えないけれど、ユタ・ヴァレー病院でなにが起こっているにせよ、〝オーケー〟どころの騒ぎではなく、キーパッドで表現できるものではないということだ。

こんなに短いメッセージなのに。

いまのところオーケー。

そして不出来なふたりめの娘ダービーは、バックボーン山道の頂上の少し手前にあるわびしいパーキングエリアで立ち往生している。世界の終わりのような猛吹雪のなか、ロッキー山脈を越えようとしたものの失敗したからだ。海抜何マイルもの高所で、ワイパーの壊れた九四年型ホンダ・シビックの車内に閉じこめられ、携帯はバッテリーが切れかけ、謎めいたメールが頭のなかで煮えたっている。

ママはいまのところオーケー。いったい全体、どういう意味なのよ。

ダービーは少女のころから死というものに強い興味を抱いていた。祖父母は健在だから、いまも死は抽象的な概念でしかなく、旅行客のように訪れて探索する対象だ。ダービーは墓石の拓本をとることに情熱を注いでいる。薄い紙を墓石にテープでとめ、黒いクレヨンか蠟(ろう)でこすって、詳細に写し取るのだ。とても美しい。集めた数は何百にものぼり、そのうちの何枚かは額に入れて飾っている。無名の人のものもあるし、有名人のものもある。去年はデンヴァーで柵を乗り越え、バッファロー・ビル（アメリカ西部の開拓者）の墓の拓本をとった。若いながら死に強く惹かれる、この奇妙な趣味のおかげで、いずれそれが自分の人生に訪れたときには、受け入れる覚悟ができるのではないかと、長いことずっと思っていた。

そうはならなかった。

しばらくは、暗い車内でデヴォンからのメールを何度も何度も読んでいた。それからふと気がついた。この冷えきった車内でひとり、いつまでも考え事をしていたら、声をあげて泣いてしまいそうだし、そんなことはこの二十四時間、さんざんやってきたことではないかと。ここでいきおいを失うわけにはいかない。あの泥沼にふたたび沈むわけにはいかないのだ。人里から遠く離れた場所で大雪で立ち往生しているブルーと同じ――うかうかしていたら、のみこまれてしまう。

息を吸って。五まで数えて。息を吐いて。

前に進もう。

そこで彼女はiPhoneをポケットに入れ、シートベルトをはずし、〈ボールダー・アート・ウォーク〉のロゴが入ったフードつきパーカの上からウィンドブレーカーをはおると、このみすぼらしいパーキングエリアにうたい文句どおりの無料のコーヒーだけじゃなく、Wi-Fiがありますようにと心のなかで祈った。

ビジターセンターに入ってまず目についた人に尋ねたところ、相手の男性は壁に貼られた安っぽいラミネート加工の案内を指さした――コロラド州運輸局と〈ロードコネクト〉との提携により、当施設内でWi-Fiが利用できます。

男性がうしろに立った。「そ、そいつは……金がかかるらしいぞ」

「払います」

「少し高すぎやしないか」

「いいんです、払います」

「ほら、見てごらん」男は指で示した。「十分につき三ドル九十五セントも――」

「どうしても電話しなきゃいけないんです」

「時間は？」

「そんなのわかりません」

「二十分以上使うなら、〈ロードコネクト〉一ヵ月有効のパスを利用したほうがいいんじゃないかな。たったの十ドルで――」

「もうけっこうですってば、おじさん。かまわないでください」

強く言い返すつもりはなかった。ここではじめて、目の前の赤の他人を蛍光灯の無味乾燥な光のもとでまじまじと見つめた――五十代後半、〈カーハート〉の黄色いワークシャツ、片耳のイヤリング、白髪交じりのやぎひげ。悲しい目をした海賊を思わせる。この人も立ち往生してここにいるのだろうし、ただ力になろうとしてくれただけだということを自分に言い聞かせた。

いずれにしろ、ｉＰｈｏｎｅは無線接続できなかった。ネットワークが表示されるかと、親指で画面をスクロールする。

だめだ。

さっきの男は席に戻った。「罰があたったな、え？」

ダービーは聞き流した。

昼間のあいだはコーヒーハウスとして機能していたのだろう。けれどもいまは、がらんとしたなかに明かりだけが煌々と灯り、営業終了後のバス乗り場を思わせる。コーヒー・スタンド（その名も〈エスプレッソ・ピーク〉）はシャッターがおろされ鍵がかかっている。その奥にあるのは、アナログなボタンと黒ずんだドリップトレイがついた業務用コーヒーマシンが二台。ぱさついたような菓子パン。黒板メニューには、ばか高くて甘いだけのこじゃれたドリンクが何種類か書いてある。

ビジターセンターは長方形のワンルームで、奥に公衆トイレがついている。木の椅子と大きなテーブルが置かれ、壁沿いには長椅子が並んでいる。その近くには自動販売機が一台と、ツアーパンフレットを並べたラック。窮屈であると同時にだだっ広く、トイレ洗剤のきついにおいがただよっていた。

うたい文句の無料のコーヒーはどこ？〈エスプレッソ・ピーク〉の石とモルタルでできたカウンターに、積み重ねたスタイロフォームのカップとナプキンが置かれ、保温プレートにのったサーバーが二個、扉に守られている。ひとつはＣＯＦＥＥ、もうひとつはＣＯＣＯというラベルが貼ってあった。

州の職員のくせに、ふたつともスペルをまちがってる。

ふと見ると、足首の高さのところのモルタルがひび割れ、石がひとつ緩くなっていた。軽く蹴るだけではずれそうだ。それがダービーの強迫神経症的なところに火をつけた。さかむけをむかずにはいられなくなるのと同じだ。

イナゴが翅（はね）をこすり合わせるような、ぶうんという小さな音も聞こえてくるが、予備の電源でもあるのだろうか。あるならＷｉ-Ｆｉをリセットできるかもしれない。やぎひげの男に向き直った。「ここに公衆電話はありますか？」

男は顔をあげ――おや、まだいたのか、というように――首を横に振った。

「そちらの携帯電話は電波を受信してますか？」ダービーは尋ねた。

「ホワイト・ベンドを最後にさっぱりだ」

心が沈んだ。壁の地域図によれば、このパーキングエリアはワナパ（ざっくり訳すなら〝小さな悪魔〟という意味で、この地に住むパイユート族にちなむ）と呼ばれている。二十マイル北にもパーキングエリアがあり――ワナパニというまぎらわしい名前がついているが、こちらは〝大きな悪魔〟という意味だ――さらに十マイルくだったところにホワイト・ベンドの町がある。猛吹雪（スノーマゲドン）、豪雪（スノーポカリプス）、雪嵐（スノージラ）、気象学者が今夜の雪をどう呼ぶか知らないが、とにかくいまの状況ではホワイト・ベンドは月にあるも同然で――

「ぼくは外で受信できたけど」べつの男の声がした。

うしろから。

ダービーは振り返った。玄関のドアに男がひとりもたれ、片手をドアノブにかけていた。さっき入ってきたとき、すぐそばを通ったはずなのに（どうして気づかなかったんだろう?)。男は長身で肩幅が広く、ダービーよりも一歳か二歳上に見えた。てかてかした髪をうしろになでつけ、緑色の〈ノース・フェイス〉のジャケットをはおり、はにかんだような笑みを浮かべていて、ルームメイトがコンパしている集まりのメンバーのひとりだと言ってもおかしくない。「アンテナは一本しか立たなかったし、ほんの数分だけだったけど」と彼はつけくわえた。「ぼくが使ってる携帯は、えっと、Tモバイルのやつ」

「わたしも同じ。場所は?」

「外の像があるあたり」

ダービーは、電話を一本かけるだけのバッテリーが残っていればいいけれど、と思いながらうなずいた。「あの……除雪車がいつ来るかわかる人はいる?」

ふたりとも首を横に振った。男ふたりにはさまれているのは不便だ。首を右に左にめぐらさなくてはならない。

「緊急放送は軒並みダウンしているようだ」年配のほうが、カウンターの上の九〇年代のものとおぼしきAM/FMラジオを示した。さっき聞こえた、昆虫の羽音のようなぶうんという音の出所はそれだった。防犯対策で、檻のような囲いがされている。「おれが着いたときは、交通情報とESAを三十秒間隔で流してたけどな」とつけくわえる。「だがいまはうんともすんとも言わない。放送局の送信機が雪に埋もれちまったんだろう」

ダービーは柵の隙間から手を入れ、アンテナをまっすぐにした。不明瞭なノイズの高さが変わった。「それでもビング・クロスビーよりはまし」

「ビング・クロスビーって？」若いほうの男が訊いた。

「ビートルズのメンバーさ」年配の男が答えた。

「ふうん」

ダービーはどうしたわけか、年配の男に好感を持ちはじめ、さっき、Ｗｉ－Ｆｉのことでつっけんどんな受け答えをしたことを後悔した。

「音楽はよく知らなくて」若いほうは白状した。

「そうらしいな」

大きなテーブルにへりのめくれたトランプがひと組置いてあるのが見えた。吹雪で立ち往生した赤の他人がふたり、テキサス・ホールデムに興じているようだ。

手洗いでトイレの水が流れる音がした。

赤の他人が三人、とダービーは人数を修正した。

携帯電話をジーンズのポケットに入れたところで、男ふたりがまだ自分のほうをじっと見ているのに気がついた。前にひとり、うしろにひとり。

「おれはエドだ」年配のほうが言った。

「アシュリー」若いほうが言った。

ダービーは名乗らなかった。玄関を出て、零下の寒さのなかに戻り、上着のポケットに両手を突っこんだ。扉が自然に閉まりはじめ、年配の男が若い男にこう言うのが聞こえた。

「おいおい。あんた、アシュリーっていうのか？　女みたいな名前だな」

若いほうは不満の声をあげた。「べつに女の名前と決まってるわけじゃ――」

ドアが閉まった。

外はすっかり暗くなっていた。すでに陽は落ちている。舞い落ちる雪が、玄関を上からひろく照らす屋外照明の光を受け、毒々しいオレンジ色に染まっている。けれども吹雪は少し前から弱まっているようだ。暗さを増す夜を背景に、遠くの山並みが見える。ごつごつした山容が、木々の合間に見え隠れしている。

ダービーはウィンドブレーカーを首もとにかき寄せ、ぶるっと身震いした。

若い男――アシュリー――が言った何体かの像は、パーキングエリアの南側、旗ざおとピクニックエリアの先にある。さっき通った進入車線の近くだ。いまいる場所からだとほとんど見えない。雪に半分埋もれた輪郭が見えるだけだ。

「あのさ」

ダービーは振り返った。

アシュリーがいた。うしろでドアがかちりと閉まるのを待ってから、足を高くあげるようにして雪のなかを進み、ダービーのそばまでやってきた。「一カ所だけ……これという場所が一カ所だけあるんだ。電波が受信できる唯一の場所。アンテナは一本しか立たないけど。メールを一本送るのがせいぜいかもしれない」

「それで充分」

アシュリーはコートのファスナーを締めた。「案内するよ」

　ふたりでアシュリーがその場所まで行ったときにつけた足跡をたどる途中、足跡の上に数インチほどあらたに雪が積もっているのにダービーは気がついた。彼がいつからここに足止めされているかと気になったけれど、尋ねはしなかった。

　建物から少し遠ざかってみると、この場所が絶壁の上にあるのもわかった。トイレの奥の壁の向こうに、裸になった梢が見え、そこに崖があるのを示している。あたり一面、雪で覆われているせいで高低差がわかりにくく、どこから崖になっているのか、はっきりしない。一歩踏み誤ったら、命にかかわりそうだ。それにこの高さまで来ると、生えている植物も無愛想な感じがする――ベイマツは強風で不気味な形にねじ曲がり、枝はごつごつと不自然にこわばっている。

「ありがとう」ダービーは礼を言った。

　アシュリーは聞いていなかった。ふたりは腰まで積もった雪のなかを、両腕を前にのばしてバランスを取りながら進んだ。歩道をはずれると、雪はさらに深くなった。ダービーのコンバースはすでにぐっしょりとなかまで濡れ、足の指がかじかんでじんじんいっている。

「じゃあ、みんなからアシュリーって呼ばれてるの？」彼女は訊いた。

「うん」

「アッシュとかじゃなく？」

「なんでそう呼ばれなきゃいけないのかな」

「訊いてみただけ」

またもビジターセンターを振り返ると、建物にひとつだけある窓の琥珀色の光のなかに人が立っているのが見えた。すりガラスごしにダービーたちをうかがっている。さっきの年配の男（エド）なのか、まだ見ぬ第三者なのかははっきりしない。

「アシュリーは女にしかつけない名前じゃないよ」一歩一歩、雪を踏みしめるように歩きながら彼は言った。「男の名前としてもりっぱに通用する」

「もちろん」

「『風とともに去りぬ』のアシュリー・ウィルクスとか」

「わたしも同じことを考えてた」ダービーは言った。適当に話を合わせておくほうが気が楽だ。それでも、脳の一部ではどうしても気を許すことができず、こう考えていた。そんな古くさい映画にくわしいくせして、ビートルズが何者かも知らないの？

「アシュリー・ジョンソンもいる」彼は言った。「世界的に有名なラグビー選手だ」

「それって出まかせでしょ」

「出まかせじゃないよ」彼は遠くを指さした。「ごらん。メラニーズ・ピークが見える」

「え？」

「メラニーズ・ピーク」彼は照れくさそうな顔をした。「ごめん、しばらくここで足止めをくらってるもんだから、案内所にあるものを片っ端から読んだんだ。あそこに大きな山があるだろ？　誰かが奥さんにちなんで名づけたらしい」

「ロマンチックね」

「うん。奥さんのことを冷淡で無愛想な女と言ってなければだけど」

ダービーはくすくす笑った。

ふたりはつららになった像のところまで来ていた。像は何体もあった。どういう意図で作られたものか説明する銘板のたぐいがあるはずだが、おそらく雪に埋もれているのだろう。どの彫刻も子どものように見える。走ったり、飛び跳ねたりして、遊びまわる姿のブロンズ像が氷に覆われている。

アシュリーが野球のバットを振っている像を指さした。「あそこだ。ちびっ子野球選手がいるあたり」

「ここ?」

「うん。そこで信号が拾えた」

「ありがとう」

「あのさ……」彼は落ち着かなさそうに両手をポケットに突っこんだ。「ぼくも近くに、いたほうがいい?」

沈黙。

「わかるだろ。だって万が一――」

「気にしないで」ダービーはうそ偽りのない笑みを浮かべた。「わたしなら大丈夫。ありがとう」

「そう言ってくれないかなと思ってたんだ。外はくそ寒くて」彼は気さくにほほえむと、肩ごしに手を振りながらオレンジ色の光に向かって引き返しはじめた。

「また、あとで」

像のなかにひとり残されてはじめて、それらがいかに不気味かに気がついた。子どもたちはどれも、どこかしら欠けていた。彫刻家は天然の青銅の塊を使い、ぱっと見には意味のわからない奇妙な形に溶接してあるのだが、暗いなかで見ると妙な想像力が働いてグロテスクに見えてしまう。左の少年の像、アシュリーが野球少年と呼んだバットを振っている像はあばら骨があらわになっている。ほかの像も肉をえぐられ、ずたずたになったか細い腕を振っている。アシュリーはなんて言ってたっけ？　悪夢の子どもたち、だ。ピットブル犬に襲われ、骨に達するほど歯を立てられた被害者の集団といった趣だ。

彼は二十フィート向こうにいて、休憩所のオレンジ色の光を受け、ほぼシルエットと化している。ダービーは振り返り、彼の背中に呼びかけた。「ねえ、待って」

彼は振り返った。

「ダービー」彼女は言った。「わたし、ダービーっていうの」

彼の顔がほころんだ。

力になってくれてありがとう、と言いたかった。赤の他人のわたしに親切にしてくれてありがとう。頭のなかでそう思ったが、口に出しては言えなかった。ふたりはたがいに視線をそらし、タイミングは消え失せ……

ありがとう、アシュリー――

彼はどんどん遠ざかっていく。

そこでまた彼は考えなおしたように、ふたたび足をとめ、最後にひとこと言った。「考えてみれば、ダービーは男の名前だよね」

彼女は大声で笑った。

引きあげていくアシュリーを見送ってから、スイングの途中で凍りついている像のバットに背中をあずけ、雪が舞い落ちるなか、ｉＰｈｏｎｅを高くかかげた。目を細くして、画面の左上隅を見つめる。

圏外。

暗闇のなか、しばらく待った。画面の右隅を見ると、バッテリー残量が六パーセントまで落ちていた。充電器は寮のコンセントに差したままだ。二百マイルも離れたところにある。

「どうかお願い」ダービーは押し殺した声で言った。「お願い、神様……」

圏外なのは変わらなかった。歯をかちかちいわせながら、姉が送ってきたメッセージにもう一度目を通す。**ママはいまのところオーケー。**

オーケーは英語のなかで最悪の単語だ。状況の説明がなければ、なんの意味も持たない。母のマヤはよくなっているという意味にもなるし、病状が悪化しているという意味にもなる。あるいは、単に……あいかわらずという意味かもしれない。

膵臓ガンは診断から数週間、場合によっては数日で死にいたるため、迅速な殺し屋と一般に言われているが、それは正しくない。実際には何年もかけ、じわじわと体をむしばんでいく。初期のステージでは症状が自覚できないだけで、宿主の体内でこっそりと増殖をつづけるため、黄疸や腹部の痛みなどの症状が出たときには、すでに手遅れになっているだけだ。考えると背筋が寒くなる。ダービーがハイスクールに通っていたころには、母の体内にガン細胞が存在していた。財布のなかに〈シアーズ〉のちぎれた値札が入っていた理由をでっちあげたときにも、存在していた。日曜の夜中の三時に、手首に緑色の蛍光ブレスレットをはめ、質の悪いエクスタシーをキメてふらふらになりながら車で帰宅すると、母が玄関ポーチでわっと泣きだし、〝この不良娘〟と呼んだときにも存在していた。その目に見えない存在はずっと前から母の肩にとまって聞き耳を立てていたし、母はじわりじわりと死に向かっていたのに、ダービーも母もそれにはまったく気づいていなかった。

母と最後に言葉をかわしたのは感謝祭のときだった。電話で一時間以上も激しくやり合ったけれど、最後の数秒がダービーの心にいまも強く残っている。

あんたのせいでパパは家を出てったのよ。そう言われたのを覚えている。あんたじゃなくパパを選べるなら、そうしてたわ。一も二もなくね。

一も二もなくじゃないわよ、マヤ。

すでに皮膚の上で凍りかけている涙を親指でぬぐった。身を切るような冷気に息を吐き出す。いまごろ母は、ユタ・ヴァレー病院で手術の準備を受けているだろうけれど、ダービーはロッキー山脈の奥深くにある、さびれたパーキングエリアで足止めをくっている。

しかも、あまり長いことブルーをアイドリングさせておくだけの燃料もない。ビジターセンターなら少なくとも暖かいし、電気も来ている。好むと好まざるとにかかわらず、エドとアシュリー、それに誰だかわからないけれど、さっきトイレで水を流した人物と雑談に興じることになるだろう。何世紀も前にこんなような山で金鉱掘りや入植者たちが避難したように、四人で気の抜けたコーヒーをちびちび飲みながら、キャンプファイアを囲んでするような話を披露し、除雪車がいつ到着するのか根拠のない情報を求めてラジオに耳をすます光景を思い描いた。フェイスブックの友だちが何人かできるかもしれないし、ポーカーを教われるかもしれない。

あるいは、自分のホンダ車のなかで凍死するか。

どちらの選択肢もひとしく魅力的だ。

いちばん近くにある像に目を向ける。「長い夜になるみたいだね、坊や」最後にもう一度、iPhoneを確認したが、アシュリーが奇跡的に電波を拾ったというこの場所にはもうなんの期待もしていなかった。けっきょくバッテリーを無駄にして、しもやけになっただけだった。

「めちゃくちゃ長い夜になりそう」

頭の片隅にあらたな偏頭痛がしのび寄ってくるのを感じながら、ビジターセンターに引き返しはじめた。吹雪がふたたびいきおいを増し、山々は吹きさらしの雪に覆われていた。うしろから吹きつける突風でモミの木がしなり、着ているジャケットがぴんと張る。ダービーは無意識に、歩きながら駐車場にとまっている車の数を数えた——三台プラス、自分のホンダ。灰色のバン、赤いピックアップトラック、それになんだかわからない車。どれも降り積もる雪になかば埋もれている。

途中、駐車場をぐるっとまわり、身動きの取れないささやかな車の一群を見てまわった。べつに深い意味はなかった。その後、ダービーはこの無意識にくだした判断を何度となく振り返るのだが、そのたびに、アシュリーの足跡をたどって戻っていたらこのあとの展開はどうちがっていただろう、と自問することになる。

並んだ車のわきを通りすぎた。

いちばん手前は赤いトラックだった。荷台に砂袋が積まれ、蜘蛛の巣のようなチェーンを巻いている。ほかの車よりも積もっている雪が少ないことから、到着してそう時間はたっていないようだ。三十分くらいだろう。

次の車は完全に埋もれ、もとの形が判然としない、単なる雪の山になっていた。ボディの色すら見分けられず、もしかしたら大型ごみ容器かもしれない。横幅があって角張っている。四台のなかでいちばん長くここにあるのだろう。

三台めはブルー、ダービーの大事な相棒のホンダ・シビックだ。運転を覚え、大学まで持っていき、バージンを捨てた（その三つは同時ではないけれど）車。左のワイパーは一マイル手前の雪だまりに飛んでいってしまった。パーキングエリアにたどり着けただけでも運がよかったのだ。

最後の一台は灰色のバンだった。

そこでダービーはとまっている車のあいだを抜け、五十フィートほど先にある玄関に行くことにした。灰色のバンと自分のホンダのあいだを、自分の車のドアに寄りかかるようにバランスを取りながら通ろうとした。

バンの側面には、映画『ズートピア』のニック・ワイルドを模した、オレンジ色のキツネのイラストが描かれていた。キツネは、スパイが拳銃をかまえるような恰好でネイルガンを手にし、建築業か修理業の宣伝をしているようだ。会社の名前は雪で隠れているが、うたい文句は読めた――**完璧な仕事がモットーです**。バンにはリアウィンドウがふたつついていた。右側はタオルでふさがれていた。左はなかが見え、反射した外灯の光が射しこんでいた。そこを通ったとき、なかに白っぽいものがちらりと見えた。手だ。

人形のような小さな手。

ダービーは足をとめ、息をのんだ。

その小さな手は、凍てついたガラスの向こうにある鉄格子のようなものを握っていたが――自分の神経のはたらきを学んでいる子どものようなばらばらの動きで、白い指が一本ずつひらいていき――唐突に闇のなかに引っこんだ。視界から消えた。その間、三秒か、せいぜい四秒というところだったが、ダービーは衝撃のあまり言葉が出なかった。

ありえない。

車内からはなんの音も聞こえてこない。なんの動きもなくなった。

ダービーはそろそろと近づき、目のまわりを両手で囲ってウィンドウからなかをのぞきこんだ。まつげが冷たいガラスにこすれる。真っ暗でほとんど見通せないが、さっき小さな手が引っこんだあたりに、ナトリウム灯の淡い光を受けて三日月の形に光るものが見えた。円形のダイヤル錠だ。それが、さっき子どもの手が握っていた鉄格子にはまっている。まるで子どもを犬小屋につないでいるみたいに。

そこで大きく息を吐き出すと――それが間違いだった――ウィンドウが息でくもった。けれどもたしかに見えた。見落としようがなかった。

ダービーはあとずさった。ドアに手の形が残り、心臓の鼓動に合わせ、首がどくんどくんと脈打ちはじめた。それがしだいに強くなっていく。

この車に……

この車に子どもが閉じこめられている。

午後八時十七分

ダービーはビジターセンターに戻った。

アシュリーが顔をあげた。「どうだった？」

彼女は答えなかった。

彼は木のテーブルについて、エドとトランプをしていた。エドの隣にはじめて見る女性——妻のようだ——がいた。四十代だろうか、神経質そうな感じで、黒い髪をマッシュルームカットにして、しわ加工の黄色いパーカをはおり、手に持ったタブレットでアニメーションで動くあぶくをせっせとつぶしている。トイレにいたのは彼女だったのだ。

背後でドアが閉まるかちりという音を聞きながら、ダービーは心のなかで三人の容疑者を数えあげた。おしゃべり好きなアシュリー、暗い目をしたエド、そしてエドの野暮ったい妻。

灰色のバンはこのなかの誰の車だろう。

ひどすぎる、バンに子どもを乗せたままにするなんて。

しかも、檻のようなものに入れた状態で。

ふたたび記憶がよみがえった。口の奥に生牡蠣（なまがき）の味がした。脚ががくがくする。腰をおろしたいのに、怖くてできない。

三人のうち誰かがあんなことを――

「ドアをちゃんと閉めてくれよ」エドが言った。

何事もなかったかのように、トランプが再開された。アシュリーは自分のカードに目を走らせ、横目でエドを見た。「ハートの四はある？」

「あいにくだったな。スペードの二はあるか？」

「ない」

なにかおかしい、とダービーは気がついた。計算が合わない。外には自分のをべつにして三台の車がある。ここにいる容疑者は三人。でも、エドと妻はほぼまちがいなく同じ車に乗ってきたはず。そうよね？　だとすると、パーキングエリアには四人めの人物がいることになる。だとしても、どこに？

アシュリー、エド、そしてエドの妻と視線を移しながら、建物のなかをぐるりと見まわした。つかみどころのない恐怖で心臓がばくばくいっている。ここじゃないとしたら、いったいどこに――

そのとき、うなじに生温かい息がかかった。うしろに誰か立っている。

「クラブのジャック」

「ない」

ダービーは産毛(うぶげ)が逆立つのを感じながら、身動きひとつせずにいた。冷たいものが背筋を這いおりる。振り返りたいけれど、できない。金縛りにあったように体が動かなかった。

すぐうしろに人がいる。

男の息がうなじにかかった。荒い鼻息に髪が浮きあがり、素肌がむずむずする。弱々しい口笛のような音が耳もとを通りすぎていく。なぜだか、最初からこの四人めの人物は男だとわかっていた――女はこんなふうに息を吐かない。男との距離は十八インチもない。背中に触れるほど、あるいは首に腕をまわされ、のど笛に指をかけられるほど近い。

振り向いて四人めの人物と対面したかったが、ふわふわと奇妙な感覚に襲われた。悪夢のなかでパンチを繰り出そうとするのに似ていた。

振り向いて、と自分を叱咤する。いますぐ振り向くの。

目の前ではトランプがつづいている。「ハートのクイーンはある？」

「ああ、あった。ほらよ」

「ダイヤの九は？」

「ない」

背後で、数秒間、呼吸の音がとまり――もしかしたらすべて気のせいだったのかもと、ほんの一瞬思うほど長い間だった――つづいて、いままでに増して大きく吸いこむ音がした。口呼吸だ。ダービーは無言で突っ立ちながら、またやってしまったと気がついた。入ってくるとき、左隅を確認しなかった。

じれったいわね、ダービー。さっさと振り返りなさいよ。

うしろの男と向き合いなさいってば。

ようやく意を決して振り返った。

ゆっくりと、さりげなく、片方のてのひらを上に向け、エドに言われたとおり、ドアがちゃんと閉まっているか確認するだけよというように向きを変えていった。やがて、男と向かい合った。

ひどくのっぽな男だった。背は高いが猫背で、がりがりにやせていて、どう見ても十九より上には見えない。にきび面でイタチのような顔立ち、嚙み合わせが極端に深く、不恰好な顎にうっすらひげが生えている。デッドプールのニット帽に淡いブルーのスキージャケット。やせた肩が解けた雪で濡れているのは、彼も外にいたからだろう。男がにらみつけるように見つめてくるので、ダービーも見つめ返し――はしばみ色の小さな瞳は齧歯類を思わせる――それからはにかんだようにほほえんだ。

イタチ顔の息は、ミルクチョコレートに嚙み煙草のスコールの饐えたにおいをくわえたような、いやなにおいを発していた。男の右腕が唐突にあがった――ダービーは思わず身をすくめた――が、腕はダービーを通りこしてドアを押した。デッドボルト錠がかかるかちりという音とともにドアが閉まった。

「ありがとうな」エドは言うと、アシュリーに目を戻した。「ハートのエースはあるかい?」

「ううん」

ダービーは視線をそらし、男のそばを離れた。心臓が肋骨にぶつかるほど激しく鼓動する。足音がやけに大きく響く。手の震えを隠そうと両手を強く握り、ほかの三人と同じテーブルについた。椅子を引き、アシュリーと中年夫婦のあいだに割って入ると、木製の脚がタイルを叩いた。

その耳ざわりな音にアシュリーが歯ぎしりした。「えーっと、ハートの九」

「くそ」

エドの妻が肘をぴしゃりと打つ。「汚い言葉を使わないで」

イタチ顔がまだ、例の濁った目で舐めまわすように見ているのがわかる。ダービーは体がこわばって――異様なほどこわばっているのに気づき、すわったまま少し姿勢を崩すと、iPhoneで暇つぶしをしているふりをした。膝をテーブルのところまで抱えあげる。いま彼女は芝居をしていた。墓石の拓本を山と積んだホンダ車に、携帯のバッテリーが息も絶え絶え状態の、美術専攻の学生で、ほかのみんなと同じく、文明の果てのようなこの場所で足止めをくっているだけというように。無害な、コロラド大学ボールダー校の二年生にすぎないと。

男はいまもドアのそばに立っている。まだダービーの様子をうかがっている。

ダービーは心配になってきた。まさか気づかれてる？　西向きの窓から外を見ていて、彼女がバンをのぞきこんでいるのに気づいたのかもしれない。あるいは彼女の足跡を見つけたとか。そうでなければ、ぴりぴりした様子で心臓をばくばくいわせながらロビーに入ってきたときの様子で、ばれたのかも。ふだんのダービーはうそがうまいけれど、今夜はちがう。いまはちがう。

自分が見たものについて、あたりさわりのない説明を考えてみる——たとえば、四人のうちの誰かに、まだ話に出ていない子どもがいて、バンの後部ですやすや眠っているだけ、というような。それなら納得がいく。そうよね？　そういうことはよくあるはず。休憩施設はそのためにあるんだもの。休憩するために。

けれども、それでは円形のダイヤル錠がちらりと見えた説明がつかない。小さな手が格子を握っていた説明も。そう言えば、後部ウィンドウにわざとらしくタオルがかけてあって、なかの様子が見えないようになっていた。そうよね？

わたしの反応は大げさすぎる？

そうかもしれないし、ちがうかもしれない。考えが千々に乱れる。カフェインによる高揚感が薄れてきていた。どんなものでもいいからコーヒーが飲みたい。

大げさな反応と言えば、外にいるときにすでに９１１に緊急通報しようとこころみていた。あいかわらず電波は来ていなかった。悪夢の子どもたちの近く、アシュリーから教わった魔法の場所で、さらに何度かためしてみた。９１１にメールを送りもした——携帯メールは必要とされる帯域のほんの一部しか使用しないから、圏外から助けを求めるには最善の方法であると、以前、なにかで読んだのを思い出したのだ。しかし、それもだめだった。**児童誘拐、灰色のバン、ナンバーはＶＢＨ９０４５、州道七号線、ワナパのパーキングエリア、警察の**

出動を求む。

〝送信できませんでした〟というテキストメッセージが画面に表示されている。ダービーはイタチ顔に肩ごしにのぞきこまれた場合を考え、メッセージを閉じた。

そのあと、バンの後部ドアをあけようともした（盗難防止アラームがついていたら取り返しのつかないことになっていた）けれど、鍵がかかっていた。当然だ。施錠していないはずがない。そのあともしばらく車のそばにとどまって、目のまわりを両手で囲って暗闇をのぞきこんだり、こぶしでウィンドウを軽く叩いたりして、さっきの小さな人影をもう一度動かそうとした。うまくいかなかった。バンの内部は真っ暗で、後部ドアの前には毛布とがらくたが山と積まれていた。小さな手が見えたのはほんの数秒のことだった。それでも充分だった。気のせいなんかじゃない。

そうよね？

そのとおり。

「スペードのエース」

「こんちくしょうめ」

「エディってば、サンディ。下品な言葉を――」

「黙れ、サンディ。いいか、おれたちは雪のせいで、コロラドにある税金で建てたくそみたいな場所で足止めをくらってるし、あと少しでクリスマスだ。家に帰ったら罰金箱に二十ドル入れてやる。それで文句はないだろ？」

黒髪をマッシュルームカットにした女性――サンディという名前らしい――は大きなテーブルごしにダービーを見やり、口の動きで伝えた。この人のことは悪く思わないでちょうだいね。彼女は前歯が一本欠けていた。膝にのせたラインストーンのバッグには詩篇第百篇の五節が刺繡(ししゅう)されていた。主は恵み深く、慈しみはとこしえに。

ダービーは愛想笑いを返した。あれだけ繊細な神経の持ち主では、汚い言葉ひとつ言えそうにない。アシュリーはあいかわらずビング・クロスビーがビートルズのメンバーだと思っているようだし、そうなると、エドがこのなかでいちばんまともと言えそうだ。

けれども……ここへきて、あらたな盲点があぶり出された。隅々まで確認せずにここに入ってきたときと同じだ。灰色のバンのドライバーはあのイタチ顔だと直感が告げている。でも、それはあくまで推測にすぎない。誘拐犯／児童虐待犯はここにいる誰でもおかしくないのだ。この街道沿いのパーキングエリアに閉じこめられた四人のうちのひとりが容疑者かもしれない――ちがう、容疑者だ。

アシュリー？　彼はいまトランプでかなり勝っている。気がきいて愛想がよく、一度デートしただけで二度めはなかった快活な好青年といった感じだけれど、なんとなく信用できないところがある。具体的にどこがというわけじゃない。表情や物腰のせい？　言葉使い？　とにかく、外面だけを慎重に取りつくろっていて、全体的にうそっぽい感じがする。店員がお客の前ではにこやかな顔をしつつ、休憩室で悪口を言うのと同じだ。

エドとサンディはどうだろう。ふたりとも感じはいいけれど、やはり妙なところがある。

結婚しているようには見えない。それどころか、それほど好き合っているようにも見えない。

イタチ顔は？　あの男は、子どもを誘拐しましたと顔に書いてあるも同然だ。

ここにいる全員、無罪と証明されるまでは有罪だ。各人と外にとまっている車を結びつけていけば、はっきりしたことがわかる。おおっぴらに尋ねるわけにはいかない――そんなことをしたら、誘拐犯／虐待親にこっちが気づいているのを悟られてしまう。さりげなく情報を探らなくてはならない。アシュリー、エド、サンディの三人に何時に着いたか尋ね、外の車に積もった雪の量から結論を導こうかとも考えた。けれどもそうしたところで、やはりいらぬ注意を引いてしまいそうだ。

だけど、このまま手をこまねいていたらどうなる？

誘拐犯はいつまでもここでぐずぐずしてはいないだろう。吹雪がやむか、コロラド州運輸局の除雪車が到着したらすぐに、彼（あるいは彼女、あるいは彼ら）は逃げるようにコロラドから出ていくに決まっている。残されたダービーには、容疑者の人相と車のナンバーを伝えることしかできない。

ポケットのなかで携帯電話が鳴り、ダービーはぎくりとした。バッテリー残量が五パーセントを切ったのだ。

アシュリーが顔をあげ、薄汚れたトランプの束ごしに目を向けてきた。「アンテナは立った？」

「え？」

「携帯の電波はキャッチできた？　像の近くで」

ダービーは首を横に振りながら、チャンス到来とほくそえんだ。携帯は今夜いっぱいは持ちそうにないから、いまこう尋ねるのは妥当だろう。「どなたか、ひょっとしてiPhoneの充電器を持ってたりしませんか？」

アシュリーが首を振った。「悪いね」

「持ってないわ」サンディは言い、エドの肘を突き、声が甘ったるいものから毒を含んだものに変化した。「あんたはどうなの、エディ？　携帯の充電器はまだ手もとにある？　それとも、そんなものまで質に入れちゃった？」

「二十一世紀にもなって、質屋になんか行くかよ」エドは言い返した。「いまはクレイグスリスト（米国のフリマサイト）ってものがある。それにおれのせいじゃない。アップルがばか高い――」

「言葉に気をつけて――」

「がらくた、だよ。ばか高いがらくたを作ってると言おうとしたんだ、サンディ」エドは持っていた札をテーブルに叩きつけるように置き、無理に笑いながらアシュリーに目を向けた。「前にiPhoneをポケットに入れたまますわって、壊しちまったんだよ。七百ドルもするハイテク機械が、すわっただけでおじゃんだ。ちゃちなおもちゃは葉っぱみたいに折れちまった。おれの――」

「言葉に気をつけて――」

「尻の重みでな。おれの尻の重みでだ。ほらな、そこにいるサンディはどう考えてるか知らないが、おれだって汚い言葉なんか使わなくてもちゃんと――」

アシュリーがさえぎった。「クラブの四はある?」

「くそったれめが」

サンディはため息をつき、タブレット上のあぶくをまたひとつつぶした。「用心しなさいよ、ぼく。エディちゃんは負けるとテーブルをひっくり返す癖があるんだから」

「テーブルじゃなくチェス盤だろうが」エドが言った。「それも一度きりだ」

アシュリーはにやにや笑いながら、手に入れたクラブの四を取った。

「いいこと、エディ、汚い言葉を使うのをやめないと、新しい仕事につけないわよ」サンディは親指の爪で画面をちょんと突ついたが、コミカルな失敗音が鳴った――ブブーッ。

エドは無理にほほえんだ。なにか言おうとしたが、考え直した。

沈黙がおりた。

ダービーは腕を組んで、じっくり考えた――要するに、アップルの白い充電器は何マイルも先までない。バッテリーはあと九十分ほどしか持たないだろう。当然のことながら、イタチ顔は質問に答えなかったし、そもそも、ひとことも口をきいていない。あいかわらず、外に出るのを邪魔するように、玄関のドアのそばに立っている。両手をポケットに突っこみ、うっすらひげの生えた顎を引き、赤と黒のデッドプールのニット帽で顔の上半分を隠している。

わたしを見張ってるんだ。わたしが見張ってるのと同じように。

自然にふるまわなくては。親友から以前、あなたっていつも怒ってるみたいな顔をしてると言われたことがあるけれど、たしかに、ダービーはめったに笑わない。気むずかしい性格じゃないし、機嫌が悪いわけでもない。笑うと自意識過剰になってしまうのだ。顔の筋肉が緊張すると、眉の上にある弓なりの傷が、白い鎌の形となってくっきり浮かぶ。もう十歳のときからのつき合いだ。この傷がいやでいやでたまらなかった。

ばりばり、びりっ。

布を引き裂くような耳ざわりな音がして、ダービーは椅子にすわったままぎくりとした。防犯シャッターの奥にあるラジオが息を吹き返したのだ。全員が顔をあげた。

「いまのはもしかして――」

「そうとも」エドが立ちあがった。「緊急警報放送のフリークだ。復活したらしい」

フリーク（フリーケンシー）とは周波数の陸軍式略語なのは知っていた。そこへまた、ぶくぶくという不快な雑音が聞こえた。水のなかに電話を落としたみたいな音だ。

いつの間に動いたのか、イタチ顔がそろそろと近づいて、左肩のすぐうしろにまで来ていた。あいかわらず口呼吸を繰り返しながら、硬直したようにラジオを前にした四人に交じり、カウンターに置かれたソニー製のAM／FMラジオが発する無意味な電子音に聞き入った。フィードバック雑音のなかに、ダービーは聞き取った……うん、たしかに聞こえる……ぼそぼそいうかすかな声――

「声がする」彼女は言った。「誰かしゃべってる」

「ぼくにはなにも聞こえないけど――」

「ちょっと待ってな」エドが防犯用の面格子のなかに手を入れて、音量つまみをまわし、わけのわからない音声のなかから、か細い断片くらいは聞き取れるようにした。息継ぎが不自然で、自動音声のような声だった。「――は、バック……ーン・パス地域が猛……雪と異……降雪に見舞わ……として、冬期暴風雪……報を発表し……した。州道七……線の四……九番出口と六十八……出口のあいだは当面、全車両通……止めとなって――」

アシュリーが目をしばたたいた。「ここって、何マイル地点だっけ？」

エドが指を一本立てた拍子に、面格子ががたがたいった。「静かに」

「――と道路管……スタッフは、複……の衝突事故および大雪……ため六ないし八時……の遅……を見込んでいます。自動車を運……中の方は走行を中止……、状……が改善するまで屋内に退避……ようお願……ます」

雑音交じりの長い間があいた。やがてぴーっという音がかすかに聞こえた。

全員が聞き耳を立てた。

「連邦気象局は、バッ……ボーン・パス地域が猛……雪と……」さっきと同じ内容が繰り返されると、そこにいた全員が一瞬にして気を落とし、エドが音量をさげてため息をついた。

静寂。

最初に口をひらいたのはサンディだった。「六ないし八時間って言った？」

ダービーはへなへなとくずおれそうになった。ずっと中腰状態で身を乗り出すようにして聞き入っていたが、ぬいぐるみのように椅子に身を沈めた。ほかの人たちがいま耳にした情報についてひそひそ話し合う声が、頭のまわりをぐるぐるまわっている。

「本当か？」

「六ないし八時間ですって」

「要するにひと晩じゅうってことか」

「ここに腰を落ち着けるしかないってわけね」

サンディは口をとがらせ、タブレットのレザーケースを閉じた。「そんなことだと思ってた。スーパー・バブル・ポップの最終レベルに到達しちゃった」

ひと晩じゅう……。ダービーは安物の椅子の上で膝を抱え、体を前後に揺り動かした。妙な緊張感というか、どろりとした恐怖が心をよぎる。わきの下にしこりがあるのにはじめて気づいた母も、同じように感じたのだろう。日常生活が破綻したときは、あわてるでもなく、戦うでもなく逃げるでもなく、ただ不安に駆られるだけだ。

除雪車がたどり着くまでひと晩かかる——

イタチ顔がえへんと、痰のからんだ湿っぽい咳払いをしたので、全員の目が彼に向けられた。イタチ顔はあいかわらずダービーの椅子のうしろに立って、あいかわらず彼女のうなじに息を吹きかけている。彼はもそもそした口調でその場にいる全員に向かって言った。「おれはラーズ」

静寂。

「おれの名前は……ラーズ」


「おれの……」彼は口から大きく息を吸いこんだ。

誰ひとり反応しなかった。

ダービーは身を固くした。アシュリー、エド、それにサンディも、この男がしゃべるのを聞くのはこれがはじめてらしい。アシュリー。気まずそうにしているのが手に取るようにわかる。

「ええっと……」アシュリーがくったくのない笑みを浮かべた。「ありがとう、ラーズ」

「ほら……」ラーズは両手を上着のポケットに突っこみ、唾をのみこんだ。「おれたちみんな……と、当分、ここにいるわけだろ。名前くらい言ったほうがいいと思ってさ。だから、よろしくな、おれの名前はラーズ」

……そして、バンに子どもを閉じこめている犯人でもある。

ダービーの頭がめまぐるしく回転し、思考は制御不能なほどかき乱され、神経が送電線のようにのたくって、火花を散らした。

わたしたちはあなたとここで足止めをくっている。

この小さな休憩所で。

ひと晩じゅう。

「よろしくな」とエドが言った。「おまえさんはアップル製品をどう思う？」

二十分ほど戦略的な雑談をした結果、ダービーは外にとまっているすべての車両の運転手を特定した。

完全に埋もれているのはアシュリーの車だ。彼の到着がいちばん早くて、きょうの午後三時をすぎたころに到着したが、聞き取れないラジオと味わいのないコーヒーしかない、がらんとしたパーキングエリアだった。山道を急いで抜ける用があったわけではなく、安全第一でいくことにしたという。ダービーと同じく彼も大学生で、ソルトレーク・シティ工科大学とかそんな名前の学校だった。

打ち解けてみると、彼は白い歯をのぞかせてチェシャ猫のように笑う、口から先に生まれてきたようなおしゃべり男だった。イリュージョニストのショーを見るため、おじさんとラスベガスまで旅行するつもりだということまで、教えてくれた。マッシュルームは大嫌いだが、コリアンダーは大好物だということも。本当によくしゃべる。「でさ、アシュリーはやっぱり、れっきとした男の名前だよ」

「そうかい」エドが言った。

年配のふたりはもう少し口が堅かったけれど、赤いフォードF150はダービーが当初思ったのとちがい、実はサンディの車でエドのではないことは聞き出せた。さらに驚いたことに、あれだけ遠慮なくやり合っていたのに、ふたりは夫婦じゃなかった。なんと、いとこだそうで、クリスマスなので家族に会うため、サンディの運転でデンヴァーに行く途中とのことだった。話からすると、十一時間もかかるという。エドは車もなく(見たところ)定職にもついていないらしいことから、なにか訳ありのようだ。刑務所に入っていたんだろうか?可能性はある。すねに傷持つ男という印象だからだ。歳は五十をかなりすぎているが、子どもがそのまま大人になった感じで、片耳にイヤリング、バイカー風のあごひげを生やしている。サンディはそんな彼を子ども扱いして楽しんでいるようだ。

そういうわけで、ダービーはドライバー三人と車二台を除外した。

その結果、ラーズが残った。

名乗ったとき以外、彼はひとことも発していなかったから、いつここに到着したのかはっきりしたことはわからないものの、積もった雪からすると、エドとサンディの三十分ほど前だろう。ラーズはスタイロフォームのカップにCOCOと書かれた飲み物を注ぐと、玄関の見張りの位置に戻り、子どもみたいにずるずる音をたてて飲んだ。ダービーは彼が腰をおろすところを一度も目にしていなかった。

ダービーはCOFEEと書かれた代物を飲みながら、次の一手をどうすべきか考えた。けれども、未知数があまりに多すぎる。エド、アシュリー、サンディを巻きこむわけにはいかない——まだだめだ。そんなことをしたら、状況をコントロールできなくなる。第三者を巻きこむのは最後の手段だ。手榴弾の安全ピンは一度抜いたらもとに戻せない。いま現在はこっちが隠し球を握っている状態で、最悪なのはそれを失うことだ。

それでも、頭のなかに最悪のシナリオが浮かんだ。同じ空間に児童性犯罪者がいるらしい、とアシュリー（いちばん若くて、いちばん身体能力が高い）に打ち明けたとする。アシュリーの顔は当然ながら青ざめ、それに気づいたラーズが淡いブルーのジャケットから銃を抜き、ふたりを射殺する。それを目撃したエドとサンディも死ぬ。黒々とした血だまりに、弾を撃ちこまれた四人の死体。すべてはダービーが口をひらいたせいだ。

その反面、ラーズのバンに子どもなんかいないとしたら？

全部、わたしの勘違いだったら？

見たのはプラスチックの人形の手かもしれないじゃない？　あるいは犬の脚かも。子どもが脱ぎ捨てた手袋とか。それだと格子やダイヤル錠の説明はつかないけれど、それらも含め、猜疑心のなせるわざであり、光と影のいたずらだったのかもしれない。それにほんの数秒見えただけだ。ダービーは頭が少しくらくらしてきた。

三十分前は絶対にまちがいないと思っていたけれど、急に自信がなくなった。これよりずっともっともらしいシナリオだって考えられる。実行中の誘拐に出くわす確率なんてどれくらいある？　それも雪に埋もれた休憩所にひと晩足止めをくらっているときに。突拍子もなさすぎて、わたしの人生にそんなことが起こるなんて思えない。

心のなかでさっきの状況を再現していく。ひとつずつ。バンの後部ウィンドウは霜に覆われていた。車内は真っ暗だ。それにダービー自身はと言えば、ぼろぼろ状態だ――不安で、睡眠不足で、レッドブルを飲んでいたから血圧があがっていたし、乾燥したまぶたの奥に星が飛んでいた。豊かすぎる想像力で変なものが見えただけで、ラーズもほかの三人と同じく罪のない旅行者かもしれないじゃない。そんな彼に襲いかかったりしたら、暴行罪に問われてしまう。

わたしの勘違いだとしたら……

コーヒーの最後のひとくちを飲み終えると、なぜか姉のことに思いが飛んだ。二十三歳のデヴォンは、右の肩甲骨（けんこうこつ）に、はじめてのタトゥーを入れた。中国の文字がいくつか、大胆かつ優美に描かれている。

ここから導かれる教訓は？　〝中国語の力〞を意味するという。

そのためには、もう一度外のバンまで行かなくてはならない。子どもがいるのを確認しなくては。ちゃんとこの目で見なくては。

あわてて行動を起こすわけにはいかない。時間はたっぷりある。それも、六ないし八時間も。じっくり考えられる。動く前に確証を得なくては。

そうよね？

そのとおり。

鳥肌の立った両腕をさすりながら室内を見まわした。テーブルに目をやると、もうゴー・フィッシュはやっていなかった――アシュリーが今度は戦争というゲームをやろうとエドを口説いている。サンディはバッグから出した黄ばんだペーパーバックを、城壁のようにかかげていた。そして今夜の悪夢の主演スターであるラーズは、あいかわらず玄関をがっちりガードしつつ、スタイロフォームのカップからCOCOをちびちび飲んでいる。ダービーは数えていた。いま飲んでいるので三杯めだ。じきにトイレに行くだろう。

そのときがチャンスだ。そのタイミングをねらってこっそり外に出よう。さっきあの現場に遭遇したときは、不意だったので怯えてしまった。今度はちゃんと心の準備ができている。

アシュリーはエドを口説くのをあきらめ、トランプを切りながらサンディのペーパーバックに顎をしゃくった。「なにを読んでるの？」

サンディは面倒くさそうな声を出した。「推理小説」

「ぼくも推理小説は好きだな」彼はそこで一瞬ためらった。「というか、白状すると、あまり本は読まないんだ。推理小説って言葉から連想するものが好きなだけなのかもしれないな」

サンディはしかたなさそうにほほえんでから、ページをめくった。だったらなんで訊いたのよ、とでも言うように。

このワナパ・パーキングエリアでの滞在時間はようやく二時間というところだけれど、アシュリーにはすでにいらいらしてきていた。本当によくしゃべる。あいかわらずぜんまい仕掛けのおもちゃのような彼は、サンディにしつこくからんでいる。「どのくらい……何章まで読んだの？」

「まだ最初のほう」

「もう人は殺された？」

「ええ」

「ぼくは血なまぐさいのが好きなんだ。血がどばどば出てる？」

エドが椅子をきいきいいわせながら、不愉快そうに身じろぎした。彼はサンディの様子をうかがった。彼女はまたページをめくっただけで、アシュリーの質問には答えなかったが、彼はたたみかけるように次の質問を浴びせた。「犯人は誰だか、もうわかった？」

「まだわからない」サンディはそっけなく言った。「だからおもしろいんでしょ」

「たいてい、いいやつが犯人なんだよね」アシュリーは言った。「もちろん、本はそんなに読まないけど、映画はたくさん観てる。本よりもずっといい。最初のうちはいちばん感じがよさそうに見えたやつが、最後には人殺しの最低野郎だってわかるものなんだ」

サンディは聞き流した。

もうしゃべるのをやめて、とダービーは心のなかでつぶやいた。いいから黙っててよ。

「あのトラックだけど」アシュリーは窓の外に目をやりながらおしゃべりをつづけた。「おばさんの？」

「そうよ」

「あれを見てジョークを思い出したんだ。フォード（Ford）ってなんの略だか知ってる？」

「さあ」

「道路で死んでるのが発見された（ファウンド・オン・ロード、デッド）」

サンディは鼻で笑っただけで読書をつづけた。

ようやくアシュリーは察した。「ごめん。もう読書の邪魔はしないよ」

そのやりとりをラーズが玄関からじっと見ていた。彼が唇をなめたとき、歯がやけに小さいなとダービーは思った。赤ん坊の歯を思わせる、成長途中でピンク色の歯茎になかば埋もれてしまったような、発育不良の粒状のものが二列並んでいる。彼はＣＯＣＯの最後のひとくちを一気に飲み、空のスタイロフォームのカップをごみ箱に投げたが、カップは三フィートもはずれた場所に落ちた。

誰もそれについては触れなかった。

さすがのアシュリーも。

ダービーは白いカップがタイルの上でくるくるまわるのを見ながら、確たる証拠をつかんだ場合、ラーズのバンに侵入して子どもをこっそり自分のホンダに移せばいいのでは、と考えていた。男の子か女の子かわからないけれど、その子を後部座席の、墓石の拓本をとるのに使っているブッチャーペーパーの山の下に隠せばいい。もっといいのはトランクだ――酸素が充分にあって寒くなければという条件つきだけれど。明日の早朝、除雪車がやってくれば、みんなそれぞれの目的地に向けて出発し、ラーズも獲物がいなくなったことに気づかず、走り去る――

無理だ。希望的観測にすぎる。今夜ひと晩、ここから動けないのだから、あの子どもが寒くないよう、ラーズはときおりエンジンをかけなくてはならない。獲物がいなくなれば気がつくはずだ。

ダービーは喉をぜいぜいいわせながら息を吸いこんだ。五つ数えてから吐き出した。その昔、母に言われた教えのとおりに。

現時点ではわたしのほうが有利だ。

それを無駄にするわけにはいかない。

ここにいるのがわたしじゃなく、べつの誰かだったらよかったのに。もっと頭がよくて勇気にあふれ、冷静で、秀でた能力のある人だったら。大学の予備役将校訓練過程に在籍して、都市迷彩柄に身を包み、重たいリュックサックを背負ってキャンパス内を闊歩している汗まみれの女の子とか。柔術のできる人とか。とにかく、わたしじゃなければ誰でもいい。

けれども、ここにいるのはわたし。

ダービー・ソーン。パーティに出たくなくて寮の自室でじっと身をひそめている変わり者の女子学生。しかも自室の壁には、生命力を奪うバンパイアよろしく、赤の他人の墓を無断で写し取った拓本がべたべた貼ってある。

外の雪嵐が激しくなって、ダービーはｉＰｈｏｎｅの画面をスワイプし、急いであらたなメッセージを打った。下書きだ。予期せぬ事態が発生したときのためのものだけれど、それでも目に涙があふれた。

ママ、わたしの電話にこのメッセージを見つけたのなら、わたしの身になにかあったってことね。いま、ひと晩足止めをくらっているパーキングエリアでこれを書いてるけど、ここにいるなかのひとりが危険人物かもしれない。考えすぎならいいんだけど。でもそうじゃなかったら……いろいろごめんなさい。ママに言ったこと、やってしまったこと、すべてについて謝ります。感謝祭の日の電話のこと、後悔してる。あんまりな言い方だった。ママ、大好きよ。

愛をこめて。本当にごめんなさい。ママの娘より。

十五分後、ラーズがトイレに立った。

すわっているダービーのそばを彼が通ったとき、おかしなものが目についた。黒いスキー用手袋をはずしたせいで、左手の甲の青白い肌があらわになっていた。小さな突起が点々とついていた。蚊にくわれた痕に似ている。もしかしたら、傷痕なのかもしれないけれど、人間の手にあんな傷がつけられる道具といって思いつくのは、チーズおろし器くらいしか――ラーズはのそのそと通りすぎて、男性用トイレに消えた。ドアがしゅっと音をたてて閉まり、永遠とも思える長い時間ののちにようやくかちりという音がした。

いまだ。

ダービーは椅子を引き、震える膝で立ちあがった。エドとアシュリーが見あげてきた。いましかない。こっそり外に出て、まさかと思う事態が本当に発生しているのか確認するチャンスだ。携帯電話を手に、玄関のドアの前まで移動しようとした――息をとめているせいで胸がふくらんでいる――が、その途中、意外な行動に出た。まるで理屈に合わないことをしたのだ。

〝COCO〟のラベルがついたガラスポットに歩み寄って、二百五十ccのスタイロフォームのカップに手早く注いだ。

でも、子どもは好きなはず。そうでしょ？　ココアなんか好きでもなんでもないくせに。

男性用小便器を流す音がした。ラーズが戻ってくる。

ダービーは熱々の飲み物に口をつけつつ、大急ぎで玄関まで戻り、ドアを力まかせにぐいと引くと、アシュリーがまだ自分のほうを見ているのに気がついた。「やあ、ダーブズ、どこ行くの？」

ダーブズ。そんな呼ばれ方をされたのは小学校五年のとき以来だ。

「電波が拾えるか、もう一度たしかめようと思って。ママが膵臓ガンでプロヴォの病院に入院してるの」アシュリーがなにか言う間もあたえず、吹きすさぶ吹雪のなかに飛び出した。

骨まで凍りつきそうな冷気の壁に身をすくめ、いつだったか母がなにげなく言った言葉を思い出した——うそをつくもっとも簡単な方法は、本当のことを言うことよ。

第二部　夜

午後九時二十五分

ダービーはまず悪夢の子どもたちの像に向かった。

計画の一環だ——一足飛びに車に向かったら不審に思われるし、トイレから出てきたラーズがダービーがいないことに気づけば、窓から外をのぞくに決まっている。それに、雪に足跡が残る。一時間前の自分のと、アシュリー、それにラーズの足跡ははっきり区別がつく(自分のサイズ8の靴は男ふたりのにくらべて、かなり小さい)。どれも雪がたまってきている。

今夜はどんな決断をしようとも、すべて足跡が残る。

決断といえば、ココアを持ってきたのは間が抜けていた。デヴォンの〝中国語の力〟のタトゥーにも匹敵するほど。子どもをさらう悪党かもしれない人物が奥の部屋で用を足しているときに、どうしてわざわざ飲み物を注いだのか、自分でもその理由がわからない。とにかくやってしまったのだ。飲みながら外に出たら舌をやけどした。もう最低。

ところどころ欠けた彫像群をぐるりとまわり、つづいてビジターセンターの建物を一周した。セメントでできた構造壁のうしろに細い崖道があり、しかもピクニックテーブルが積みあげてあるせいでよけいに狭くなっている。建物の裏の壁にも窓がふたつついているのが目にとまった。男性用と女性用、それぞれのトイレの窓だ。地面から十フィートのところにある小さな長方形の上に、つららのさがった屋根が張り出している。ラーズはとっくに用を足しただろうけれど——便器の水を流す音がしたのは何分も前だ——万が一のことを考えて、足音を忍ばせて進んだ。

なおも携帯がつながらない娘の役を演じながら、坂をのぼった。もちろん、電波はほんの少しも拾えない。数歩歩くごとに911にメールを再送しようとしたが、送信できなかった。バッテリー残量は四パーセントにまで落ちていた。

ここからだと、ジオラマのようにひろがるパーキングエリア全体が見わたせる。ワナパという地名は地元の言葉で〝小さな悪魔〟の意味だ。頑丈そうな小ぶりの建物。旗ざお。シーダーの幹。悪夢の子どもたちの像。雪で動けなくなって、身を寄せ合うようにとまっている車。ダービーはビジターセンターの玄関に目をこらし、ラーズがナトリウム灯のオレンジ色の光のなかに出てくるのを待った。彼女の足跡をたどってくるかどうかを見張った。

ドアはあかなかった。

イタチ顔が出てくる様子はない。

左にはメラニーズ・ピークがそびえている。激しくなる一方の雪で、その姿はぼやけてよく見えないが、それでも、見える範囲でもっとも高い山であることに変わりない。移動する際の目印として役立つだろう。

いま立っているところは見晴らしがよく、道路照明灯の丸い明かりが点々とついた州道七号線も見える。降ったばかりのパウダースノーがきらきら光り、巨大なスキーのジャンプ台を思わせる。あそこを走れるのはサンディのトラックだけだろう（たぶん）。ダービーのブルーではのぼるにしろ下るにしろ、五フィートだって進めない。

髪に雪を積もらせながら、標高の高いところを吹く遠くの風の音に耳をすました。風がやみ、荒涼とした静寂が訪れる。たちまち、苦悩に満ちた思いが、反響室のなかにいるように暴れはじめた。

あんたのせいでパパは家を出てったのよ。あんたじゃなくパパを選べるなら、そうしてたわよ。一も二もなくね。

一も二もなくじゃないわよ、マヤ。

電話を切る前、母は答えた。本当にあんたがほしかったなら、ダービー、パパはあんたを連れてったはずでしょうが。

熱いココアにまた口をつけた。ぬるくなっていた。

ラーズが追ってこないとわかったので、ようやくバンに向かうことにした。出口車線を突っ切って、北から接近した。その間もビジターセンターの正面から目を離さないようにした。建物のなかから見えるのはバンの右側だけで左は見えず、ラーズは常に見張っているという仮定のもとに行動しなくてはいけない。深い雪のなかを歩くのは骨が折れる。肩で息をしながらよろよろと進むうち、持っていたココアはこぼれてしまった。寒さで喉がひりひりする。鼻が灼けるように痛い。まつげが凍って、ぽきりと折れてしまいそうだ。

けれども不思議なことに、寒さは感じなかった。分泌されたアドレナリンで血が熱くたぎっている。いまにも爆発しそうだ。手袋すらはめていないのに、ひと晩じゅうだって外にいられる気がした。

RV車と中型トラック用の駐車スペースを突っ切ると、ビジターセンターにかなり近づいた。汚れのこびりついたガラスごしに、すわっている人の姿が確認できる。アシュリーの肩が見えた。エドの薄くなりかけた頭頂部も。しかしラーズの姿が見あたらず、ダービーは急に不安をおぼえた。やっぱりわたしを追って外に出たのかも？　わたしが裏にいるあいだに建物を出て、いまは足跡をたどって、暗闇のなか、うしろからじわじわ近づいてきているのかもしれない。

イタチ顔の姿が見えるのと見えないのと、どっちがおそろしいのか、自分でもわからない。

ココアはもうじきカップのなかで凍ってしまいそうだ。

謎のバンに向かってひたすら歩いた。よろよろと一歩踏み出すたびに、キツネのイラストがぐんと近づく。それにキャッチコピーも――**完璧な仕事がモットーです**。駐車場に積もった雪はほかにくらべて深くなく、くるぶしが埋まる程度だった。つまり二十四時間以内に雪かきがされたということで、少し安心する。ダービーはバンの側面で身を隠しつつ、左側から近づいていった。

バンの後部ドアの前まで来た。シボレーのアストロ。ＡＷＤは前輪駆動（オール・ホイール・ドライブ）の略だろう。傷み具合からすると、古いモデルのようだ。バンパーについた醜いこすり疵。チャコールグレーの塗装がところどころふくれてはがれかけている。右に目をやると、一時間前にバンと自分のホンダのあいだを通って、ここで足をとめたときについた足跡の輪郭がうっすら見える。ここで始まったのだ。ここで彼女の夜が一転した。

そしてこれからが正念場だ。

スタイロフォームのカップを雪のなかに置き、ひろがりつつある霜になかば覆われたアストロの長方形の後部ウィンドウに身を乗り出した。今度も顔を手で囲ってガラスにつけ、なかをのぞいた。記憶にあるよりもさらに暗かった。人らしき姿はない。なんの動きもない。他人のクロゼットをのぞいているような、真っ暗闇があるだけだ。

二本の指でウィンドウを軽く叩いてみる。「ねえ」

返事はない。

「ねえ、誰かなかにいる？」バンに話しかけているみたいで奇妙な感じだ。

やはり返事はない。

車泥棒みたいに突っ立っているうち、だんだん落ち着かない気持ちになってきた。ｉＰｈｏｎｅのＬＥＤライトを点灯させようかとも考えたけれど、バッテリーが消耗するし、おまけに超新星みたいにまぶしく光ってしまう。ラーズが窓のほうを向いていたら、確実に気づかれてしまう。

金属のドアの、カリフォルニア州のナンバープレートのすぐ上あたりを二度叩き、反応を待った。なかからはなんの動きもない。なにひとつ。

目の錯覚だったんだ。

うしろにさがって、冷たい息を吸いこんだ。「聞いて」とかすれた声で呼びかけた。「そこに閉じこめられてるなら、いますぐ音を出して。音がしなかったら、わたしは引きあげる。これが最後のチャンスだからね」

今度も反応なし。ダービーは二十まで数えた。

小さな手が見えたと思ったのは目の錯覚。それだけのことだったんだ。

いま思えば、ビジターセンターのなかでわざわざ手間をかけてココアを注いだ理由は、自分でもちゃんとわかっていた。あれは彼女なりの否認の形。昨夜、ダービーの世界を内側から崩壊させるメール——〝**ママがガンなの。電話して**〟——がデヴォンから送られてきたときも同じことをした。

まずなにをした？

電話を置くとジャケットをはおって、ドライデン寮から学生会館まで歩き、チーズバーガーを注文した。脂でぎとぎとのつぶれたような物体が寄こされるのをじっと見つめ、代金の五ドル六十三セントをくしゃくしゃの十ドル札で払い、ひと気のないカフェテリアに腰をおろして、仕方なしにふた口食べたところで、トイレに駆けこみ嘔吐した。個室の真っ白な便器に肘をつき、熱い涙をぼろぼろ流しながら、その場でデヴォンに電話をかけたのだった。日常性には気をまぎらわす効果がある――そこにしがみつけるならば。

ラーズのバンの前でダービーは数を数えつづけた。

すでに五十まで数えたけれど、さっき見えた気がした子どもの気配はまったくない。やっぱりね。絵に描いたように理性的な人が空が赤く光ったとか、鏡に幽霊が映ったとか、あるいは国立公園にビッグフットがいたと言うのと同じ――ダービー・ソーンは赤の他人の車に子どもの手が見えたと思いこみ、そんな見間違いを根拠にあやうく荒っぽい行動に出るところだった。

これは映画じゃないの。現実の世界なんだから。

カフェインの摂りすぎ、睡眠不足。単なる誤解、思い過ごしだったとわかると、ダービーはいますぐ狭苦しいビジターセンターに戻りたくなった。あの顔ぶれもそう悪くない。アシュリーとトランプをしよう。エドとサンディと世間話をしよう。コロラド州運輸局が気象に関するあらたな情報を出すまで、長椅子でうたた寝するのもいいかもしれない。

けっきょくラーズは子どもをさらってなどいないのだから。言語に障害を抱え、両手がぶつぶつだらけで変人なのはたしかだけれど、変わり者なんか世の中にあふれるほどいる。その大半は無害だ。このアストロの持ち主もそんなひとりなのだからと、ダービーは勇気を取り戻し、iPhoneをバンの後部ウィンドウに押しつけると、LEDライト機能を起動させ目がくらむような青白色の光で照らした。疑心暗鬼な気持ちにけりをつけ、なんでもなかったのだと納得するために——

ウィンドウの向こうから、小さな顔が見つめ返していた。

ダービーの手から携帯電話が落ちた。

LEDライトは横を向いた恰好で足もとに落ち、ワナパのビジターセンターに向けて標識灯のように光り、雪にぎざぎざの影を投げかけた。ダービーは飛びつくと、手をカップの形にして覆い、ボタンはどこかと手探りした。

バンのなかはふたたび静かになった。女の子は闇に引っこんだ。

今度も、女の子の姿はちらりと見えただけだった。けれども強い閃光のなかに浮かびあがった光景は、太陽をじっと見つめたときのように、目にしっかり焼きついている。細かいことまではっきり覚えている。卵形の顔。六歳か七歳といったところだろう。髪はぼさぼさだ。まぶしさにひるんだのか、目をまんまるに見ひらいていた。口には残酷にも黒いテープが貼られ、垂れた洟水（はなみず）でてらてら光っていた。格子状の金属、黒いワイヤーケージのようなものに入れられていた。ダービーが最初に推測したとおりだ。犬用ケージだった。

ひどい。口をダクトテープでふさがれたうえ、犬用のケージに入れられているなんて。

外に出てはじめて、ダービーの体がぶるぶると震えた。熱という熱が一瞬にして体から奪われた。これで裏づけられた。思ったとおりだ。これは現実で、少女の命が危機に瀕している。今夜は睡眠不足の美術専攻の大学生とけだもののような人間との一騎打ちになる。

ダービーは立ちあがった。

間抜けなことに、アストロの後部ドアをふたたびあけようとした。鍵がかかっていることに変わりはない。わかっていたことなのに。次に運転席のドアに移動した。考えたうえでの行動ではなく、あくまで直感だった。かっとなって、反射的に体が動いたのだ。イタチ顔のバンに忍びこんでやる。少女をここから救出して、自分のホンダにかくまおう。トランクに。そこなら安全よね？

ウィンドウを割ったら音がするし、証拠が残る。だから、ダービーは運転席側のウィンドウからなかをのぞきこんだ。アストロの車内はダッシュボードにレシートが、座席にはハンバーガーの黄色い包み紙が無造作に置かれていた。カップホルダーにはラーズが飲んだのだろう、空になった特大のドリンクカップが窮屈そうに挿してある。降って間もない雪を払い、冷えたガラスの反対側にあるはずのドアロックピンを探した——ああ、あった。古い車はこれだから助かる——

ダービー、よく考えなさい。

腰を曲げ、右の靴から白い靴ひもを抜いた。歯を食いしばりながら、ひもの真ん中へんに引き結びをつくる。小さな投げ縄みたいにぎゅっと結ぶ。前に一度だけやったことがある。

ダービー、やめなさい。

やめるなんて無理。ドアの上部に積もった雪をてのひらですくい、かさぶたのように張りついた氷を落としてから、靴ひもを上の隅から押しこんだ。指先でボディ部分をつかんで引き、ドアとドア枠を緩める。ほんの一、二ミリ。三十秒ほど苦戦したのち、靴ひもは反対側に落ちて、ウィンドウの内側に垂れさがった。

やめなさいってば。

やめるわけにはいかなかった。ロックピンに引っかかるよう、靴ひもを少しずつ慎重におろしていく。すると奇跡が起こり、最初の一発で輪縄はピンの上に落ちて巻きついた。ここがいちばんむずかしいところで、前にやったときは四十五分もかかっていらいらしたのに、今回は意外にも最初の一回で成功した。幸先がいいのは、神さまが味方してくれたからかもしれない。本当にそうだといいけれど。今夜は得られるならどんな力でも必要だ。

ダービーの冷静な部分がまだ抗議してくる。ダービー、そんな軽はずみなことをしちゃだめ。その子を脱出させたとして、そのあとどうするの？　ビジターセンターに連れていくわけにはいかない。ひと晩じゅう、ブルーのトランクに隠しておくわけにもいかない。とにかく、ここは一歩さがって――

それは無理。ダービーの頭のなかは少女のことでいっぱいだった。怯えた小さな顔がいまも頭に焼きついている。

よく考えてからでも――

ドアに沿ってそろそろと移動し、左に位置を取ると、靴ひもを真横に引っ張った。首つり縄が首を絞めるように、引き結びがロックピンを締めつける。それから背筋をのばし、靴ひもを握りなおすと、少し強めに引き（引く力が強すぎるとひもがピンから抜けて、最初からやり直しになる）、もう少し強く引いた。汗ばむほどの緊張感で靴ひもが小刻みに震え、ロックピンがぎしぎしいう。ここまでやったらもうやめるわけには……

ダービー、そんなことをしたら殺されちゃう。

かちり。

ロックがはずれた。

心臓の鼓動が速くなったのを感じながら、ダービーはドアノブをつかんで力まかせに引きあけた。アストロのルームライトが点灯し、彼女は慄然とした。ぎらぎらするほどまぶしかった。

ラーソン・ガーヴァーは外でなにか光ったのに気がついた。

パンフレットが並ぶラックを前にして、コロラド航空のパンフレットを見ながら、その会社が所有しているロビンソン社製タービンヘリはR66型か、それともR44型か突きとめようとしていたときのことだ。目の端がかすかに明るくなった。駐車中の車のほうから音もなくなにかが小さく光り、それが窓に反射したのだ。自分のバンから。

不安で胃が締めつけられる。

ほかの連中は気づいていない。アシュリーとエドはトランプ遊びをつづけていて、小声でやりとりしている。

「ダイヤの九はある？」

「あーあ。やられた」

ラーズは息を殺した。彼がいる位置からだとさっきの正体不明の光はよく見えなかった。ガラスになにかが反射しただけかもしれない。そこで彼はコロラド航空のパンフレットをポケットに突っこみ――スプリングズ・シーニック社（セスナ172型）とロッキー・ヴィスタス社（DHC-3オッター）のもあとでもらおう――はめ殺しの窓まで移動し、もっとよく見ようと首をのばし――

ダービーはルームライトのボタンを探しあて、乱暴に切った。

ふたたび真っ暗になった。

危なかった。息がはずみ、心臓がどくんどくんと大きな音をたて、鼓膜ががんがんいい、血が全身を駆けめぐる。迂闊だった。無鉄砲だし危険だった。よく考えもせずに行動した結果、ドアの開閉に連動している電球に不意打ちをくらった。

でも、誰も気づいていない。実害はなかったんだから、大丈夫、よね？

……本当に？

車内は饐えた汗のにおいがした。ダービーはジムの更衣室を思い出した。革のシートに触れるとひんやりと湿っていた。ダッシュボードに飛行機の模型。床はファストフードの〈ジャック・イン・ザ・ボックス〉や〈タコ・ベル〉の袋をくしゃくしゃに丸めたものが山をなしていた。どれも固まった脂でべたつき、半透明になっている。ダービーはコンソールボックスを探りあててあけた――そこもごみであふれんばかりだった。拳銃などの武器があればと思ったのだ。グローブボックスのなかも探したかったが、そこにも電球がついているから、あければ罠のようにぱっと明かりがつく。そんな危険はもうおかせない。

　ドアパネルに内側からあけられるリリースレバーがあった。

　がちゃっ、がちゃっ。

　これでアストロの後部ドアのロックが解除できた。運転席はカトリック教徒が使う懺悔室みたいに金網で荷物室と分けられていた。ダービーは警戒しながら急いで外に出ると、引き結びをつくった靴ひもを回収し、ロックピンを押しさげ、運転席側のドアをてのひらでそっと押して閉めた。バンのボンネットごしにビジターセンターの窓が見える。ガラスの向こうにラーズのシルエットがあるのではないかと――ルームライトをちらちらうかがっているのではないかと――心配だったけれど、あいかわらず窓のそばには誰の姿もない。ゴー・フィッシュに興じているらしきエドの頭頂部とアシュリーの肩が一部見えるだけだ。

　ここまでは順調。

　バンの左側面に沿い、自分の足跡をたどりながらそろそろとうしろに移動した。へたくそなキツネのイラストのわきを通り、雪だまりを踏み越える。靴ひもはジーンズのポケットに突っこんだ。いまは靴に通している時間がない。アストロのうしろにまわりこみ、左側のドアハンドルを握り、ぐいと引いた。

　少女は犬用ケージに入れられていた。たたんで収納できる黒いワイヤータイプのものだ。コリー犬用の大きさで、南京錠がかけられ、何十という結束バンドで補強してある。立ちあがるスペースはなく、少女は両膝をついてうずくまっていた。牢屋にいるみたいに、小さな手でワイヤーの格子をつかんでいた。口をダクトテープでぐるぐる巻きにされていた。湿った刺激臭が鼻を衝いた。尿だ。

ダービーはしばらくなにも言えなかった。いったいなにが言えるというのだろう。こんなものを目の当たりにしては、とても言葉は出てこない。口いっぱいにほおばったピーナッツバターをのみこむように、ダービーはやっとのことで口を動かした。「ハイ」

少女は大きくひらいた目でダービーを見つめた。

「だ……大丈夫？」

相手は首を横に振った。

まったくもう、大丈夫なわけないじゃない。

「えっと……」背筋が凍るほどの風に身を震わせながら、ダービーはこのあとどうするか、なにも考えていなかったことに気がついた。「いまから、顔のダクトテープをはがすよ。そしたらしゃべれるようになる。いい？」

少女はうなずいた。

「痛いかもしれないけど」

少女はさらに大きくうなずいた。

さぞかし痛いだろうと思う。ダクトテープは髪の毛も巻きこんでいた。ラーズは頭のまわりに無造作に巻いていたし、それも電気まわりに使う黒いものだ。犬用ケージの隙間から手を差し入れ、指先でテープの終点を探りあてた。最初のひと巻を慎重にはがし、つづいてふた巻めもはがすと、残りは少女が自分でやった。ダービーは訊いた。「名前はなんていうの？」

「ジェイ」

「このバンを運転してる男の人は知り合い？」

「ううん」

「その人にさらわれたの？」

「うん」

「自宅から？」ダービーはすぐに言い換えた。「じゃなくて、ジェイ、あなたのおうちはどこ？」

「フェアブリッジ・ウェイ一一四五ばんち」

「それはどこ？」

「〈コストコ〉の近く」

「そうじゃなくて。おうちがある町の名前はなんていうの？」

「サンディエゴ」

そう聞いてダービーは慄然とした。彼女自身は西海岸まで車で行った経験がない。つまり、ラーズは、この少女をうしろに監禁した状態で何日かハイウェイを走ってきたわけだ。ファストフードのごみが散乱しているのもうなずける。目が暗さに慣れるにつれ、バンの内部の様子が少しずつわかってきた——毛布やら敷物やらが積みあげられ、ケージを隠している。壁に合板でできた棚が据えつけられているが、なにものってはいなかった。ガラスのコカコーラの瓶が何本も金属の床に転がっている。おがくず。釘。黒い噴射口のついた赤いガスボンベ。子ども用の服がKマートの白い袋に詰めこんであるけれど、ジェイは地元、それもはるかカリフォルニア州南部の地元で拉致（らち）されて以降、一度でも着替えさせてもらったようには見えない。

「〈コストコ〉のすぐそば」ジェイはくわしい場所を教えようとした。

見ると、少女のシャツには円形のロゴがついていて、ダービーはそれがなんだかわかった——ポケモン・ゲームに登場するボール型の道具だ。たしか、ポケボールとかいう名前だと思う。一時期、そのスマートフォンアプリがコロラド大学ボールダー校じゅうで爆発的に流行したのを覚えている。「名字はなんていうの？」

「ニッセン」

「ジェイというのは……」ダービーはケージの扉をロックしている円形の南京錠をがちゃがちゃいわせながら訊いた。「ジェイというのはなにかの略？」

「カケス（ジェイバード）」

「そうじゃなくて。本当の名前はもっと長いの？　たとえば……ジェシカとか」

「ただのジェイ」少女は言った。

ジェイ・ニッセン。七歳。サンディエゴで行方不明。

ダービーにも少しずつわかってきた——これはニュースとして報道されるだろう。彼女は他人の車に押し入り（それ自体、厳密には犯罪だ）、のちのち法廷で証言しなくてはならないようなことをするかどうかの判断を迫られている。弁護士連中は供述のひとつひとつにけちをつけるだろう。これを乗り切ったとしても、自分がくだした判断、いい判断についてもまずい判断についても釈明しなくてはならない。これまでのところ、達成したと言えるのは、誘拐されて口をダクトテープでふさがれた少女に大丈夫かと尋ねたことだけだ。

ダービーは子ども相手にしゃべるのがどうにも苦手だ。ベビーシッターのアルバイトをしていたころも、母性本能というものに欠けていた。子どもはやっかいで反抗的な生き物で、とにかくいらいらさせられる。母はよくわたしの面倒を見てくれたものだと思うことはしょっちゅうだ。予定外の子どもだったのだからなおさら。

姉のデヴォンはもちろん、望まれて生まれた。大切な第一子。けれどもその三年後、悲惨な離婚劇ののちにダービーが生まれた。離婚のための書類、ときおる家賃、つわり。てっきりおなかにくる風邪を引いたんだと思ってた。いつだったか、ゆがんだ笑みを浮かべた母にそう言われたことがある。ダービーはどう反応すればいいか、よくわからなかった。

風邪を引いたんだとばかり思ってた。

風邪薬で退治しようとしたのよ。

囚われの少女がもう片方の手をあげてケージをつかんだとき、その手に包帯のようなものが巻かれているのが見えた。てのひらにも絶縁テープがぞんざいにぐるぐる巻いてある。暗すぎてはっきりとはわからない。

ダービーがそこに触れる——ジェイはぎくりとしてその手を振り払った。

「あの男に……あの男に痛いことをされたの?」

「うん」

はらわたが怒りで煮えくりかえる。信じられない——今夜は刻一刻と状況が悪化していくようだ——けれども、声を落ち着かせ、歯をがちがちいわせながら訊いた。「手にどんなことをされたの、ジェイ?」

「イエローカードっていうの」

「イエローカード?」

女の子はうなずいた。

ダービーの胸がざわついた——サッカーのあれと同じ?

ジェイが傷を負っているほうの手をおろし、ケージをぎしぎしいわせながらうしろにもたれると、ケージになにかこびりついているのが感触でわかった。つめで引っかくとぽろぽろとはがれたそれは、銅のにおいを放っていた。血が乾燥して固まっているのだ。

イエローカード。

わたしが対峙する相手は、そこまで精神を病んで——

五十フィートほど離れた場所でビジターセンターのドアがあき、大きな音をさせて閉まった。

ジェイが硬直する。

足音がかなりのスピードで近づいてくる。ざくざくと雪を踏みしめる音。ダービーは誘拐犯のシボレー・アストロの後部をのぞきこむ恰好のまま動けなくなった。逃げるのも怖いし、とどまるのも怖い。しだいに大きくなる恐怖で身動きが取れず、ダービーは少女の見ひらいた目をのぞきこみながら、闇のなかを大股で近づいてくる足音に耳をすました。

もうひとつ、べつの音もぐんぐん近づいてくる。

口呼吸の音だ。

午後九時三十九分

逃げるべきか、隠れるべきか。

ラーズがバンに向かって来るのを見て、ダービーは隠れるほうを選んだ。大急ぎで車に飛びこむと、膝を抱え、後部ドアをそろそろと閉めた――が、タオルをはさんでしまった。

ざくざくという足音が近づいてくる。

「まずい――」

ダービーはタオルを引っ張り、あらためてドアをそっと閉めた。かちゃりという音がした。

後部ドアとジェイがいる犬用ケージのあいだにはさまれる恰好になり、誘拐犯のバンのなかで身動きが取れない状態になった。身をよじるようにして狭苦しい空間におさまり、山になった毛布とちくちくする敷物にくるまった。体の下でコカコーラの瓶ががちゃがちゃ音をたてる。犬用毛布のかびくさいにおい。冷たい金属のドアに額を押しつけ、右肘は背中にまわされ、窮屈な恰好で曲がっている。必死に呼吸を落ち着け、息をのむ音が聞こえないようにしていた。息を吸って、五まで数えて、息を吐いて。

息を吸って、五まで数えて、息を吐いて。

息を吸って、五まで――

そのとき、イタチ顔の足音が車の右側からまわりこみ、ネイルガンをかまえたキツネのイラスト、〝完璧な仕事がモットーです〟のうたい文句の前を過ぎ、バンとダービーのホンダのあいだを通り抜ける音が聞こえた。とっさの判断は正しかったという気持ちと恐怖とが入り交じり、吐きそうになる――隠れるのではなく逃げるほうを選んでいたら、確実に見つかっていた。イタチ顔は小さすぎる歯のあいだからかすれた音を漏らし、なおもぐんぐん近づいてくる。男のシルエットが後部ウィンドウの前を通りすぎていくのを、ダービーはあおぎ見た。男はいったん足をとめ、なかをのぞきこんだ。ダービーとの距離は十二インチしかなく、男の吐く息でガラスがくもった。

ダービーは息をとめた。

男がドアをあけたら、わたしはもう終わり――

けれども男はドアをあけなかった。ふたたび歩きはじめ、バンをぐるりと一周して運転席のドアの前に立った。ドアノブを握る。蝶番（ちょうつがい）の具合が悪くてドアがきしり、三人めが乗りこんだことで車体がぐっと沈みこんだ。赤いストラップに吊した車のキーがじゃらじゃら鳴った。

ダービーは片目だけ毛布の下から出し、体の下の瓶を揺らさないよう気をつけつつ、犬用ケージのなかのジェイに目をやって、震える指を唇の前に立てた。静かにね。

ジェイはうなずいた。

運転席にすわったラーズは洟をすすり、身を乗り出すようにしてキーをイグニッションに挿した——が、エンジンをかけなかった。なにか思案するように、長々と息を吸いこむのが聞こえた。

なにか変だ。

ダービーは待った。緊張感が高まり、鼓膜がじんじんしびれてくる。胸を大きくふくらませ、息をとめる。ワイヤーの仕切りの向こう、運転席にすわるイタチ顔の姿がフロントガラスに積もった不透明な雪を背景にして、暗闇にぼんやり浮かびあがった。毛布の下から片方だけ出した目で、ダービーは男の顔が横を向いているのを見て取った。あげた顔を右に傾けている。その先にあるのはアストロのルームライトだ。

さっきダービーが切ったルームライト。

まずい。

男の頭のなかが手に取るようにわかる。運転席のドアをあけたときになぜルームライトがいつものように自動的につかなかったのか、不思議に思っているのだ。そこからどんな答えが導き出せるか。何者かがこのバンに乗った。しかも、外についた足跡をよく観察すれば、その何者かはいまもバンのなかに、かびくさいナヴァホ族の敷物の下に隠れて、神経がずたずたになりそうなパニックに冷や汗を流し、ぶるぶる震えながら——

ラーズがキーをひねった。

エンジンがつつがなくかかり、ダービーはほっとして息を吐いた。ラーズはシートの上に前かがみになり、エアコンの噴き出し口の向きを調節した。ヒーターのダイヤルを最強にする。かぶっていたデッドプールのニット帽をダッシュボードの上、プラモデルの飛行機の隣に置いた。

ダービーの隣で動く音がした。ファストフードの包み紙がかさかさ音をたてた。ジェイが無言で絶縁テープを自分の口に巻き直している。

頭がいいわね、とダービーは心のなかでつぶやいた。

つづく二十分が何時間にも感じられた。バンのなかに熱と湿気がゆっくりとたまっていく。ラーズはエンジンをアイドリングさせながら、ラジオのチャンネルを次々に切り替えていった。けっきょく、異なる趣向の不明瞭な雑音に交じって、例の自動音声によるコロラド州運輸局の放送が繰り返され、おまけにまたもや、ビング・クロスビーの「ホワイト・クリスマス」が流れるだけだった。

あの曲からは逃げられそうにないみたい、とダービーは心のなかで愚痴った。きっとわたしのお葬式でもかかるんだわ。そのころまでには、空を飛ぶ車が発明されているだろうと、昔から思っていた。けれども、こうして誘拐犯のじめじめしたバンに身をひそめ、鼻で呼吸をしているいまは、そうは思えなくなっていた。

もちろん、ラーズは曲を最後まで聴き、つまりはダービーもそれにつき合わされた。こうして歌詞に耳を傾けていると、これまでよりも少しだけ心にしみた。

この曲は雪を歌っているのだとずっと思っていたけれど、郷愁の歌でもあったのだ。ビング・クロスビーのまろやかな声を聴いていると、ハイスクールを出たての貧しい田舎の少年が、異国の凍てついた地面にうずくまり、他人の戦争を戦い、故郷に残した愛する人を夢想する様子が目に浮かぶ。とても人ごととは思えなかった。

ラーズはそこまで深く考えてはいないだろう。彼はベイビー・ルースのチョコレートバーをくちゃくちゃ音をたてて食べていた。鼻をほじり、とれた塊をダッシュボードの明かりのなかでじっくりながめた。二度、おならをした。二度めのときはくすくす笑い、それからいきなりうしろを向いて、小さくてとがった歯を見せながらバンの後部に向かってにやりと笑った。ダービーは胸が締めつけられ、心臓を素手でつかまれたように感じた。

「あっためてやったよ」ラーズは言った。

彼が見ているのは闇のなかのジェイのケージだが、同時にダービーをまっすぐ見つめていることには気づいていない。彼女を覆う毛布と敷物の山と、あらわになっている片方の目があるだけだ。あと少し明るければ見えてしまうだろう。

あいつがこっちを見てる。

イタチ顔のにやにや笑いが消えた。目はまだダービーのほうを見つめている。

どうしよう、見つかっちゃった。わき腹がつり、クモが皮膚の上を這いまわるような感じがする。目が闇に慣れてきて、わたしが乗っているのに気づいたんだ。まずい、わたし、殺されちゃう――

ラーズが三度めのおならをした。

なんだ、そういうこと。

今度のは長くて、らっぱのような音が盛大に鳴り響き、彼はばか笑いを始めた。おかしそうに笑いころげ、助手席のシートをばんばん叩いた。すっかりごきげんで、声をつまらせながら人質に向かって言葉を絞り出した。「礼は……いまのぶるぶるってやつの礼はいらないよ。あったかくなっただろ、ジェイバード？」

ジェイが少し首を傾けたのだろう、絶縁テープにしわが寄る音がした。少女が〝こんなのにつき合わされてるのよ〟とばかりに目をぐるりとまわす様子が目に浮かんだ。

やがてラーズのばか笑いは咳に変わった。痰をともなう湿った咳で、副鼻腔炎でもわずらっているのかもしれない。それなら、口呼吸しているのも道理だ。

ダービーの両脚はさっき見えた五ガロン入りのガソリン缶に押しつけられ、いま気づいたけれど、その隣には液体の白い容器もあった。〈クロロックス〉のロゴがダッシュボードの光でかすかに読み取れる。漂白剤だ。

五ガロンのガソリン。

それに漂白剤。

犯行現場の痕跡を消すのに使うつもり？

ラジオがさらに何曲かクリスマスソング（ラーズは「おばあちゃんがトナカイにはねられちゃった」のときは一緒に歌い、「きよしこの夜」では歌わなかった）を流したのち、アストロのエンジンを切って、キーを上着のポケットに突っこんだ。いまやバンのなかは二十五度を超える蒸し風呂状態になっていた。ウィンドウが結露でくもっている。外灯の潤んだ光がガラスの上できらきら光っている。暑苦しい毛布のなかで動けずにいるダービーの肌は、吐く息と解けた雪でじっとり湿っていた。袖が手首に貼りつき、下に着ている〈アート・ウォーク〉のフードつきパーカは冷や汗でぐっしょり濡れている。

ラーズは外に出ると、デッドプールのニット帽をかぶり、ルームライトに目をやった。まだ少し納得がいかないらしい。けれども、すぐに向きを変え、最後にもう一度、車のなかに向かって盛大におならをすると、ドアであおぎ、ジェイ（とダービー）をにおいとともに閉じこめて去っていった。

ダービーは男の足音がしだいに小さくなっていくのに耳を傾けていた。やがて遠くから、ビジターセンターの玄関のドアがあき、ばたんという鈍い音とともに閉まるのが聞こえた。

静寂。

ジェイが口から絶縁テープをはがした。「あいつ、何度もおならしたでしょ」

「うん」

「ハンバーガーを食べすぎたからだよ」

ダービーはちくちくする毛布をはいで、顔にへばりついた湿った髪を払った。アストロの後部ドアを蹴ってあけ、外に出た。サウナからあがったような感じだった。履いているコンバースはぐしょぐしょで、靴下は盛大にぐずぐずいい、右のスニーカーは靴ひもを結んでいないままだ。

「あいつ、なんにでもランチドレッシングをかけるの」ジェイの話はつづいた。「ドライブスルーでフライをひたしたいからってカップに入れてもらうんだけど、そんなのうそ。上から全部かけちゃうんだから——」

「そう」ダービーはまともに聞いていなかった。氷点下の寒さは目が覚めるようで、たとえて言うなら二十キロ以上あるセーターを脱ぎ捨てるのに似ていた。ふたたび体が軽くなって生き返った気持ちがした。自分がなにをすべきかはよくわかっている——どうやるかはわからないけれど。うしろに一歩さがってiPhoneをかまえ、つづけざまに二回、写真を撮った。

ジェイはまばたきもせず、血のついた指でケージの鉄格子をつかんでいた。「気をつけてね」

「うん、気をつける」

「気をつけるってやくそく——」

「約束する」

少女が怪我をしていないほうの手をのばしてきた。最初ダービーは握手か、指切りか、あるいは、ぼんやりとしか記憶のない子ども時代のハンドサインをするものだとばかり思ったけれど、ジェイはダービーのてのひらになにかを落とした。小さくて金属のようで、氷のように冷たいもの。

銃弾だった。

「床におちてた」ジェイが小声で説明した。

思っていたよりも軽く、先の丸い小さな魚雷のような形をしていた。てのひらの上で左から右へと転がしてみる。ダービーのてのひらが震えた。あやうく落としそうになる。驚きはしなかったけれど、これで最悪のシナリオが裏づけられたことになる。

やはりラーズは銃を持っている。

あたりまえだ。

そのくらい察して当然だったのに。ここはアメリカで、警官も泥棒も銃を持っている。全米ライフル協会も言っている。銃を持った悪人をとめられるのは、銃を持った善人だけだと。大げさに聞こえるかもしれないけれど、厳然たる事実だ。これまでに銃をさわったことはないし、ましてや撃ったことなど一度もない。でも、いまは、銃を手に入れられるなら魂を売り渡してもいい。

まだジェイに見つめられているのに気がついた。

いつものダービーは子どもと話すのが苦手だ。姪や友だちの妹や弟の相手をしなくてはいけない状況になると、自分より小さくて頭の悪い大人のように扱ってきた。けれども、いまはそんな手間はいらない。言葉を嚙み砕く必要などなかった。すべての言葉は本心からのもので、言い換えてしまったら、それが持つ純粋な力が薄まってしまう。

「ジェイ、あなたをここから出すと約束する。必ず助けてあげる」

午後十時四十一分

ダービーはこの十一年間、父の顔を見ていないけれど、二年前、父はハイスクールの卒業祝いに多機能ナイフを郵便で送ってくれた。これにはオチがある。ドラッグストアで買ったとおぼしきホールマークのカードには、大学卒業おめでとうと書かれていた。笑える。

でも、プレゼントとしては悪くなかった。コルク栓抜き、爪切り、爪やすりなどが扇形にひらく、赤いスイス・アーミーナイフだった。もちろん、長さ二インチののこぎりもついていた。使ったのは一度だけ、寮のルームメイトが新しく買ったイヤホンが入っているプラスチックの包みを開封するのを手伝ったときで、そのあとはすっかり存在を忘れて学生生活を送ってきた。ブルーのグローブボックスのなかにしまいっぱなしになっていた。

それがいまは尻ポケットにおさまっている。囚人が手製のナイフを隠し持つように。

ダービーは背中を防犯シャッターに預け、膝を胸のところで抱えるようにして、石造りのコーヒーカウンターにすわっていた。その場所からは室内全体が見わたせる――エドとアシュリーは、もう何度めかわからないゴー・フィッシュのゲームを終えるところで、サンディはペーパーバックを読書中、そしてラーズはあいかわらず玄関を見張るように同じ場所に立っている。

ダービーは多機能ナイフにくわえ、外のホンダの後部座席に積みあがったブッチャーペーパーの山の下から、青いペンと細罫ノートを一冊持ってきていた。それを膝の上にのせていた。

一ページめは落書きだった。抽象的な図形、網掛けの陰影。

二ページめ——またも落書き。

三ページめは？ のぞかれないよう用心しつつ、これまでいちばんの出来と言っていい人物像を描いた。ほぼ完璧だった。猫背ぎみのラーズをくまなく観察した。ブロンドの頬ひげ、だらしなくあいた出っ歯ぎみの口、輪郭のぼやけた顎に傾斜した額。くっきりと目立つV字形の生え際。目の生気のなさまでしっかりとらえている。警察は有益な情報だと思ってくれるだろう。もしかしたら、マスコミに公表して犯人追跡に役立ててくれるかもしれない。バンの車種と型式、それにナンバーもわかっている。サンディエゴから連れ去られた少女のピンボケ写真もある。CNNで報道されて、国じゅうの四十型の液晶スクリーンに大写しになればすごいインパクトだろう。

でも、それで充分？

現時点で車を出すのは不可能で、明日の朝、除雪車が到着してバックボーン山道が通れるようになれば、ラーズはジェイを連れていなくなってしまう。その直後に緊急通報できたとしても、警察は最後に生存が確認された地点から手をつけるはずだ。ラーズは捕まるかもしれないけれど、捕まらないかもしれない。穴だらけの網をすり抜け、行方をくらますだけの時間は充分にあり、それは七歳のジェイ・ニッセンにとっては死の宣告にひとしい。あるいはジェイバード・ニッセンにとって。本当の名前はなんにしろ。

壁に貼られたこの界隈の地図によれば、州道七号線は峠の近くでほかのふたつのハイウェイと交差している。もうひとつ、血管のように北に向かう主要な州間高速道路とも。東に向かおうが西に向かおうが、ラーズには無数の逃走路がある。よくよく見ると、ワナパ（小さな悪魔）パーキングエリアはここから二十マイルくだった場所だ。いま彼女たちが足止めをくっているこの場所は、正確にはワナパニだった。地図を見間違えていた。さらに二十マイル、文明社会から遠ざかっていることになる。

パイユート族の言葉で、ワナパニは大きな悪魔の意味だ。

やっぱりね。

さっきの銃弾はいまもダービーのポケットのなかにある。女子トイレの緑色の蛍光灯のもとでじっくり観察してみた。銃弾の丸い先端には四つの切りこみが入っていて、理由はわからないながら、わざとそうしてあるように見える。底の真鍮のリムに刻印がされていた――四五オート・フェデラル。四五口径の銃という言葉は警察映画で聞いたことがある。けれども、それがいまここに、自分がいる部屋に、ラーズのジャケットに隠されていると思うと、背筋が寒くなる。わずか数フィートと離れていない場所にあるのだ。

もう一時間も前から心の奥ではわかっていたけれど、ようやく脳のほうも納得した。容疑者の特徴と適当に撮った不鮮明な写真だけではだめだ。物事が順調に進めばダービーはヒーローとしてマスコミから持ちあげられるだろうけれど、ジェイの救出が保証されるわけではない。

それに、最終的に警察がラーズを見つけられなかった場合、あの女の子の両親になんと言えばいいのか。お嬢さんが亡くなったのは残念だけど、わたしは警察に通報したし、車のナンバーを書きとめたし、しかるべきルートにすべての情報を流しました。似顔絵も描きました。

だめだ。なにか行動を起こさなくては。

この場で。今夜のうちに。雪に閉ざされた、この小さなパーキングエリアで。夜が明けて除雪車が到着する前に、自分の力でラーズの動きを封じなくては。

なんらかの方法で。

そこで計画は行き詰まった。

コーヒーを口に運ぶ。苦くて真っ黒な、三杯めのコーヒー。ダービーは刺激の強いものを好んで口にする——エスプレッソコーヒー、レッドブル、フル・スロットル、ロックスター。眠気覚ましのタブレット〈ノードーズ〉。ルームメイトが服用しているアデロール。気分を少し高揚させてくれる中毒性のあるものならなんでもいい。絵の具やオイルパステルで絵を描くのに必要な、いわばロケット燃料みたいなものだ。鎮静効果のあるもの——アルコールやマリファナは敵だ。ダービーは常に目をひらき、もだえ、走っていたかった。足をとめさえしなければ捕まらずにすむ。カフェインの酸味のある覚醒効果がありがたかった。今夜だけは、頭をしゃきっとさせておく必要がある。

周辺図の上に古いアナログの掛け時計があるのに気がついた。猫のガーフィールドがモチーフになっている。文字盤の真ん中で、ガーフィールドがおおざっぱに描かれた花束を手にピンクのメス猫——アーリーン——に求愛している。短針が時刻はまもなく午前零時になると告げているが、ダービーは一時間進んでいるのに気がついた。冬時間にするのを忘れているらしい。

まだ十一時前だ。

考えてみれば、時間がなくなるのと、時間がありすぎるのと、どっちが神経を削られるのか、ダービーには判断がつかなかった。スケッチを終える（ごつごつした額に影をつけていたら、胎児を思い出した）と、ラーズもようやくみんなと打ち解けてきているようだった。少なくとも、一種の集団力学というようなものがいくらかはたらいていた。アシュリーはラーズとエドにトランプを使った手品、メキシカン・ターンオーバーとかいうのをやってみせていた。漏れ聞こえてくるところによれば、手に持ったトランプでテーブルの上のトランプをひっくり返すように見せかけつつ、実際にはその二枚を入れ替えるという技らしい。ラーズはその手並みに心を奪われた様子で、アシュリーのほうは観客がいることに気をよくしているように見える。

「それで、おまえさんがいつも勝ってたわけか」エドが言った。

「安心していいよ」アシュリーは両手をあげ、ペテン師のようににやりと笑った。「あんたにはいんちきなしで勝ったんだから。でも、ちょっと自慢させてもらうなら、ステージマジック競技会で一度、銀メダルをもらったことがある」

エドは冷笑を浮かべた。「ほう、そうか」

「うん」

「それってすごいのか?」

「もちろん、すごいに決まってるじゃないか」

「二位なんだろ?」

「実は三位なんだ」アシュリーはトランプを切った。「ご静聴ありがとう」

「タキシードを着たのか?」

「着る決まりなんだ」

「銀メダルを取ったマジシャンの求人市場ってのは最近どうなんだ?」

「笑っちゃうくらい低調だね」アシュリーはガラガラヘビのようなかたかたという音をさせてトランプを置いた。「だから、会計学を学ぼうと思って学校に通った。そしたらなんと、本当のマジックはそこにあったんだ」

エドがげらげら笑った。

ひげに覆われた唇を突き出し、ふたりのやりとりにずっと耳を傾けていたラーズが、この間を利用して会話にくわわった。「ってことは、つまり、さ、さっきの、て、手品は本物だったのかい？」

外では吹雪がいっそう激しくなっていた。吹きつける風で窓がきしむ。アシュリーはうすら笑いを浮かべてエドに目をやり（手品が本物だったかだってさ。マジかよ）、正直に答えようか、武器を持った児童誘拐犯相手に皮肉のひとつも投げつけてやろうかと思案する顔になった。

そんなことしちゃだめだよ、アシュリー。

彼はラーズに向き直った。「そうだよ」

「本当に？」

アシュリーはにやにや笑いを大きくした。「本当さ」

ダービーはみぞおちに冷え冷えとした恐怖がひろがるのを感じた。自動車事故が起こる寸前を目撃するのに似ている。ロックしたタイヤがあげる悲鳴、衰えない運動エネルギー。だめだってば、アシュリー。あんたは誰を相手にしてるかわかって――

「じゃあ、あれは本物だったんだな？」ラーズが声をひそめた。

だめったらだめだってば――

「もちろん、全部本物さ」アシュリーは話を引きのばしている。「ぼくは時空を曲げられるし、意外なものを出現させられるし、魔法の力でみんなの記憶を消すことだってできる。死をも逃れられる。鉄砲の弾もかわせる。ぼくは魔術師なんだよ、ラーズ、兄弟。それに―

「女を半分に切る手品はできる？」ラーズが藪から棒に尋ねた。

室内がしんと静まり返った。吹きすさぶ風を受けて窓がぎしぎしきしむ。

ダービーは視線を下に戻し、また青ペンで絵を描いているふりをしたけれど、彼にじっと見られているのに気づいてぞっとした。デッドプールのニット帽をかぶり、子どもみたいに目を輝かせて手品に夢中になっているたるんだ顎の児童誘拐犯が、まっすぐ彼女を見つめていた。

アシュリーは口ごもった。さすがの放言マシンもガス欠らしい。「えっと……それは……」

「女を半分に切る手品はできる？」ラーズはせっつくようにまた訊いた。さっきと同じ口調、さっきと同じ声。しゃべりながらも、目はあいかわらずダービーに据えられている。「ほら、あれだ。棺桶みたいなでかい木の箱に女を入れて、それから……ええと、のこぎりで切るやつのことだろ？」

エドは床に視線を向けた。サンディは読んでいたペーパーバックをおろした。

繰り返す。「女を半分に切る手品はできる？」

ダービーは持っていたペンを強く握った。膝を胸に近づける。イタチ顔との距離は十フィート。自問する――あいつがジャケットの下の四五口径に手をのばしたら、ポケットからスイス・アーミーナイフを抜いて刃をひらき、すばやく部屋を突っ切って、あいつの喉を刺せるだろうか？

　右手をカウンターに置く。腰の近くに。

　ラーズがさっきと同じことを、もっと大きな声で質問する。「女を半分に切る手品は――」

「できるさ」アシュリーが答えた。「女が死ななくたって、金メダルはもらえるけどね」

　沈黙。

　たいしておかしくもないのに、エドが無理にくすくす笑った。

　サンディも笑った。アシュリーも。ラーズは首をかしげていたが――脳という機械にいまのジョークをねじこまなくてはいけないというように――最後には根負けして、三人と一緒になって笑い、ビジターセンター内に大きな笑い声がとどろいた。声は緊張感のみなぎる室内に響きわたり、やがてダービーはふたたび偏頭痛に襲われ、目をぎゅっとつぶりたくなった。

「な、だからぼくは銀しか取れなかったってわけ」アシュリーがさらに説明した。「金じゃなく――」

　わざとらしい笑いがまたもあがるなか、ラーズはあいかわらずにやにや笑いながらコートの前をあけ、腰のなにかに手をのばした。ダービーはポケットのなかでナイフを握りしめた――が、ラーズはベルトの位置を直しただけだった。

　ふう。危ないところだった。

けれども、いまのラーズの動きはすばやかった。もしも本当に銃を抜こうとしたのなら、いまごろ、ここにいる全員が殺されていた。一見すると不器用でのろくさく見えるけれど、油断をしたらやられてしまう。

「金メダル」ラーズはくっくっと笑いながら、やせこけた腰のベルトを引っ張り、アシュリーを親指で示した。「い、いまのジョークは、よ、よかった。おもしろい男だな」

「おっと、早合点してもらっちゃ困る」アシュリーは言った。「そのうちぼくがどんなに不愉快なやつかわかると思うよ」

うそくさい笑い声がやみ、ダービーの頭はべつのことを処理していた。ささいなことだけれど、誘拐犯の笑い方がやけに不気味に思えたのだ。ひどく警戒しているような感じだった。普通の人なら、まばたきして警戒を解くところだ。でもラーズはちがった。顔は笑っていたけれど、目は警戒を怠っていない。全員の顔をうかがい、室内を観察し、ずらりと並ぶとがった歯を見せつつ、冷静に分析していた。

あのにやにやとした愚鈍そうな顔こそが悪魔の顔だ、とダービーは気がついた。

幼い少女をカリフォルニアの自宅から連れ去った男の顔だ。

明かりがちらちらとまたたいた。冷え冷えとした闇があたりを占拠する。全員が頭上の蛍光灯を見あげたけれど、電気がつき、室内がふたたび明かりに満たされても、ダービーはまだラーズのひげもじゃの顔を見つめていた。

わたしが対峙する相手だ。

夜が更けると悪の力が最強になる時間帯がある。ダービーの母は、まじないでも唱えるような鼻にかかった声で、〝魔女の刻〟と呼んでいた。

午前三時。

これは聖なる三位一体の悪魔版とされている。子どものころ、ダービーはこの迷信を尊重していたけれど、本気で信じていたわけではない――一日のうち特定の時間がほかの時間よりも邪悪になるわけがない。けれども、子ども時代は悪い夢を見ると必ず、息をはずませ汗びっしょりになりながら携帯電話に目をやるのが癖だった。すると気味が悪いことに、時刻はいつも午前三時に近かった。記憶にあるかぎりいつもそうだった。

中学一年生の社会科の授業で喉をつまらせ、吐き出した長さ三インチもある白くてぷっくりした蛆（うじ）が机で身をよじらせる夢を見た時刻は？

午前三時二十一分。

セブンイレブンに行く途中、あとをつけてきた男に口笛を吹かれ、トイレに追いこまれた末、小さな拳銃で後頭部を撃たれる夢を見た時刻は？

午前三時三十三分。

長身の幽霊――花柄のスカートを穿き、くねくねした膝を犬の後ろ脚のように逆に曲げた白髪交じりの女が、ふわふわただよいながら、重さのない幽霊か水中生物のような動きで寝室の窓から入ってきた時刻は？

午前三時ちょうど。

偶然よね？

〝魔女の刻〟と、母はジャスミンの香りのキャンドルに火をつけながら、そう言った。悪魔がもっとも力を発揮する時間だと。

そこで母は自分の言葉を強調するようにジッポーのライターを閉じた――かちり。

いま現在、ワナパニ・ビジターセンターはまだ午後十一時だけれど、ダービーはそれでも、闇が自分のもとに、ここにいる全員のもとに集まってきているような気がしていた。

ラーズをどう攻撃するかは、まだ決めていない。

ビジターセンターの間取りはすでに頭に入っている。単純な構造だけれど、大事な設備はたくさんある。長方形のメインロビーに男女別のトイレ、みすぼらしい水飲み器、関係者用と表示されている鍵のかかった用具収納庫。閉店して南京錠のかかった防犯シャッターをおろしたコーヒー・スタンドを、石とモルタルでできたコーヒーカウンターが囲んでいる。格別に目立つ正面ドアはあけ閉めのたびにきいきい音がする。駐車場に面した大きな窓は、風が吹きつけた雪で半分ほど覆われている。トイレの天井には小さな三角窓がひとつずつついているが、タイルの床から十フィートの高さがある。鉄格子がないだけで、まるで刑務所の窓みたいだ。それをちゃんと覚えているのは、ほかの人なら忘れてしまいそうなことだから。

外は完全にべつの惑星だった。月の光は雲に隠れている。外にぶらさがっている水銀温度計によれば、気温はマイナス二十度近くまで落ちこんでいる。雪は窓の高さまで積もり、いまもなお降りつづいている。音をたてて吹き荒れる風で飛ばされたさらさらの雪が、窓ガラスに小石のように叩きつけてきていた。

「いまのおれは、地球温暖化を断然支持するね」エドが言った。

サンディがページをめくった。「地球温暖化なんて大うそよ」

「ちょっと言ってみただけじゃないか。建物のなかにいられてよかったよ」

「まったくだ」アシュリーがもごもごと言い、ラーズを頭で示した。「誰かが木の箱に閉じこめられて半分に切断されなきゃね」

イタチ顔はまたもやドアのそばに戻って、パンフレットがおさまったラックに手をのばしていた。その表情からは、アシュリーの冗談が聞こえたかどうかは読み取れない。アシュリーもこれ以上、無鉄砲な発言は慎んでほしい。このままあと八時間持つとは思えない。いずれ、アシュリーは自分の言葉で自滅する。

あとは武器を調達しないと。

けっきょくはそこに行き着く。ダービーの見るかぎり、この公共のパーキングエリアは幼稚園並みに無害だ。防犯シャッターの外側にある、コーヒーカウンターにはプラスチック製のフォークとスプーンだけ。紙の皿と茶色いナプキン。掃除用具を入れる収納庫はあるが、鍵がかかっている。タイヤレバーも信号拳銃もなければ、ステーキナイフもない。残念ながら、ダービーの最良の攻撃手段は、スイス・アーミーナイフの刃渡り二インチのノコギリ刃だけ。ジーンズのポケットを叩いて、ちゃんとあることを確認した。

これでラーズを刺せる？　それよりなにより、これであの男をとめることなんかできる？　わからない。武器と呼ぶには貧弱だし、胸を突き刺すなんて無理だ。イタチ顔の不意を衝いて、やわらかい喉か目に突き立てるしかない。躊躇している余裕はない。できないことはないだろうけど、最善の策とは言えない。

カウンターの下のモルタルにひびが入っているのを思い出した。そこの石がはずれやすくなっていたはずだ。

あれなら使える。

ダービーは立ちあがって、もう一杯スタイロフォームのカップに注ぐふりをしてコーヒーカウンターに歩み寄った。誰も見ていないのを確認してから、ぐらぐらしている石に右足をのせ、体を前にかがめた。少し力をかけ、さらに少し、もう少しとかけていくと――コーヒーマシンのレバーを操作して音をごまかしつつ――石はモルタルからはずれ、タイルの床に音をたてて落ちた。ラーズ、エド、アシュリーは気づかなかった。サンディが一瞬だけ顔をあげたけれど、すぐ読書に戻った。

ダービーはサンディの目がペーパーバックに戻ったのを確認してから、石を拾いあげた。アイスホッケーのパックよりもひとまわり小さく、卵形で表面がつるつるしている。歯を何本かへし折るか、力いっぱい投げつけるのにぴったりの大きさだ。ダービーはひんやりした石をポケットに隠し、ベンチのもとの場所に戻って、心のなかで武器をリストアップした。

刃渡り二インチのナイフ。

中くらいの大きさの石。

四五口径の銃弾一個。

助けてくれる人が必要だ、と気づいた。

もちろん、ひとりでラーズをやっつけることもできる。不意を衝き、深手を負わせ、ジャケットのなかの銃を奪い、夜明けに除雪車が到着するまで、銃で動きを封じる。なんなら、あの男の絶縁テープで手足を縛りあげてもいい。収拾がつかなくなれば、殺す覚悟はできている。けれども、それをたったひとりでやろうとするのは身勝手にすぎるだろう。ラーズが彼女をねじ伏せ、ほかの三人に気づかれないよう死体を始末した場合にそなえ、このなかの誰かにも、自分が知った事実を打ち明けておくほうがいい。自分が先に殺されてしまったら、ジェイを助けてあげられない。

ヒーローと被害者の違いは？

タイミングだ。

テーブルでアシュリーがきれいな虹の形にトランプをひろげた。ハートのエース一枚が上を向いているだけで、あとはすべて伏せてある。「これが選んだカードだろ」

ラーズが火をはじめて知った原始人のように息をのんだ。

エドは肩をすくめた。「悪くない」

長椅子にすわったまま、ダービーは味方候補を品定めした。エドはもうすぐ六十だし、おなかが出ている。彼のいとこのサンディはベニヤ板とヘアスプレーでできているも同然だ。

でもアシュリーは――いらいらするほどおしゃべりだけれど、大柄で筋肉質で動きも速い。落ちたトランプを拾う動き、椅子のまわりをまわりながら自信たっぷりに踊る様子――バスケットボールの選手のようなしなやかさで飛びかかったり、よけたりできそうだ。あるいは、ステージマジシャンのような、と言い換えてもいい。

銀メダルを取った、ステージマジシャン。

「べつのをやってくれ」ラーズが言った。

「覚えてるなかでまともなマジックはこれだけなんだ」アシュリーは言った。「ほかのは子どもだましみたいなものばかりでさ。偽の袖とか、カップのなかの落とし戸とか、そういうやつ」

「おまえさん、職業選択を誤ったな」エドが言った。

「そうかな」アシュリーはほほえんだが、ダービーはほんの一瞬、彼の目がつらそうにゆがんだのを見てとった。「でも、会計学もけっこういけてるよ」

ラーズはショーが終わってがっかりしたのか、ドアのそばでしょんぼりしている。

次に打つべき手はアシュリーだ。彼なら少なくとも腕力があって戦える。彼がひとりになったところを――トイレに行ったときにでも――捕まえて、女の子の話を打ち明けよう。状況がいかに深刻か、ちゃんとわかってもらわなくてはいけない。いまこの瞬間にも、幼い子どもの命が危険にさらされているのだと。そうすれば、援護が期待できる。ラーズに攻撃をしかけ、取り押さえるタイミングが来たら――

「そうだ！」アシュリーが手を打ち合わせ、その音に全員がびくりとした。「暇つぶしの方法を思いついた。みんなでサークルタイムをやろう」

　エドがまばたきをした。「なにをやるって？」

「サークルタイム」

「サークルタイム？」

「そう」

「サークルタイムってのはいったいなんだ？」

「ぼくのおばさんが幼稚園の先生をやっててね。小グループの場をなごませるのに使ってるんだって。ちょうどいまのぼくたちみたいに、全員が輪になってすわって、なにかひとつ話題を決める。たとえば、好きなペットとかそういうの。で、ひとりずつ、時計まわりに答えを言うわけ」アシュリーはそこで少しためらい、ひとりひとりと目を合わせた。「だから、サークルタイムという名前なんだ」

　沈黙。

　しばらくしてようやくエドが口をひらいた。「頼むよ、おれの顔を撃ってくれ」

　ふたたび全員が思い思いに時間を過ごしはじめ、ダービーはまた〈エスプレッソ・ピーク〉のカウンターまで行って、茶色いナプキンを一枚取った。持っていたノートにそれを滑りこませ、ペン先を出してメッセージを走り書きした。

「ねえ、みんな、ぼくたちどうせ、あと七時間は雪で外に出られないんだからさ」アシュリーはなおも引きさがらなかった。「いいじゃないか。おたがい心をひらいてちょっとくらいおしゃべりしようよ。でないと、頭がどうにかなっちゃいそうだ」

エドが不満そうに言った。「いま、こうして話してるじゃないか」

「だから、サークルタイムをやって――」

「おれはサークルタイムなんかやらん」

「まずはぼくからやるよ」

「神に誓ってもいいけどな、アシュリー、おれにもそのサークルタイムとやらをやらせるなら、明日の朝、除雪車が到着するころには、このパーキングエリアは血まみれの死体だらけだぞ」

ダービーはペンをかちかち鳴らした。そうならないよう祈るわ。

「おれはやりたい」ラーズが会話に割って入った。

エドはため息をついた。「ああ、そりゃそうだろうさ」

「よし、やろう。座をなごませるときには、苦手なもの、あるいは、世の中でいちばん怖いものはなにかを訊くのがいいんだ」アシュリーは言った。「さてと……ぼくからいくよ。いちばん怖いものはなにか、これから話す。いい？」

「やなこった」とエド。

ラーズは持っていたパンフレットをもとに戻した。彼は耳を傾けていた。

「ぼくの苦手なものは変わってると思う」アシュリーは言った。「みんなが普通、怖がるものとはちがってるから。針とかクモとかじゃなくて……」

ダービーは書いたメッセージが内側になるようナプキンを二回たたんだ。これをやったら、もうなかったことにはできない。あと戻りできなくなる。ここから先、誤ったほうに目を向けたり、間違った言葉を発したら、ワナパニ・パーキングエリアは暴力の渦にのみこまれてしまう。

「ぼくはブルー・マウンテンズで育った」アシュリーは部屋にいる全員に話しかけた。「子どものころ、線路伝いに歩いていって、入り口を板でふさいだ古い炭鉱を探検してたんだ。山全体がスイスチーズみたいに穴だらけでね。でも、その炭鉱だけはどの地図にものってなくて、地元ではチンクス・ドロップって呼ばれてた」

サンディが顔をしかめた。「ふうん」

「えっと、チンクっていうのは」とアシュリー。「中国人を意味する差別的な言葉で――」

「ええ、そう思った」

「ぼくの想像だけど、炭鉱作業員がひとり落っこちて死んだんじゃないかな。それが――」

「わかってる――」

「それが中国人だったってわけで――」

「わかったってば、アシュリー」

「ごめん」彼はたじたじとなった。「それで、えっと、ぼくはそのとき七歳でどうしようもないくらいばかだった。誰にも告げずにバリケードの下をくぐり、たったひとりでなかに入ろだ。懐中電灯一本とロープだけを持ってね。インディ・ジョーンズの子ども版ってところだ。でも、最初はべつに怖くなかった。だんだん細くなるトンネルを奥へ奥へと進んでいって、古い石炭トロッコのわきを通りすぎ、あちこちで分断された十八世紀の列車のレールをまたぎ、閉鎖されたドアを次から次へと抜けていった。炭鉱のなかだと音が震えたり、反響したりして変に聞こえるんだよね。そうこうするうち、古い木のドアを抜けたとき、腐食した蝶番に手を、そうだな、ほんの一秒ほど置いたんだ。そしたら……とんでもないことになった」

ふと見ると、ラーズの関心はまたもコロラド航空のパンフレットに戻っているらしく、ダービーはいまがチャンスだと思った。長椅子にすわったまま腰をそろそろとずらしていく。濡れたコンバースを床におろすたび、ぎゅっぎゅっという濡れた音が漏れた。

アシュリーは唐突に腕をさっと振った。「ドアが閉まった。さびついた金属の牙のように蝶番がぴしゃりと閉まって、親指が視界から消え、三本の指の第二関節が折れた。最初はなんの痛みも感じなかった。ショックで呆然としてた。どっしりしたオークのドアは重さ三百ポンドもあって、びくともしない。しかもぼくは地下半マイルの真っ暗闇のなかでひとりきりだった」

ダービーは彼のほうに歩きはじめた。

「二日間、飲まず食わずで過ごした。ときどきうとうとした。怖い夢を見た。疲労に脱水症状。ナイフは持っていなかったけど、親指をなくしたっていいと本気で考えた。電池の切れかけた懐中電灯で照らしながら思ったよ。蝶番のところにどれだけ体重をかけたら……とにかく、そういうことだ」

エドが身を乗り出した。「どっちの親指もちゃんとついてるじゃないか」

ダービーはアシュリーがすわっている椅子をまわりこむようにして通りすぎながら、彼の膝にたたんだナプキンをこっそりと落とした。ハイスクールの生徒がメモをまわすみたいに。

アシュリーはそれに気づいたけれど、エドに向かって親指を立ててみせながら、よどみなく話を終えた。「そうなんだ。けっきょく、待つしかなかったってこと。べつの町のティーンエイジャーがたまたまチンクス・ドロップに侵入して、ぼくがいるのを見つけた。助かったのはまぐれというか、宝くじに当たるレベルの運のおかげさ」

「それで……」サンディがアシュリーに目を向けた。「あんたが怖いものって……なんなのさ。閉じこめられること？」

「ちがう。ドアの蝶番だよ」

「ドアの蝶番？」

「ドアの蝶番が本当に苦手でさ」アシュリーは大げさに体を震わせてみせた。「もう怖くて怖くてたまらないんだ」

「ふうん」

ダービーは窓のそばで足をとめ、雪がガラスを叩くのを見ながら、アシュリーがメモを読むのを待った。彼がナプキンを手に取り、テーブルのへりの下でひらいて膝の上にひろげ、エドとサンディに見られぬよう、こそこそ読んでいるのが目の隅に映った。かすれぎみの青ペンでダービーはこう書いた。**トイレで待ってる。見てもらいたいものがあるの。**

アシュリーは息をのんだ。

それから自分のポケットから黒ペンを出し、ちょっと考えてから返事を走り書きした。立ちあがり、さりげなく窓に歩み寄ると、前を通りすぎながらナプキンをダービーの手にこっそり握らせた。スリのようにごく自然な動きだった。

ダービーはナプキンをひらき、彼の手書きの文字を読んだ。

ぼくには彼女がいる。

ダービーはため息をついた。「ああ、もう」

アシュリーが見つめている。

ダービーは口の動きで伝えた。そういう意味じゃないんだってば。

彼も口の動きで訊き返した。え？

そういう意味じゃないって言ってんの。

部屋に背中を向け、窓のそばに立つふたりの姿はそうとう目立つ。きっとラーズはこっちを見て、なにをこそこそ言い合っているのか首をひねっていることだろう。エドとサンディも同様だ――

アシュリーがダービーの肩に触れ、またも口の動きで訊いた。どうかした？

これまでにもさんざん経験した金縛りに見舞われたような思いがした。舞台にあがったとたん、科白(せりふ)を忘れるのにも似ている。声に出してしゃべれば、ほかの三人に聞かれてしまう。しゃべらないでいれば醜態をさらす危険がある。薄氷を踏む思いとはまさにこのことだ。右肩ごしにうしろを、イタチ顔をうかがうと、恐れていたとおり、彼がじっとこっちをうかがっている。もうひとつ気づいたことがあり、それを見たとたん、ダービーは全身の血が氷水になる思いがした。

ラーズがパンフレットラックに白いものを置いていた。スタイロフォームのカップだった。彼女のカップ。

一時間前、COCOとつづりを間違った八オンスのココアを満たし、外に持って出たカップ。アストロに押し入ってジェイと話をする直前、後部ドア近くの雪の上に置いたカップ。そのあと持ってきたことをすっかり忘れ、暗いなかに置きっ放しにしてしまったのを見つけられたのだ。しかも、その周辺には彼女の足跡がたくさんついている。

あいつはわたしを襲うつもりだ。しかもさらにとんでもない考えが頭に浮かんだ——静かな危険は諸刃(もろは)の剣(つるぎ)だ。わたしがあいつを襲うつもりでいるのと同じで。

「炭鉱に閉じこめられるなんて」サンディがエドに言う。「ぞっとするわね」

「まったくだ」エドは肩をすくめた。「おれなら親指を切り落としたろうな」

「そんな簡単なものじゃないと思うけど」

「言ってみただけだって。死神とのランチデートが目前に迫ってるってときに、骨と腱(すじ)をちょっとばかり失うくらいなんだってんだ」

ラーズはまだ無言でこっちを見ているが、ダービーがとりわけぞっとしたのは、その目に浮かんだ底知れぬ冷静さだった。わずかなりとも自衛本能のある犯罪者なら、いまごろは銃を抜いているはず。なのにラーズはおそろしいほど無関心で平然としていて、一時間かそこらのうちに拭きとらなくてはならない床の汚れよりも差し迫ったことなどないとばかりに、生気のない小さな目でダービーを見つめるばかりだ。

もうひとつ、暗い考えがダービーの頭に忍びこんだ。なぜだか、これはお告げが現われたにちがいないと思った。あの男は今夜、わたしを殺すつもりだ。

これがわたしの死に方なんだ。

アシュリーを振り返って、小声で告げた。「一緒に来て。いますぐ」

午後十一時九分

　男性トイレのなかでダービーはアシュリーにすべてを説明した。バン。犬用ケージ。サンディエゴから連れてこられたジェイという名の女の子。絶縁テープ、血に染まった手、イエローカードという意味のわからない脅し。さらにはおならのことも。どれだけ小さな声でしゃべっても、自分の声がタイルや便器に跳ね返って、トイレ内にこだましているように聞こえた。絶対にほかの三人にも聞こえているにちがいない。アシュリーは見るからに動揺した様子で、大きく息を吸った。蛍光灯の光を受けた眼窩がどす黒いあざのように不気味にかげり、この晩はじめて彼もダービーと同じくらい疲れているように見えた。しかもこれもこの晩はじめてのことだけれど、彼は言葉につまっていた。ダービーは彼の心を読もうとするようにじっと見つめた。「だから……」

「だから？」

「だから、わたしたちとしてもなにかしなくちゃ」

「うん、たしかに。でもなにかってなにを？」

「彼をとめる」

「やつをとめる？　それじゃ漠然としすぎてる」アシュリーはちらりとうしろを見やり、トイレのドアを確認し、ダービーににじり寄った。「つまり、あいつを殺すってこと？」

まだそこまで腹をくくってはいなかった。

「うそだろ、あいつを殺す相談だなんて――」

「そうするしかなければね」

「まじかよ」彼は目をこすった。「いますぐ？　凶器はあるの？」

ダービーは刃渡り二インチのスイス・アーミーナイフをひらいて見せた。

アシュリーは笑いそうになるのを必死でこらえた。「あいつは銃を使ってくると思うよ」

「わかってる」

「いくらなんでも考えが甘いんじゃゃ――」

「わかってるって言ってるでしょ」ダービーは震えるてのひらにのせた四五口径の銃弾を差し出した。「もののたとえでもなんでもなく、あいつが銃を持ってるのは知ってるってば」

アシュリーは銃弾をしげしげとながめた。「じゃあ、どういう計画でいくの？」

「あいつを阻止する」

「そんなのは計画とは言わないよ」

「だからこうしてあんたに話してるんじゃない。それにさ、あんただってすでにかかわってるんだから。いまは木曜の夜の十一時十分で、隣の部屋には子どもを誘拐した犯人がいて、幼い女の子が外にとまってるあいつのおんぼろのバンに閉じこめられてて、それがわたしたちに配られたカードなの。だからお願い——力を貸してくれない？」

それで彼の心が動いたらしい。「いまの話……いまの話はたしかなんだね？」

「もちろん」

「ラーズは本当に女の子を誘拐したんだね？」

「ええ」ダービーはそこで少し考えなおしてからつけ足した。「ラーズというのが本当の名前なら」

アシュリーは手で髪をすいて、一歩うしろにさがり、個室のドアに寄りかかった。〝ペイトン・マニングはアナルをやらせる〟と落書きが刻んである。アシュリーはごくりと唾をのみこむと、気を失わないようにするためか自分の靴をじっと見おろした。

ダービーは彼の腕に触れた。「大丈夫？」

「単なる喘息(ぜんそく)の発作だよ」

「吸入器は持ってないの？」

「持ってない」彼は決まり悪そうに笑った。「実は、うん、医者に行ってないんだ」

きょう出会ったばかりの若者を見誤っていたのかもしれない。アシュリー——元マジシャン、おしゃべり好き、ソルトレーク工科大学の学生——は思っていたほど頼りにならないのかもしれない。けれども、メモを返してきたときの見事な手さばきを思い出した。あのときはまったくわからなかった。手のなかにナプキンが忽然と現われたような気がした。まるで……そう、魔法のようだった。

あれはすごかった。そうよね？

アシュリーは落ち着きを取り戻し、辛辣な目をダービーに向けた。「証拠がなくちゃ」

「え？」

「証拠だよ。いま話してくれたことに証拠はあるの？」

ダービーはiPhoneのフォトライブラリーを表示させた。うしろで、トイレのドアが大きな音とともにあいた。

ラーズだった。

イタチ顔が大股で入ってきて、きゅっきゅっと音をさせながら、濡れたブーツで歩いてくる。あっという間に誘拐犯が同じ場所に入ってきて、同じ空気を吸うことになった。ダービーは心のなかで叫び――もう逃げられない、絶体絶命だ、個室に隠れる時間もない――猫背ぎみのラーズがふたりのほうに顔を、無精ひげがのびた顎のラインのない顔を向け、赤ん坊のような歯のあいだからあえぐような音を漏らし――

次の瞬間、アシュリーがダービーの頰を両のてのひらではさみ――

「ちょっと待って――」

――彼女の唇を自分の唇に押しつけた。

なんなの？

ダービーもすぐに意図を理解した。そのあとは心臓をばくばくいわせながらも調子を合わせ、自分の体を押しつけ、彼の首のうしろで指を組み合わせた。アシュリーの手がダービーの背中をまさぐり、しだいに腰へとおりていく。彼の生温かい息が口のなかに入ってきた。しばらくラーズはふたりの様子をぼんやりながめていた。やがて、きゅっきゅっという足音が流し台のほうに向かって遠ざかりはじめた。蛇口をひねる音。いきおいよく流れる水。ソープディスペンサーをプッシュする音が一回、二回。ラーズが手を洗っている。

ダービーとアシュリーは目をぎゅっとつぶって芝居をつづけた。ダービーにとって、こんなにぎこちないのは中学三年のとき以来で、あのときはやみくもにまさぐったり、抱擁のタイミングが合わなかったり、半分息をとめたりしていた。アシュリーはキスがそうとう下手なのか、あるいは本気を出していないかのどっちかだった。口に入ってきた舌は死んだナメクジも同然だった。永遠につづくかと思われた苦痛ののち――やめちゃだめ、やめちゃだめ、まだあいつがこっちを見てる――蛇口が閉まる音、つづいて紙タオルを破り取って、まるめる音が聞こえた。長い長い静寂ののち、ようやくラーズはトイレを出ていった。

ドアがかちりという音とともに閉まった。

ダービーとアシュリーは体を離した。「きみの口、くさいね」アシュリーが言った。

「悪かったわね。きょうはレッドブルを六本も飲んだから」

「まじかよ――」

「ほら、見て」ダービーは自分の携帯電話を彼のほうに突き出した――黒い犬用ケージに入れられたジェイのピンボケ写真だ。血で汚れた爪だけ焦点が合っている。「証拠を見せろと言ったでしょ。こういう状況なの。この女の子が外の、あいつのバンのなかに閉じこめられてる。建物から五十フィートほどのところでね。これがいま、現実に起こってること」

アシュリーはろくに写真を見なかった——すでに確証を得ていたのだろう。彼は落ち着きなくうなずくと、もう一度、大きく息を吸いこんだ。「あいつは……あいつは手を洗いに来たんじゃない。ぼくたちの様子をうかがいに来たんだ」

「これでもうあんたも仲間よ」

「そうだね」

「それだけ？」

「しょうがないな」彼はため息をついた。「きみに……協力するよ」

ダービーはいきおいこんでうなずいた。けれどもすでに気持ちは膵臓ガンの母のことに向いていた。

なにもかも——ここにいたるまでのさんざんな二十四時間——がまったくべつの人生のような気がする。これまで、幸運にも避けてきた人生のように。いま思い出してもおなかに散弾銃をくらったような感じをおぼえる。あいかわらず携帯の電波は届かない。受信して七時間もたっているのに、いまいましいほど謎めいたデヴォンのメールに隠された裏の意味は、いまだに読み取れない。彼女はいまのところオーケー——

「ダービー？」

アシュリーが見つめていた。

「うん、わかった」彼女は気を取り直し、唇についたアシュリーの唾液をぬぐい、まぶしいくらいの光に目をしばたたいた。「あの人でなしの不意を衝かないと。向こうも知られたことに気づいてるだろうから、わたしたちに背中を見せるまねはしないと思う」

「たとえ背中を見せたとしても、きみが持ってるバターナイフに毛が生えた程度のものじゃなんの役にもたたないよ」

「だから、頭を殴りつける」

「道具は？」

「あなたはなにを持ってる？」

アシュリーは少し考えてから答えた。「く……車にジャッキがあるけど」

それでは目につきすぎる。隠せないし。でも、ダービーはいいことを思いついた。ジーンズのポケットに手を入れ、コーヒーカウンターからはずした飾り石を出した。「こっちのほうが使える」

「ただの石ころが？」

「靴を脱いで」

彼はためらいを見せながらも、個室のドアにもたれ、左の靴を脱いだ。

「次は靴下」ダービーは言った。「それも脱いで」

「どうしてぼくのじゃなきゃだめなんだ？」

「女の子の靴下は短すぎるから」

アシュリーはくるぶしまである白いソックスを差し出した。握手する手のように生温かく、少し黄ばんでいる。彼は顔をゆがめた。「いま、洗濯機が故障してて」

ダービーは靴下をぴんとのばすと、なかに石を入れて上をきつく小間結びにした。軽く揺らし、てのひらに打ちつける。弧を描くように動かせば小さな石に大きな威力がくわわる。手首をすばやくひねるだけで、眼窩の骨を粉々に砕くことができる。少なくとも、理屈のうえではそうだ。

アシュリーは即席の武器に目をやってから、ダービーを見やった。「それはなんなの?」

「石入り靴下というもの」

「見たまんまだね」

ダービーはテレビのサバイバル番組で見たことがあった。「石入り靴下」と繰り返す。

「童話の『キャット・イン・ザ・ハット』に出てくるみたいな武器だ」

ダービーはほほえみ、その拍子に眉の上の傷痕がほんの一瞬、あらわになった。「説明するね」彼女は武器をかかげた。「計画はこうよ。ラーズは玄関のドアのそばに立って、出ていく人をチェックしてる。そうよね?」

「うん」

「わたしたちのどっちか——その人をAとする——が彼のわきを通りすぎるの。そして玄関を抜ける。外に出て、あいつのバンに向かって歩いていく。あいつはわたしたちを警戒してるから、Aのあとを追って外に出る。それはまず確実。そのためには玄関を抜けなくてはならないし、Bに背中を見せることになる」

ダービーは靴下のなかの石をてのひらに打ちつけた。痛かった。

「B――Aよりも腕っぷしが強いほう――がラーズの背後に忍び寄って、後頭部をこれで殴りつける。見事に命中すればあいつは意識を失う。でも、失敗した場合はナイフを持ってるAが振り向いて、タグチームする――」

「ふたりで協力して戦うってこと？」

「そう。タグチームする」

「そのふたつは同じ意味じゃないと思うけど」

「とにかく、言いたいことはわかるでしょ」ダービーはそのあたりをわざとあいまいにしていた。理屈のうえでは、石入り靴下をひと振りすれば用は足りる。取っ組み合いになったとしても、二対一の状況は変わらないし、こっちはふたりとも武器を持っている。ラーズは凶暴な異常性格者かもしれないけれど、二方向から不意打ちされるなんて思っていないはずだ。それよりなにより、彼が四五口径を抜いて発砲するのにどれくらいかかるかのほうが重要だ。

アシュリーもようやくのみこめてきたようだ。「つまり、Bはぼくってことだね」

「こっちはふたりで相手はひとり。そして入り口を利用して相手の動きを遅らせる」

「ぼくがBなんだね？」

ダービーはアシュリーの手に石入り靴下を押しつけ、ゆっくりと握らせた。「あんたのほうがわたしより力がある、そうでしょ？」

「ひょっとしたら……ひょっとしたらきみがロンダ・ラウジー（アメリカの柔道選手で、のちに総合格闘技に転向）並みに強いんじゃないかと期待してたんだ」

「まさか」

「だったら、たしかにぼくのほうが腕力はありそうだ」

「こっちはふたりで、相手はひとり」ダービーはおまじないを唱えるように繰り返した。

「あいつを殺しちゃったらどうすればいいんだろう？」

「ふたりであいつを床に押し倒して、ポケットのなかを空にする。銃を取りあげる。ストラップについてる車のキーを奪う。あいつが抵抗をつづけるようなら、こっちもやり返すまで。わたしがバンにいるときにあいつが乗ってきた。どんな敵かはよくわかってるから、いざとなればわたしがあいつの喉をかき切って――」

ダービーは自分の口から出た言葉に驚き、思わず言葉を切った。

それが口先だけの言葉じゃないことにも驚いた。

「さっきのぼくの質問に答えてないね」アシュリーはそう言いながらにじり寄った。「それと言っておくけどさ、ダーブズ、もしもきみの勘違いだったら暴行罪に問われることになるんだよ」

そんなことはわかってる――でも、勘違いなんかじゃない。だってわたしは三十分もラーズの汗くさいバンでインディアン柄の毛布をかぶってうつ伏せになり、あの生気のない目をしたけだものがものを食べ、おならをし、忍び笑いを漏らすのをずっと聞いてたんだから。

どういうことになろうとも、これから先ずっと、あの下卑た笑いを夢に見てうなされることはまちがいない。あったかくなっただろ、ジェイバード？　けれどもアシュリーのほうは——まあ、彼が疑う気持ちも理解できる。岩盤が地滑りを起こしたみたいに、一気に降りかかってきたんだから。わずか十分のあいだに。

べつのポケットにはまだ四五口径の銃弾が入っている。それが腿を強く圧迫している。本当に怖いのはそれだ——ラーズが持っている銃だ。手際よく倒さなければ、あいつは絶対に撃ってくる。でたらめに撃ったとしても、第三者——エドとサンディ——の存在がある。過去に本当の意味で格闘に巻きこまれた経験はないから、どういうことになるかまったく見当がつかないけれど、映画のようなことになるはずがないことだけはわかる。

「なんなら、片目を閉じてるといいよ」ダービーは告げた。

「どうして？」

「あいつとの対決は外、それもおそらく暗いなかでのことになる。だから、いま、建物のなかの明るいところにいるあいだ、片目だけ閉じておくの。そうすれば、暗いなかでもいくらかなりとも目がきくから。言ってる意味、わかる？」

アシュリーは気乗りしない様子でうなずいた。

「それと……あんた、喘息持ちって言ったよね」

「軽く息切れする程度だけどね。子どものときからこうなんだ」

「わたしは子どものころ」ダービーは言った。「よくパニック発作に襲われた。過呼吸になったり、意識を失ったりするくらいひどかった。床の上で胎児のように体をまるめて、激しく咳きこんでると、ママが必ず抱きしめて、こう言ってくれた。息を吸って。五まで数えて。息を吐いて。そうするといつもよくなった」

「息を吸って。五まで数えて。息を吐く？」

「そう」

「それって要するに、呼吸するってことだよね？　そりゃいいや」

「アシュリー、力になろうと思って言ってるんだよ」

「ごめん」彼はドアのほうをちらりと見た。「ぼくはただ……ぼくはただ、不安なんだ」

「あんただってあいつを見たでしょ」

「ぼくの目には、どこにでもいる変人にしか見えないけどね」彼はため息をついた。「なのにきみとふたり、これからやつをボコボコにしようとしてる」

「ごめん」ダービーは彼の手首に触れた。「こんなことに引っ張りこんじゃって、本当にごめん。でも、わたしだって引っ張りこまれたのよ。それに、わたしひとりじゃ、あの女の子を救えない」

「わかってる。ちゃんと協力するよ」

「いますぐ行動を起こさなければ、ラーズのほうがキレてさきに攻撃を仕掛けてくるかもしれない。ここであと一秒でもぐずぐずしてれば、それだけ向こうにわたしたちを始末する方法を考える時間をあたえることになる。会ったこともなければ、いるのかいないのかわからない女の子の命を救う気になれないなら、それでもいい。自分の命を守ることを――」

「協力するって言ったろ」アシュリーのうしろで製氷機の光がちらちらまたたいた。

「ありがとう」

「礼を言うのはまだ早い」

「本気で言ってるのよ、アシュリー。本当にありが――」

「協力する」彼は神経質そうに笑った。「きみの電話番号を教えてくれたらね」

ダービーも満面の笑みを浮かべた。「石ころで赤の他人をぶん殴ってくれるなら、結婚したっていい」

　トイレを出るとラーズが目を向けてきた。

　彼はまた見張りの位置に、玄関から数歩ほど右、ロビーのなかでも死角になっている場所に立っていた。フッド山の地図を折りたたもうとむなしい努力をつづけていたが、ダービーとアシュリーが奥に向かって歩いていくと、首をかしげ、ふたりを目で追った。ダービーはうつむいていた。灰色のコンバースがきゅっきゅっと鳴り、解けた雪を吸った靴下はあいかわらずぐじゅぐじゅいっている。

　目は合わせない。

　一緒にトイレから出たのは大間違いだった、とダービーはいまさらながら気がついた。エドもサンディも気づいただろうし、そこからそれなりに結論を導き出すに決まっている。うしろでアシュリーが椅子にぶつかって、けたたましい音をたてた。まったく不器用なんだから。

ダービーの心臓がどくんどくんと大きな音をたてているのに、ほかの誰にも聞こえていないのが意外だった。頬がトマトのように真っ赤にほてっている。どぎまぎしているのは誰の目にもあきらかだけれど、むしろそのほうが、この普通でない状況にはぴったり合っているのかもしれない。コロラドじゅうでいちばん不衛生なトイレできょう会ったばかりの相手とあわただしくことをすませたのなら、顔から火が出るような思いで十歩を歩いたとしても不思議ではない。

スイス・アーミーナイフを手首の内側に隠すように持った。金属の氷のような冷たさが肌に伝わってくる。心の準備をしなくては——アシュリーの最初の一撃でイタチ顔を仕留められなければ、わたしがあの男の喉を突き刺す。顔を。あの小さくて暗い目を。

いざとなれば、喉を切り裂いてやる。

外のシボレー・アストロに閉じこめられているジェイの姿が、自分の尿でぐっしょり濡れながら犬用ケージのなかでうずくまっている姿が頭をよぎる。しかも、すぐそばでは五ガロンのガソリンとクロロックス漂白剤がひと瓶、波打っている。わたしたちの作戦が失敗したら、あの気の毒な少女はどうなるんだろう。

ダービーはまだ、アシュリーと一緒にトイレを出てしまった自分に腹をたてていた。愚かにもほどがある。

エドは絶対に気づいている。彼は顔をあげてふたりを見ると、コーヒーを音をたてて流しこみ、ラジオに顎をしゃくった。「あんたら、聞き逃したな」

アシュリーが警戒するような顔をした。「聞き逃したって、なにを？」

「緊急情報がまた更新された。いい話じゃない。東行きの車線は、坂を下りきったところでセミトレーラーがV字に折れて通れなくなってるそうだ。複数の死者が出たらしい」

「ここからどのくらいのところ？」

「マイルマーカーは九十九。ってことは、七、八マイルくらいだろう」

歩くには遠すぎる。

ダービーはため息をつき、壁に貼ってあるコロラド州の大きな地図を振り返った。いまの話からすると、事故現場はコール・クリークの近く、ワナパ（小さな悪魔）とワナパニ（大きな悪魔）を示す青いふたつの点の中間地点だろう。こんなにも完璧な形で閉じこめられるなんて現実とは思えない——西からは雪嵐が吹きつけ、東に八マイル下ったところでは十八輪トレーラーが事故を起こし、出口を遮断している。こんな状況でも、夜明けには道路作業員が到着するんだろうか。それともスケジュールが明日の午後までずれこむのだろうか。後者の場合、長時間にわたって犯罪者を銃でおとなしくさせておかなくてはならない。

アシュリーが防犯シャッターの隙間から手を入れて、ソニーのラジオのアンテナを調節した。彼は目を細くしてコーヒースタンドを、カウンターの下の暗い空間を見つめた。「ところでさ……奥には本物の無線機があるのかな？」

「送受信無線機？　じゃなかったら固定電話？　なきゃおかしいよね」

「はあ？」

「落ち着いてよ、アシュリー。

「はあ？」エドはぶすっとした声を出した。「あったとしたって、州の所有物だろうし、鍵をかけて――」

アシュリーが指摘する。「一ドルショップで売ってるような南京錠だよ。重たいもので一発殴れば、こんなシャッターくらい、すぐにあくんじゃないかな」

「おれはまだ、犯罪をおかす気にはなれないね」

「たぶん、考えなおすことになると思うよ」アシュリーは言った。「あと数分もしたら」

ダービーもそう思う。彼女は何気ないふりで窓のそばに立ち、闇に溶けこんだ木々に目をこらした。雪はあいかわらず降りつづいている。キャンプファイアの灰のように、舞いあがるものもあれば落ちてくるものもあり、いずれもナトリウム灯の光を受けている。数歩うしろから、アシュリーが歯をかちかちいわせながら、息を吐き出すのが聞こえた。石入り靴下は袖に隠してあり、いつでもてのひらまでおろして振りまわせるようにしてある。

ふたりだけの秘密の合図も決めてある。アシュリーは準備ができたら一度咳をする。それを合図にダービーは玄関に向かって歩きはじめ、ラーズの横を通りすぎて外に出たら奇襲を開始する。熊の罠を起動するように。

問題はひとつ。アシュリーの覚悟ができていないこと。

彼はまだぼんやり立ったまま、食いしばった歯の合間から浅い呼吸を繰り返している。息を切らしているように見えるけれど、喘息の予兆でないことを祈った。わたしって、いつもこうなんだから――近くにいるなかでいちばん若くて、背が高くて、腕っぷしが強そうな人の協力を取りつけたのに、なんと本人は喘息持ちだったなんて。もう最高としか言いようがない。アシュリーがいまどんな気持ちか、ダービーには想像もつかない。一時間前、メキシカン・ターンオーバーを披露してやった相手の背後に忍び寄り、頭を思いきり強く殴れと依頼されたんだから。

わたしがやることにすればよかったんだ、とダービーは気がついた。

Aを選んだわたしは臆病だ。

そう思う。だけど、アシュリーはまちがいなくわたしよりも腕力がある。だから、わたしが餌で、アシュリーが罠という役割分担は理にかなっている。ただ、しっくりこないだけだ。

「なあ」ラーズが咳払いをした。「ちょっと……いいか？」

ダービーは彼のほうを振り返った。胃のなかで何匹ものムカデがとぐろを巻きはじめ、スイス・アーミーナイフが袖に食いこんだ。

アシュリーも同じらしい。

「誰か……」児童誘拐犯はまだドアのそばに立って、べつのツアーパンフレットに目をこらしている。「誰か、この言葉の意味がわかる人はいるかな？」

サンディが読んでいたペーパーバックをおろした。「読んでみて」

「リス－プレン－ダント」

「リスプレンダントね。美しいって意味」

「美しい、か」ラーズはおざなりに一度うなずいた。「わかった。ありがとな、サンディ」

彼は手にしたパンフレットに視線を戻した——が、その途中、奥にいるダービーと目が合い、わずか半秒間のことながら、彼女はそのいかにも愚鈍そうな丸い目に射すくめられた。

彼は口の動きで告げた。美しい。

ダービーは目をそらした。

もう一分以上が経過した。隣にいるアシュリーはあいかわらず、床に根が生えたように突っ立っているばかりで、ダービーは不安をおぼえはじめた。またトイレに連れこんで叱咤するわけにはいかない——さっきのだけでも、すでに充分、みんなの注意を引いてしまっている。ダービーはひたすら、彼からの合図を待った。

早くしてよ、アシュリー。

埃(ほこり)でも吸いこんで、いいタイミングで咳をしてくれればいいのに。そうしたら、ドアに近づいて攻撃を開始する言い訳になる。袖に隠したスイス・アミーナイフの刃にかけた親指がうずく。文句なしにいい切れ味だ。

お願いだから、咳をして。

アシュリーはまだ、高飛び込みをしようとする子どもみたいに、うじうじと尻込みしている。さっきはとても冷静で、如才がなく、自信たっぷりだったのに、いまの彼は殺人現場を

目撃したようなありさまだ。ダービーは不安のあまり喉がつかえるのを感じた。味方として
はずれを選んでしまったまま、事態が動きだそうとしている。

　咳をしてってば。でないと計画がばれちゃう――

　エドが気がついた。「アシュリー、急に口数が少なくなったな」

「そ……そんなことないよ」

「なあ、さっきはサークルタイムをばかにして悪かった」

「いいんだ、べつに」

「ばかなことを言っちまって――」

「気にしてないから。本当に」アシュリーは言いながら袖の具合を直し、石入り靴下が人目
につくところまで落ちてこないようにした。

　エドはほほえんで、二本の指でテーブルのへりを軽く叩いた。小さな心音のようなその音
に、一瞬、室内が静まり返り、ダービーは自分の骨の音さえ聞こえる気がした。「おまえさ
んにとって世の中でいちばん怖いのは……ドアの蝶番って話だったよな」

　アシュリーはうなずいた。

　サンディはペーパーバックを下におろした。「あたしの場合はヘビ」

「ヘビ？」

「そう」

　エドはまたテーブルのへりを叩きながら、コーヒーを口に運んだ。「おれの場合は……そ

うだな、さっきはどう言えばいいかわからなかったんだ。だが、いまなら言える気がする」

またも風がうなり、天井の照明がまたたいた。いつ真っ暗になってもおかしくない。

ラーズが影のようにうかがっている。

アシュリーは唇をなめた。「だったら……だったら聞かせてほしいな」

「いいだろう」エドは気まずそうに息をついた。「さてと……これからおまえら若い者におれが苦労して得た知識を授けてやろう。人生を台なしにする秘訣を知りたいか？　白か黒かがはっきりした大きな決断ひとつでそうなるわけじゃない。何十というささいなことが、日々積み重なった結果なんだよ。おれの場合、そのほとんどが言い訳だった。言い訳は毒薬だ。獣医をやってたころのおれには、いくらでも言い訳ができた。たとえば、いまは自由に使える時間なんだし、これくらいいいじゃないか、とかな。あるいは、これ一杯飲んだからって、他人からどうこう言われる筋合いはない。きょうは有刺鉄線に突っこんで、片方の目玉がだらりと垂れたゴールデンレトリバーの手術をしたんだから、とか。わかるだろ？　そりゃあ、悲惨なものだった。そうやって自分をごまかしてたんだよ。数年前のある日、名づけ娘の結婚披露宴があるんでジャンのところ――女房の妹の家なんだけどな――に出向いた。ワインに自家製ビール。おれはシャンパンを持参した。だが、自分用にリッチ&レアも一本持っていって、そこの家のバスルームに隠したんだ。トイレのタンクのなかに」

「どうして？」

「おれが大酒飲みなのを誰にも知られたくなかったからさ」

沈黙。

エドはいつの間にかテーブルのへりをドラムのように叩くのをやめていた。

アシュリーはわかるよ、と言うようにうなずいた。「ぼくの母親もそれで苦しんだ」

「だが……」エドはサンディの肩をつついた。「ここにいるいとこのサンディがきのう二時に電話を寄こして、クリスマスの親族の集まりがあるからデンヴァーまで車で連れていくと言いやがった。

サンディは洟をすすった。言い訳はいっさい受けつけてくれなくてね」

「ああ、そうだろうとも」彼は背筋をのばしてすわり直した。「みんな、あんたに会いたがってるからよ、エディ」

「サークルタイムの質問に答えるが、おれがいちばん恐れてるのはオーロラで迎えるクリスマスだ。明日の晩は女房も息子たちもジャックの家に来るんじゃないかと不安なんだよ。それ以上に不安なのが、家族が来ないことだ」

しばらく、誰も口をひらかなかった。

アシュリーはごくりと唾をのみこんだ。頬にいくらか赤みが戻っている。「そうか、話してくれてありがとう、エド」

「礼にはおよばない」

「なかなか話せることじゃないよ」

「そうだな」

「酒をやめて長いの？」

「いや」エドは言った。「けさも飲んだ」

沈黙。

「それじゃ……」アシュリーは口ごもった。「それじゃ、だめじゃないか」

「まったくだ」

このときも、つかの間の沈黙が流れ、天井の照明がまたもまたたいた。五人はこの小さな部屋で同じ空気を吸い、そのうちの三人が武器を隠し持っている。

「言い訳は毒薬だ」エドはさっきと同じ科白を繰り返した。「正しいことをするのはしんどい。やってはだめだと自分に言い聞かせるのは簡単だ。言ってること、わかるか？」

「うん」アシュリーは答えた。「とてもよくわかる」そのとき、彼はわざとらしくダービーのほうに目を向け、口もとにこぶしを持っていった。

ひとつ咳をした。

作戦開始だ。ダービーはうなじの毛が逆立つのを感じながら歩きはじめた。ラーズとしっかり目を合わせながら玄関のドアに向かい――相手はパンフレットから顔をあげると、彼女が通りすぎていくのをながめ、やせた首をうしろにそらすようにして目で追ってきた――ドアをあけた。吹きこむ氷点下の外気。猛烈な風。砂混じりの雪が目に降りかかる。

ダービーは肩に力を入れ、ナイフを強く握りしめながら外に出た。

ついてこい、イタチ顔。

決着をつけてやる。

午後十一時五十五分

ラーズはついてこなかった。

ドアが閉まった。ダービーはおそるおそる数歩ほど進んだ。新雪にコンバースが埋もれ、心臓がばくばくいっている。ラーズは自分を追って外に出てくるものとばかり思っていた。本当ならすぐうしろに、建物に背を向けて、猫背ぎみの体で入り口をふさぐように立っているはずだった。そこにアシュリーが襲いかかって——

そうはならなかった。

ダービーは震えながらドアをうかがった。もう隠しておく必要はない。オレンジ色の光のなか、スイス・アーミーナイフをアイスピックのようにかまえ、ドアがきしみながらあくのを待った。しかし、ドアはあかなかった。

なにがいけなかったんだろう?

さっきのアイコンタクト。ラーズとのアイコンタクトはやりすぎだったようだ。強気に出すぎてしまった。おかげで、武器を持った犯罪者はいまも、アシュリーとほかのふたりとともに建物のなかにいて、作戦は失敗に終わった。

しょうがない。

そういうことならしょうがない。

ダービーは選択を迫られた。このまま、あいつのバンまで歩く？　なかに戻る？

またも風がうなりをあげ、顔に雪を吹きつけた。一瞬、目の前が見えなくなった。ダービーは激しくまばたきし、親指でまぶたを揉んだ。視界が戻ると、あたりは闇に包まれていた。ビジターセンターの入り口を上から照らしていたナトリウム灯が消えていた。不吉な予感がまたひとつ。

一秒たりとも無駄にできない、とダービーは自分に言い聞かせる。

さっさと決断しないと。

だから決断した。そのままラーズのバンまで歩いていくことにした。ドアをあけ、もう一度ジェイの様子を確認し、ルームライトを点灯させる。それなら、ラーズも外に出てくるはずだ。アシュリーが攻撃するチャンスが生まれる――本人がまだその気でいればの話だけど。奇襲作戦がまだ遂行可能ならば、だけど。

歩きながら、べつの考えが浮かんだ――バンのなかに銃があるとしたら？　さっきは時間がなくて、ざっと調べただけだ。もちろん、ラーズが一挺、身に帯びているのはたしかだけれど、もう一挺あるとしたらどうだろう。

銃があれば形勢を逆転させられる。おなかが鳴った。

靴ひものない右の靴をぱたつかせながら、膝まで積もった雪のなかをおぼつかない足取りで、ラーズのバンまでの五十フィートを移動した。フロントガラスにはあらたな雪が積もっていて、いったん解けたところがかちんかちんに凍っている。さっきあとにしたときは後部ドアの鍵をかけないよう気をつけたけれど、そうしておいて本当によかった。

バンを半周してうしろにまわった。転写プリントされたキツネのイラスト――〝完璧な仕事がモットーです〟のコピーがところどころ浮きあがっている――の前を通りすぎながら、ふと思った。ラーズはこの車を倒産した会社から買い取ったのだろうか。ひょっとしたら、人を殺して手に入れたのかもしれない。あるいは、イタチ顔はフリーでなんでも屋をやっているのかもしれない。だから他人の家に入りこんで、子ども部屋の抽斗(ひきだし)をあけたり、枕のにおいを嗅いだりして、下調べすることができたのかも。

ダービーは首だけうしろに向け、ワナパニ・ビジターセンターを見やった。正面のドアは閉まったままだ。ナトリウム灯がつく気配はない。窓の近くに人影がひとつもないのが意外だった。ラーズがこっちの動きを見張っているものとばかり思っていたからだ。でなければ、アシュリーが。エドとサンディの姿も見えない。ふたりがすわっているのはかなり奥だ。雪に半分埋もれた窓ガラスから漏れる琥珀(こはく)色のほのかな明かりがなければ、あの小さな建物に人がいるとは絶対に思わないだろう。

なにかあったのかな？

なにもないといいけど。いまはまだ。

自分のホンダに飛び乗って、クラクションを思いっきり鳴らそうかとも考えた――それなら、確実に気を引ける。ラーズは絶対、何事かと外に出てくるはずだ。でも、エドとサンディまで出てきてしまうかもしれない。いまの状況がばれてしまう。不意打ちするチャンスがなくなってしまう。銃が撃たれる。弾が跳ねる。

アストロの後部ドアを引いた。やっぱり鍵はかかっていなかった。ドアはきしむような音とともにあき、積もった雪が落ち、目の前にどろりとした闇が現われた。ダービーは目を慣らした。

小声で呼びかけた。「ねえ」

静寂。

「ジェイ。大丈夫。わたしよ」

またも緊迫した時間が流れ、ダービーはしだいに不安になった――が、ようやく少女がもぞもぞと動き、犬用ケージの格子につかまって体をささえた。ケージはぴんと張ったケーブルをはじいたような音をさせた。ダービーはLEDライトをつけようと、ポケットに手を入れて携帯電話を出そうとしたが、そこにはなかった。ほかのポケットを上から叩いた。やはりなにも入ってない。バッグに入れっぱなしにしてしまったのだ。しかもそれは、男性トイレの洗面台のへりにある。

んもう、わたしったら、なんてばかなの。

バンのなかはさっきと同じにおい――犬用毛布、尿、饐えた汗――がしたが、それとはべつの悪臭もしていた。

「はいちゃった」女の子が小声で言った。おずおずと。

「い……いいのよ、そんなこと」

「ごめんなさい。おなかが痛くなっちゃって」

わたしもよ、とダービーは胸のなかでつぶやいた。背中をそらし、アストロの凍りついたテールランプから顔を出した――よし、ビジターセンターのドアはまだ閉まっている。「ごめんね、ジェイ。おたがい、今夜は最低な夜になっちゃった。でも、一緒にがんばり抜こう。いい？」

「はくつもりじゃなかったのに」

「それは気にしなくていいから」

「もう、二度とはかない。ぜったい」

「教えてあげるけど、ジェイ、大学に行ったら変わるわよ」

「大学に行くとはくようになるの？」

「そんなところ」

「あたし、はくのは大きらい。大学がそういうところなら、大学なんかぜったい――」

「もうわかったから、ジェイ。わたしの話を聞いて」ダービーがケージに触れると、少女の手が格子ごしにのびてきて強くつかんだ。「必ず助けてあげる。でも、助けるには、あなたの協力が必要なの。わかる？」

「わかる」

「思い出してくれるかな。あの、屁こき男だけど……あいつが持ってる銃はどんなのだった?」

「小さくて、黒いの。ポケットに入れてる」

「そうよね」ダービーは背中をそらし、もう一度、建物の正面ドアをうかがってから——まだ閉まっている——質問した。「車のなかにナイフがあるのを見たことはある? バットとかマチェーテはどう?」

「わかんない」

「ほかに銃はある?」

「べつのがひとつある」

ダービーの心臓が二度、どくんと鳴った。「どこにあるの?」

「でも、ふつうのじゃなくて——」

ダービーの頭のなかをいくつもの可能性が飛び交い——どうにかこうにか声を絞り出した。

「どういうこと? もっと大きいとか?」

「くぎが出てくるやつ」

「それってつまり……」ダービーは口ごもった。「つまり、ネイルガンみたいな?」

ジェイはうなずいた。

「それって……たしかなの?」

ジェイはさらに力強くうなずいた。

ネイルガン。

バンの側面に描かれたキツネが持っているのと同じだ。ジェイの手に貼られた絆創膏や、てのひらについた小さな血の染みを思い出し、ようやく合点がいった。あれは逃げようとしたことへのお仕置きだったのでは？　でなければ、ラーズの言うところの〝イエローカード〟とは、ロッキー山脈の人里離れた小屋に連れこんだらやるつもりでいる、おぞましいメインコースの前菜にすぎないのかもしれない。

ダービーの手がまた震えはじめた。恐怖のせいではなく、怒りのせいだ。

よりによってネイルガンだなんて。

わたしたちが戦う相手はとんでもなくイカれている。

「そのネイルガンだけど、ここにある？」ダービーは訊いた。「このバンのなかにあるの？」

「たぶん」

電動工具があったところで、ラーズの四五口径にはとてもじゃないけど太刀打ちできないだろうけど、刃渡り二インチのスイス・アミーナイフとくらべればかなりのグレードアップだ。ネイルガンを使ったことはないし、ホームセンターの〈ロウズ〉の外で見かけたことすらない——それでも、使い方くらいすぐに覚えられるだろう。どのくらいの距離まで釘を飛ばせるんだろう？　重たい？　大きな音がする？　釘が頭にあたったら相手は死んじゃうんだろうか？　それとも怪我をするだけ？　ねらいをつけて引き金を引けばいいのよね？

格子から手を入れて、ジェイの右手に触れると、七歳の少女の指はあらたな冷たい血でぬるぬるしていた。てのひらのかさぶたがはがれたにちがいない。

ねらいをつけて引き金を引く。

今夜は絶対にラーズを殺す。ダービーは胸に誓った。アシュリーとふたりで最終的にあの異常者を追いつめ、情けない声をあげるぼろくずになるまで痛めつけたとしても――それでも、刺すのをやめるつもりはない。あいつの喉を切り裂いてやる。もしかしたら、いい気分かもしれない。

もしかしたら、だけど。

背中をそらし、また建物をうかがった――あいかわらず、なんの動きもない。だんだん、アシュリー、エド、それにサンディのことが心配になってきた。ダービーがこうして駐車場を嗅ぎまわっているのに、ラーズはただぼけっと立っているんだろうか？　彼女が使ったスタイロフォームのカップを雪のなかで見つけたのに？　彼女とアシュリーを追ってトイレまで入ってきたのに？　外に出るときに目を合わせてきたのを知っていながら？

もう――いったいなにがどうなってるの？

血なまぐさいシナリオがカメラのフラッシュのように頭のなかをめぐった。ダービーは銃声がするのではないかと身がまえた。けれども、なんの音も聞こえてこない。氷のような静寂があるだけだ。風のうなる音が遠くからするだけだ。ジェイと、うらさびしい駐車場で震えながら立っているダービーしかいない。

　ネイルガンだ、と心のなかでつぶやく。ラーズのネイルガンがあらたな目標となった。それを見つけて、使い方を覚え、センターに駆け戻り、ドアを蹴りあけ、なかの状況がどうであれ、無精ひげに覆われたラーズの小さな顔に釘を打ちこんでやる。バキューン。くそったれは死ぬ。幼い子どもは救出される。悪夢が終わる。

　これならうまくいく。

　ダービーは歯をかちかち鳴らしているジェイに視線を戻した。「よし。じゃあ、ラーズはネイルガンをどこにしまってるかわかる？　うしろ？　それとも前？」

「もうひとりがオレンジ色の箱に入れてた」

「その箱はどこにあるの？」

「そのへんにあったけど、あいつらが動かしたのかも──」

　けれどもダービーは聞いていなかった。ジェイの小さな声は右から左へ流れていき、その前のセンテンスが頭に引っかかり、何度もリフレインした。もうひとりがオレンジ色の箱に入れてた。

　もうひとり。

　もうひとり。

　もうひとり──

あとずさろうとして足を滑らせ、固くなった雪に両の膝頭をしたたかに打ちつけた。ブレーキランプにつかまって体をささえながら顔をのぞかせると——

今度はビジターセンターのドアがあいていた。

ラーズが入り口をふさぐように立っている。その隣にアシュリーの姿があった。

もうひとり。

ふたりは五十フィート離れたところから、屋内の明かりを受けてダービーを見つめている。なかにいるエドとサンディには聞こえないよう、用心しながら小声でなにかしゃべっているようだ。顔が黒い影になって表情は読めない。けれども、ラーズはジャケットのなかで細い腕をくの字に曲げ、拳銃の握りに手を置いている。そしてアシュリーは右手に石入り靴下を持っていた。

それをぶらぶら揺らしている。

てのひらに打ちつけていた。

第三部　深夜

午前零時一分

二対一。

その認識は正しかった。

アシュリーも誘拐犯の一味だった。彼はうそをついていた――べつの車に乗ってきたとか、ラーズとは知り合いじゃないとか、なにからなにまでうそだった。トイレではダービーに調子を合わせもした。キスしながら舌を入れてきた。演技だったとは思えず、いかにも人間らしく、怯え方も真に迫っていた。だから、すっかりだまされた。だから、すべてを打ち明けた。計画の全貌、さまざまな選択肢、思考過程、不安。

彼にすべてをあたえてしまった。あらたな武器まで。

くるりとまわってジェイに向き直った。「犯人がふたりだなんて教えてくれなかったじゃない」

「知ってると思ってたんだもん」

「わたしが知るわけないでしょ」

「ごめんなさい――」

「ひとことくらい言ってくれてもよかったのに」

「ごめんなさい」ジェイは声をつまらせた。

てのひらに鉄の釘を打ちこまれたばかりの七歳児を怒鳴りつけている自分に気がついた。そんなことどうだっていいじゃない。自分のせいだ。自分が勝手に思いこんだだけ。とんでもない誤算で、いまや敵が二で味方は一。しかも、こっちは死んだも同然。ううん、それ以上に悪い状況かもしれない。

シルエットのひとつがダービーたちに向かって歩きだした。

ダービーの心臓がとまりそうになった。「わかった。あいつらのネイルガンはどこ？」

「わかんない」

「前、それともうしろ？」

「わかんないってば」少女は洟をすすった。

早く見つけなくては。前の席の下あたり？　オレンジ色の箱は大きいはずだ。それがおさまる場所はそう多くない。

運転席側のドアに駆け寄った。流砂のなかを走るみたいに足がずぶずぶ沈む。おそるおそる振り返る――近づいてくる人影は、もう中間点まで来ていた。二十フィート離れたところを、足を高くあげるようにして通路を歩いてくる。ニット帽と猫背ぎみの歩き方でわかった。

ラーズだ。右手が一片の光をかすめた際、ずんぐりしたものが見えた。

　彼の四五口径の拳銃。

「ジェイ」ダービーは小声で言った。「目をつぶって――」

「どうなるの？」

「いいから目をつぶって」ダービーはアストロの運転席側のドアに手をのばし、両のてのひらで叩いた。心のなかではこう叫んでいた。あいつらのネイルガンを見つける。あの人でなしを殺す。それから銃を奪い、うそつきの裏切り者、アシュリーを殺し――

　ドアハンドルを強く引いた。ロックされている。

　胃が急降下する感じに襲われた。

　あたりまえだ……ラーズがロックしなおしたんだから。そうしたに決まっている。最後に運転席にすわったのはあいつなんだから。しっかりとロックされている。

「あのさ、あんた……兄貴におれを殺してくれと頼んだんだってな」ラーズがじりじりと近づきながら、だみ声で叫んだ。「そ……それは本当か？」

　ふたりは兄弟だった。

　なんなのよ、もう。

　卵の殻を踏みつぶすような、ざくざくいう足音が近づいてくる。「兄貴の話じゃあんたは……あんたはおれの頭を力いっぱい殴れと言ったんだってな」その声は不気味なほど近かった。しわがれ、ひんやりした空気のなかでがらがら響き、吐いた白い息で熱を帯びている。

アストロの運転席側のドアからは入れない。ダービーは急いでバンのうしろに戻ると、あいたドアにつかまって体を支え、暗い車内をのぞきこんだ。恐怖の涙をいっぱいに浮かべ、反射光にあふれたジェイの目を。発疹が出たかのような頬を。小さな手の爪を。

ジェイが涙ながらに訴えた。「にげて――」

ラーズのざくざくという足音が近づいてくる。

ダービーは少女がのばした手にスイス・アーミーナイフを、あやうく落としそうになりながらも押しつけた。「これを使って」ナイフののこぎり状の歯に触れながら言った。「こするように動かすの、わかる？　のこぎりのように動かして、ケージの格子を切って――」

「あいつが来る」

「言われたとおりにして、ジェイ。約束できる？」

「やくそくする」

「がんばって切るのよ。そしたら外に出られる」

「おねえちゃんはどうするの？」

ダービーが一歩あとずさって、後部ドアを強く閉めると、積もっていた雪が落ちた。ジェイの質問には答えなかった。答えなど持ち合わせていないからだ。

なんにも考えつかない。

「ど……どうして逃げる？」ラーズが呼びかけた。

ダービーは雪をかき分けながらがむしゃらに進んだ。道からはずれた場所の雪は腰まで積もっていて、よろよろと一歩踏み出すたび、子ども用プールから出ようとするみたいに足をあげなくてはならなかった。息があがる。喉がひりひりする。ふくらはぎが灼けるように痛む。

「なあ。ちょっと話がしたいだけだって――」

声がはっきり聞こえ、十フィート以内にまで迫っているのがわかる。間を詰めてきている。例の口呼吸はリズミカルな荒い呼吸に変化していた。しわがれた低い音は、オオカミを思わせる。右の靴――ひものないままだ――が脱げた。ダービーは脱げた靴を拾いあげ、裸足も同然のまま走りつづけた。ラーズの苦しそうな呼吸がしだいに大きくなってくる。距離がせばまってきているのがわかる。あと数歩でダービーの足首をつかんで――

「ど……どうせ捕まるんだから――」

金属のかちゃかちゃいう音。ラーズが銃を手にしている。

けれども、銃を持っているのは脅すのが目的だ。本気で撃つつもりなら、とっくの昔にそうしている。発砲すればエドとサンディにも気づかれてしまうから、アシュリーは弟に、彼女を追いつめたら、窒息させるなり首の骨を折るなり、とにかく音をたてずに殺せと命じたはずだ。

弟。

あいつの弟。

ダービーは旗のあがっていない旗ざおのわきを走りすぎた。追ってくるラーズの姿はまだ闇に包まれている。ニット帽が脱げていた。まばらなブロンドの髪が薄明かりのなかにぼんやり浮かびあがり、後退しかけた額が見える。吐く息が濃霧のようだ。いつの間にか怒鳴るのをやめていた。そうとう息があがっているのだろう。深い雪のなかを進むのは骨が折れる。まさしくスローモーションの悪夢だった。

このままでは捕まってしまう。すでに疲れが出はじめていた。筋肉がうずく。関節がぐずぐずだ。

ここであいつに捕まったら、首に両手をまわされ、死ぬまで首を絞められ――ラーズはすぐうしろまで迫っていた。彼の不快な汗のにおいがただよってくる。主導権を奪われ、おまけに武器をふたつとも渡してしまい――石入り靴下はアシュリーに、小型のナイフはジェイに――残るはポケットのなかの銃弾一個と手に持ったサイズ8の靴だけだ。靴を投げつけようかとも考えたけれど、ちょっとうるさがられるだけだ。あいつは足をとめることなく、はたき落とすに決まっている。

いずれにしても、どこにも逃げようがない。ビジターセンターの玄関はアシュリーが如才なくふさいでいる。車のキーが手もとにないからブルーに立てこもるわけにはいかない。走りつづけるのも無理だ――どの方向に走ったところで、コロラドの針葉樹林帯が何マイルもひろがり、人を拒むような凍てつく寒さが待っている。アルパインの木、まばらな下生え、雪で隠された危険な急斜面。じわじわと忍び寄る低体温症による死に屈するまで、この体がどれくらい持つだろう。

　このまま走りつづけるわけにはいかない。

　足をとめ、不安定な地面に立って、ラーズに戦いを挑もうか。勝ち目はない。

「こっちを向いてくれよ」うしろからラーズが息も絶え絶えに呼びかける。「と……とにかく、話をしよう――」

　決断しなくては。ここで足をとめれば、戦う前に数秒だけ息を整えられる。けれども、このまま走りつづければ、ラーズに押し倒されて息の根をとめられる。そうなったら勝ち目はますますなくなる――

　あるいは……

　ワナパニ・ビジターセンターの配置図がまたも頭をよぎった。壁、隅、死角。玄関はアシュリーがふさいでいるけれど、建物に入る方法はもうひとつある。トイレの小さな三角窓。犬用ドアほどの大きさの窓があるのを、男性トイレにいるときに確認した。積みあげられたピクニックテーブルの上方、つららごしにオレンジ色の光がかすかに漏れているのが、いまいる場所からも見える。

　バッグはトイレのなかだ。バッグには車のキーと携帯電話が入っている。

　決めた。

　テーブル伝いにのぼり、あの三角窓を割って、なかに入ろう。

　ダービーは方向を変えた。

ラーズがそれに気づいた。「ど……どこに行く？」

なかに入ったらどうするかまでは考えていなかった。とにかく行くしかない。エドが言っていたように、なかのほうが外よりも格段にいいからだ。建物のなかにはエドとサンディがいるから、アシュリーとラーズもふたりの目撃者がいる前でダービーを殺そうとはしないだろう。

そうとは言い切れないんじゃない？

そんなことを考えている余裕はない。

目的の窓の下には、ピクニックテーブルが山のように積んであり、雪をかぶっていた。ダービーはそれを巨大な階段のようにのぼりはじめた。テーブルをひとつ、ふたつ、みっつとのぼったところで、足もとがぐらぐらしはじめた。それでもどうにか手をのばすと、三角窓に届いた。すりガラスは屋内の明かりでほんのり明るく、凍っているせいで表面がでこぼこしている。かなりの厚さがあるため、肘で叩いたくらいでは割れそうにない。けれども、窓は観音開き式で、さびの浮いた蝶番で外側にひらくようになっている。少し傾いているように見えたので、ダービーはへりを探りあて、かじかんだ指先でつかんだ――

ラーズの笑い声が聞こえた。「そんなところでなにをしてる？」

屋根から長さ十二インチのつららが落ちてきて、すぐそばのテーブルにぶつかった。ダービーは顔をゆがめ、歯を食いしばりながら、なおも窓のゴムパッキンに爪を立て、引っ張りつづけ――

「なあ、おねえさん――」

引いて……引いて……

またつららが落ちてきて粉々に割れ、氷のしぶきとなって降りそそいだ。ガラスの破片のように頬にあたる。

「おねえさん、いま行くぜ――」

さらにつららが二本、ダービーの右と左に落ちて、銃声が同時に二発あがったように鼓膜に響き、乗っているピクニックテーブルが左右に揺れた。下からは、イタチ顔があわてて逃げようとする動物のように肘と膝を使ってのぼってくるが、ダービーは蝶番であく窓に全神経を集中させていた。ガラス窓の奥の、すぐそこにある温かな光に。なんとかそれを引きあけようとする、かじかんだ指先に――

引け、引け、引け……

ひたすら引け――

蝶番が壊れた。窓がはずれた。

落ちるにまかせると、窓は凍りついたピクニックテーブルにぶつかって砕け散った。ラーズが破片から顔を守るように片手をあげた――どうしよう、すぐうしろまで来ている。ぐずぐずしてる暇はない。ダービーは顔から先に飛びこんで、小さな開口部からやぶれかぶれでスワンダイブをこころみようと――

冷たい手に足首をつかまれた。「捕まえた――」

彼女は足をばたつかせて振り払った。

午前零時四分

　ダービーは六フィートの高さからトイレに落下した。背中から落ちて、便器のへりに腰を強く打ちつけた。そこから転がり落ちながら、壁のペーパーホルダーを蹴り飛ばし、ぶつかったいきおいで個室のドアがあいた。頭がタイルの床に激突する。目の奥で星が散った。

　トイレの水が流れた。

　ダービーは、またも個室のドアにぶつかりながらすばやく立ちあがり、振り返ってガラスのなくなった窓を見あげた。三角形の闇があるだけだ。雪がなかに落ちてくる。三角の穴は小さすぎるから、ラーズがくぐり抜けるのは無理だろうが、それで安心するわけにはいかない。だいいち、アシュリーが近くにいるのだ。

　長方形のトイレの長辺沿いに窓からあとずさった。ずらりと並んだ個室、〝ペイトン・マニングはアナルをやらせる〟の落書き、汚れた小便器の前を過ぎ、ついには痛む背中が洗面台にぶつかった。またも燃えたつような痛みに襲われた。置き忘れたバッグがあった。ダービーは手に取ってなかを探り、ホンダのキーがじゃらじゃらいう音にほっとした。ｉＰｈｏ neもあった。

バッテリー残量は三パーセント。

息をつめて、聞き耳をたてる。窓の外でラーズの足音がし、吹きすさぶ風の音に混じってかすれた口呼吸の音が聞こえてくる。にっちもさっちも行かなくなったらしい――壁をよじのぼってやせこけた尻を強打する危険はおかしたくないが、小窓に見張りをつけずに正面まで戻る気にもなれないのだろう。不気味だった。いつの間にか、ダービーに話しかけるのをやめている。聞こえてくるのは、意味不明のあえぎ声だけだ。

足をとめてはだめ、ダービー。

ビジターセンターのロビーから人の声がする。ドアが閉まっているのでくぐもって聞こえる。エドとサンディも、ダービーが落ちたときの音を聞いたのだろう。それに、ラジオの自動音声も聞き取れる――またコロラド州運輸局の情報が更新されたのだ。助けが来るのはいつごろになるのだろう？　夜明けごろ？　いまから六時間後？　七時間後？

そんなことは考えなくていい。先に進もう。

アシュリーは近くにいるはずだけれど、はっきりとした場所まではわからない。それがおそろしい。おまけに、いまのダービーにはなんの武器もない。渡したナイフでジェイが犬用ケージの格子を切断してくれることを願うしかない。そうでなければ、すべてが水の泡だ。とにかく、少女のための時間を稼ぎ（このあとに待ち受ける、ふたりの人殺しとの数分間の格闘を生きのびたとしての話だけれど）、ふたりして安全な場所まで車で逃げる（ブルーがこの雪嵐のなかをなんとか走れればの話だけど）。けっきょくのところ、三つの大きな仮定が立ちはだかっている。望み薄どころの話ではない。

だめだ、ブルーは雪に埋もれている。雪はもうかなりの深さまで――

でも、サンディのトラックなら？

チェーンを巻いているし、車高もある――そうだ、あれならなんとかなる。

鍵をぎゅっと握りしめ、こぶしのあいだから鋭い先端をのぞかせた。襲われたらこれで相手の顔をいくらか痛めつけてやれるし、運がよければ目玉をくり抜くことだって可能だ。とくにドライデン・ホール寮の鍵は、小さなフィレナイフのように鋭い。

外でごそごそと音がした。ダービーは身をすくめ、耳をすました。重たいものを引きずる音が聞こえ、雪がどかされてどさりと落ちる音がつづいた。ピクニックテーブルを動かしているらしい。ラーズは、不安定に積みあげられたテーブルをよじのぼり、ダービーを追って窓からなかに入ろうと再挑戦するつもりだ。いつ何時、顎のない小さな顔が窓のなかに現われ、不気味な笑いを浮かべてもおかしくない――

さっさと行こう。

ダービーは右の靴を履いた。靴ひもをダブルノットに結ぶ。それからバッグを肩にかけ――車のキーはまだしっかりと握っている――ワナパニ・ビジターセンターのロビーに出ていった。

エドが面格子から手を入れてラジオのアンテナを調節していた。困惑したような顔をダービーに向けてきたが、その理由はわかっている。二十分前、外に出たはずのダービーがトイレのほうから戻ってきたからだ。奥にいるサンディは長椅子にすわったまま居眠りしていた。脚を組み、ペーパーバックを顔にのせている。

「携帯の電波は拾えたかい？」エドが訊いた。

ダービーは答えなかった。まっすぐ前を、〈エスプレッソ・ピーク〉の先、玄関のドアを見つめた。アシュリーが、広い肩で出口をふさぐように立っていた。ほんの一時間前に言葉を交わした、びくびくとした気弱そうな喘息持ちの青年という仮面は用済みになって、脱ぎ捨てられていた。新しいアシュリーが身動きひとつせず、鋭い目でダービーをうかがっている。彼は彼女をじろじろとながめ――膝のところに雪がつき、頰は真っ赤、肌は汗でべたべたで、ホンダのキーを強く握りしめている――それから、すわれと命じるように中央のテーブルに目をやった。

ダービーも歯を食いしばり、怖がってなどいないとアピールするように、にらみ返した。ふてぶてしそうに。悪の勢力に取り囲まれた、勇気あるヒーローのように。

実際には、いまにも泣きそうだった。

いまでははっきり悟っている――自分は今夜死ぬ。

「なあ、おい」エドがふたりのあいだに身を乗り出し、彼女の名前を思い出そうと頭をひねった。「だ……だ、大丈夫か、ダーラ？」

いいかげんにしてよ、もう。ダービーだって言ってるのに。

彼女は唾をのみこみ、ネズミのような声で答えた。「大丈夫」

本当は大丈夫なんかじゃなかった。嗚咽(おえつ)がこみあげ、体がぶるぶる震えそうだ。便器に落ちたときに打った背中が痛む。駆け寄ってエドの肩をつかみ、人のいい年配の獣医と眠りこけているいとこに大声でわめきたかった。逃げて。お願いだから、いますぐ逃げて。でも、どこへ逃げればいいの？

アシュリーがまたテーブルのほうを顎でしゃくった。有無を言わせぬ様子で。

さっき彼女がすわっていた椅子を。

座面の中央に茶色いものがきちんと置かれているのが見え、それがあの茶色のナプキンだと気がついた。アシュリーを味方だと思いこんでいたときに使ったあの紙ナプキン。

ダービーは椅子に近づき、紙ナプキンを手に取った。アシュリーがダービーから目を離さず、口をゆがめる。得意然とした笑顔を浮かべる前兆だけれど、エドもサンディも気づいていない。

感覚のない手でぎこちなくナプキンをひらいた。

そいつらに話したら、ふたりとも殺す。

午前零時九分

アシュリーはテーブルに近づき、ダービーの真向かいに腰をおろした。無言でやってきて、いまはテーブルに両のてのひらをついてすわっている。手は大きくタコが目立つ。

ダービーは持っていたナプキンをたたみ直して、膝に置いた。

ラジオがばりばりという音をたてた。

「ゴー・フィッシュにはもう飽きた」アシュリーはぶっきらぼうに言った。「ほかのゲームをしよう」

ダービーはなにも言わなかった。

「たとえば、そうだな……」彼は考えこんだ。「そうだ！　戦争なんかどう?」

ダービーはエドとサンディのほうに目を向け――

アシュリーは指をぱちんと鳴らした。「おいおい、ぼくはこっちだよ、ダーボ。ルールなんか知らなくたって大丈夫。戦争ってゲームはめちゃくちゃ簡単だから。ゴー・フィッシュよりもずっと簡単だ。トランプをふたつに分けて、ひとりずつ交互に引いていく。数字の大きい札を引いたほうが勝ちで、それを自分の手持ちの札にくわえる。ほら、戦争ってのは一度にひとつしか戦えないだろ」

アシュリーは得意そうに笑うと、慣れた手つきでダービーの目の前でトランプを切った。それからトランプをそらせ、ぱらぱらと耳障りな音をさせながらシャッフルした。「負けるとどうなるかって？　そりゃあ、なにもかも失うに決まってるさ」

「最後にカードを全部取ったやつが勝ち」彼はダービーの目をのぞきこんだ。

うしろではエドがコーヒーを注ごうと〝COFEE〟と書かれたマシンを操作しているのだろう、溺れて助けを求めるような悲鳴があがった。肺のなかで水が沸きたっているような音。その音にダービーの肩甲骨が震えた。

「悪いニュースだ、諸君」エドが防犯シャッターをがちゃがちゃいわせた。「コーヒーが品切れだ」

アシュリーはわざとらしく目を丸くした。「えーっ！　もうカフェインを摂れないの？」

「残念だが、そういうことだ」

「それじゃあ、そのうちぼくたち、殺し合うことになるかもね」アシュリーは最後にもう一度トランプをシャッフルした。あのよれよれのトランプは、このビジターセンターのものではないのだろう、とダービーは思った。パンフレットラックはボルトで固定されているし、ラジオとコーヒーは防犯シャッターの奥に置かれている。トランプはアシュリーが持ちこんだのだ。ゲームと手品をこよなく愛する、陽気な悪魔だから。早業、意外性、偽装。

ぼくは魔術師なんだよ、ラーズ、兄弟。

手がかりはずっと目の前にあった。彼女にはそれが見えていなかった。

「少し休んだほうがいいんじゃない？」アシュリーが言った。「疲れてるみたいだ」

喉がざらついた紙のようになっている。「平気」

「本当に？」

「本当よ」

「悪人に休息なしって言うもんな」彼はにやりと笑った。「だろ？」

「まあね」

「きのうの夜はどのくらい寝たの？」

「たっぷり寝た」

「たっぷり？　何時間？」

「たしか……」声がうわずる。「一時間か二時間か――」

「だめだよ、全然足りてないじゃないか」アシュリーは椅子をきしませ、ふたりのあいだに置かれたトランプを分けながらぐっと身を乗り出した。ダービーは感心する。ぞっとするほど手先が器用だ。

「人間の体はひと晩につき六時間から九時間は寝ないとだめなんだ」彼は諭すように言った。

「ぼくはたっぷり八時間は寝る。そうしたほうがいいと言ってるんじゃないよ、ハニー、自然の摂理だと言ってるんだ。いいかい、それより少ないと、脳の機能がむしばまれてしまう。そうすると全部に影響するんだ――反射神経、情緒、記憶。頭の回転にも」

「だったら、わたしたちは互角ってことね」ダービーは言った。「そいつをこてんぱんにやっつけてくれ。頼んだぞ」

エドが含み笑いを漏らしながら席に戻った。

けれども彼女はトランプを手にしなかった。アシュリーも。ふたりは吹き荒れる風の音を聞きながら、テーブルをはさんで無言でにらみ合っていた。一陣の風が男性トイレの壊れた窓から吹きこみ、ドアがばたんと音をたてた。建物内の温度も少しずつさがってきているが、いまのところ誰も気づいていないようだ。

「きみにとって幸いなことに」アシュリーは言った。「戦争っていうゲームは運がすべてなんだ。本物の戦争はそうじゃないけど」

ダービーは彼の瞳をじっくりとながめた。つかみどころがなく、エメラルドグリーンのなかにところどころ琥珀色が混じっている。そこになにか人間らしさのようなもの——恐怖、用心深さ、自己認識——があるかと探ったが、なにひとつなかった。

目玉には軸がついている、というのを十月に画廊でたまたま教わった。絵描きの名前は忘れてしまったけれど、本人も客に交じってドス・エキス・ビールを飲みながら、本物の解剖写真を作品に取り入れているのだと、うれしそうに説明していた。ダービーの目には、人間の視神経の形状はおぞましいほど虫に似ているというか、ナメクジの触角のようだった。見ているだけで身の毛がよだつ。いま彼女は、アシュリーの大きな目玉が眼窩からだらりと垂れ、のびた軸を通じて電気信号を脳に伝えている様子を頭に描いていた。彼はモンスターだ。

神経と肉体からなる未知の生物だ。どう見ても人間ではない。

そして彼のほうもまだダービーを見つめていた。

「本物の戦争はそうじゃないけど」彼は繰り返した。

ふたりのあいだにはトランプのふたつの山がぽつねんと置かれている。いくつもの質問が、捕獲された鳥のように頭のなかでばたついている。声に出して訊きたいけれど、そうするわけにはいかない。エドとサンディの耳に入るおそれがあるあいだはだめだ。

なんであんなことをするの？

なぜ子どもを誘拐したの？

あの子をどうするつもり？

たくさんの秘密を抱えた緑色のドラゴンの目は、あいかわらず彼女を見つめている。宝石のようなその目が全身をなめまわし、体つきを分析し、不測の事態にそなえている。ラーズがおそろしいくらいに愚鈍であるのとは対照的に、おそろしいくらいに聡明な目。けれどもそれは冷酷な聡明さだった。

またべつの疑問がダービーの頭のなかではじけた。あんたはどのくらい敏捷（びんしょう）なの？　どのくらい強いの？　ブルーのキーでその顔を切りつけたら、動きを封じられる？　いま正面玄関に向かって走ったら、わたしは外に出られる？

ドアがあいた。氷のように冷たい風が屋内に吹きこんだ。

エドが見やる。「お帰り、ラーズ」

アシュリーがうすら笑いを浮かべる。

イタチ顔はドアのそばに陣取って、ジャケットのポケットに右手を突っこみ、黒い四五口径の銃把を握りしめた。追いかけられたときに、二度、目にした銃だ。拳銃に関する知識はないにひとしいけれど、あれは弾倉式で、五、六発しか装塡できないリボルバーよりもたくさんの弾をこめられるくらいのことは知っている。青いジャケットの右の腰のあたりがふくらんでいるが、かろうじてわかる程度だ――けれどそれも、そこにあるとわかっているからだ。

エドは気づかないだろう。

それにサンディは居眠りしている。

ダービーはふたたび逃げ道をふさがれた。テーブルにはアシュリーがいて、ラーズが出口を見張っている。これまでもずっと袋のネズミ状態だった――ふたりは暗黙のうちに位置取りをしていた――のに、トイレの窓から飛びこめば、不意を衝けると思いこんでいたなんて。たしかにあれで命が助かった。少なくともあと――

「ダーラ」エドに声をかけられ、彼女はびくりとした。「まださっきの質問に答えてないよな？」

「質問？」

「とぼけたってだめだ。サークルタイムの質問だよ。この世でいちばん怖いものはなんだってやつ」エドは空になったスタイロフォームのカップをテーブルの上でまわした。「おれは答えた。アシュリーはドアの蝶番の話をした。サンディはヘビが大の苦手だ。あんたはどうなんだい？」

全員の目が一斉にダービーに向けられた。

彼女はごくりと唾をのみこんだ。アシュリーからの〝そいつらに話したら、ふたりとも殺す〟のナプキンをまだ膝の上でしっかりと握っている。

「そうそう」アシュリーはにやにやしそうになるのをこらえながら言った。「教えてよ。きみの怖いものってなんなの、ダーブズ？」

言葉が喉につかえてうまく出てこなかった。「わ……わからない」

「銃とか？」彼はうながすように言った。

「ううん」

「ネイルガン？」

「ううん」

「殺されること？」

「ううん」

「本当かなあ。殺されるなんてむちゃくちゃ怖い――」

「失敗すること」ダービーはアシュリーの言葉をさえぎって、緑色の目を真っ向から見つめた。「いちばん怖いのはまちがった道を選んじゃうことと、失敗すること、それで人が誘拐されたり殺されたりしちゃうこと」

沈黙。

長椅子で居眠りしているサンディがもぞもぞ動いた。

「それはまた……」エドは肩をすくめた。「まあ、ずいぶんと変わっているが、話してくれて礼を言うよ」

「彼女は――」アシュリーが言いかけたが、言葉をのみこんだ。エドは気づかなかったが、ダービーは気づき、興奮をおぼえた。いったいなにを言おうとしたんだろう？

彼女は――

彼女――たとえばジェイ・ニッセンを受ける代名詞。外にとめてあるバンに閉じこめられているサンディエゴの少女。その子の命がいま、危機に瀕している。

ささいなミス、言葉の切れ端にすぎないけれど、敵が油断したのがダービーにはわかった。アシュリーとラーズは甘く見ていたのかもしれない――誘拐計画に遭遇してしまった、ボールダーから来た体重百十ポンドしかない美術専攻のこの学生を。トイレの窓から屋内に戻るなんて予想もしていなかったにちがいない。それに関しては自分で自分を褒めてやりたい。

あの行動でふたりがいらいらしていることを願うばかりだ。

さすがにこの場で殺したりはしないだろう。目撃者がいるのだから。

その場合、エドとサンディまで殺さなくてはならないわけで、それは最後の手段という気がする。三人も殺すよりはひとりだけにしておいたほうが、なにかと楽なはず。殺すにしろ、無力化するにしろ、外でやりたかったにちがいない――それもこっそりと。でも、彼女のほうが一枚うわてだった。小さな窓に頭から突っこんで、便器に背中をぶつけ、その結果、殺されるときを十分間先延ばしにしたのだから。

その十分もまもなく尽きようとしている。

息を吸って、と自分に言い聞かせる。五まで数え、息を吐く。呼吸を落ち着かせなくては。息を切らしてはだめ。いまは絶対。

息を吸って。五まで数え、息を吐く。

アシュリーが彼女の肩の向こう、弟のほうに目を向け、小さいながらも有無を言わさぬ様子でうなずいた。まずまちがいなく、彼がリーダーだ。今夜、ふたりのうちどちらかを殺すなら、アシュリーだ。

今夜彼がしゃべったことのうち、いったいどこまでが本当なんだろう。外で雪に埋もれている車は、彼のものではなかった。ソルトレーク・シティで会計学を学んでいるというのは事実だろうか？　オレゴン州の炭鉱でさびた蝶番に親指をはさまれ、あやうく死にかけたという話は本当だろうか？　アシュリーはうそをつき、他人の注意をよそに向け、異なる肩書きを使い分け、異なる身の上話をして楽しんでいるように見える。いわば、手品ショーで芸を披露する子どもだ。

すでに夜半を過ぎている。夜明けごろにコロラド州運輸局の除雪車が到着し、ハイウェイが通れるようになるまで、あと六時間も生きのびなくてはならない。十分をたくさん積み重ねなくてはならない。それでもやるしかない。

アシュリーがどういう意味で弟に小さくうなずいたのかはわからない――これまでのところ、ラーズは根が生えたように玄関に突っ立ったままだ――が、安心はできない。兄弟ふたりはダービー相手にあらたな無言のチェスを開始し、彼女のほうはまたも守勢に立たされている。

でも、エドとサンディがここにいるかぎり、殺されることはない。

壁の時計を見あげ、夜明けまでまだまだだと思うと、一瞬、殺伐たる気持ちになった。夜はあまりに暗く、寒い。自分がいかに数的にも状況的にも不利かを思い知る。ふたりはここにいる全員を殺すことだって可能だ。もしかしたら、本当にそのつもりかもしれない。ナプキンに書かれた脅し文句はちょっとしたゲームのつもりなのかもしれない。

アシュリーが、ダービーの心のなかを読んだように、にやりとした。

手づまり状態はそう長くはつづかないよ。

「なあ、みんな」彼は陽気に言った。「ダーブズと戦争をやろうと思ったんだけど、だめだってさ。サークルタイムをもう一回やりたい人？」

エドは肩をすくめた。「かまわんよ」

「じゃあ……はじめての仕事にしようか。いや、好きな映画にしよう」アシュリーは笑顔のクイズ番組の司会者みたいに、狭苦しい室内をぐるりと見まわした。「今度もぼくが最初でいい？」

「好きにやってくれ」

画のジャンルなんだけど。それでもみんな、かまわないかな」

「じゃあ、始めるよ。と言っても――うーん、とくに好きな映画ってのはなくて、好きな映画のジャンルなんだけど。それでもみんな、かまわないかな」

エドが、どうだっていいというように手をひらひらさせた。

「モンスター映画なんだ」アシュリーは、テーブルをはさんだ真向かいにいるダービーに視線を戻した。「でも、オオカミ男みたいな小さいモンスターじゃない。ぼくが好きなのは、でっかくて、そびえるように高いやつ、二十階建てのビルくらいのやつだ。ゴジラとかラドンとか。日本では怪獣映画っていうんだってね。ほら、めちゃくちゃでかいやつが街を襲って、模型の車を投げ飛ばす映画があるだろ？」

エドは適当に聞き流しながらうなずいた。コーヒーカップを傾け、最後に残った貴重な数滴を飲もうとがんばっている。

それはどうでもよかった。ホワイトニングしたみたいに真っ白な歯を見せながら、ぺらぺらとよどみなくしゃべるアシュリーは好きだ。ダービーしか見ていないからだ。「そんなわけで、ぼぼくは怪獣映画がめちゃくちゃ好きだ。で……怪獣映画のどこにそんな魅力があるかって話。

人間のヒーロー――たとえば二〇一四年の『ゴジラ』のリブートに出てくるブライアン・クランストンとか、あの退屈な白人の軍人とか――が置き換え可能だってところだね。観客にとってあの連中はどうでもいい存在なんだ。だって、あんなちっぽけな人間が物語のなかでいくらかなりとも影響力を持つと思う？」

彼はその修辞疑問を必要以上に長くただよわせた。

「無理だよね」彼はようやく先をつづけた。「ありえない。物語のなかで連中が果たす役割は徹底して受け身だ。ゴジラ、モスラ、ムートー——そいつらこそが映画のなかの真のスターだ——が戦い、話を終わらせるのであって、人間は大殺戮（さつりく）をとめようと望むことすらできない。いまの説明でわかったかな？」

ダービーは答えなかった。

「人間がどんなにがんばったところで、モンスターはやりたいようにやる」アシュリーは椅子をきしませながら身を乗り出し、湿っぽい息を吹きかけ、かすれ声にまで落とした声でささやいた。「わかるだろ、モンスターは戦い、摩天楼を押しつぶし、橋を叩き壊すけれど、人間はわきによけるしかない。でないと踏みつぶされてしまう」

沈黙。

ダービーは目をそらすことができなかった。凶暴な動物を前にしたときのように。

彼の息が強烈ににおう。ゆで卵の白身とフレンチローストに煎（い）った苦みの強いコーヒー豆に、肉のにおいを混ぜて腐らせたようなにおいだ。六十分前、口のなかに入ってきた彼の舌は生温かいナメクジのようだった。けれどもいまは、ハロウィーンのゴムマスクをふたたび装着したみたいに、例の少年ぽさの残る笑顔に戻っている。もう少ししたら、最初に出会ったときの快活なおしゃべり男に戻るだろう。「で、きみはどうなの、ダーブズ？　どんな映画が好き？　ホラー？　ゴーストストーリー？　ＳＭポルノ？」

「ロマコメ」ダービーは答えた。

玄関のそばにいるラーズが忍び笑いを漏らした。かすれた声はアイドリング中のチェーンソーを思わせた。アシュリーは弟と視線を交わし、外の雪が激しさを増しているのを見て唇をわずかにゆがめた。「今夜は……今夜はおもしろくなりそうだ」

そうかもしれない、とダービーは相手の目をのぞきこみながら心のなかでつぶやいた。でも、わたしはそれを徹底的に邪魔してやるから、そのつもりで。

「だけど」アシュリーはわざとらしく眠そうに目をこすった。「たしかに、いまならコーヒー一杯のために人を殺せそうだ」

「そう言えば……」エドは考えこんだ。「なあ、少しだが、おれたちの車にあるよ。キャンプに持っていくような安物のインスタントで、粉を入れて熱湯を注ぐだけでできるやつだ。川底の泥みたいな味だが、コーヒーに変わりはない。飲みたいやつはいるか?」

「カウボーイが飲むみたいなやつ?」アシュリーは金を掘り当てた採掘者みたいに顔を輝かせた。これもあらかじめ見越していたのだろう。「いいね」

「サンディは飲めたものじゃないと言うがな」

「幸い、彼女は寝てる」

「じゃあ、飲むんだな。よしきた」エドは冬用の黒い手袋をはめると、ドアに向かって歩きだした。「すぐ戻る――」

「気を使わないで」アシュリーの笑みが大きくなる。「急がなくていいよ、アミーゴ」

ダービーはなにか言おうと必死で考えた――待って、やめて、出ていかないで――ものの、頭のなかはピーナッツバターのようにどろどろだった。時間が過ぎ、さらに胃がきりきりするような一瞬ののち、エドはいなくなった。ビジターセンターの玄関のドアが閉まったが、わずかに隙間があいていた。

ラーズがドアを押した——かちり。

兄弟ふたりは顔を見合わせ、それからダービーに目を向けた。一瞬にして室内の気圧が変化した。ここにいるのは三人だけ。エドがサンディの車まで行って、荷物を引っかきまわし、キャンプ用コーヒーを見つけて戻ってくるまでどのくらいかかるだろう？　六十秒くらい？

いまや……ダービーを生かしているのはサンディの存在だけだ。

しかも彼女は眠りから覚めてもいない。青いベンチの上で、猫が喉を鳴らすようないびきをかいている。太鼓腹の上で腕を組み、ペーパーバックが顔の上にあぶなっかしくのっている。ちょっと風がそよいだだけで落っこちそうだ。今夜はじめて、タイトルが読めた——『悪運』。このあとの六十秒間、ダービーの命はこの中年女性がどのくらいの音で目を覚ますかにかかっている。

「ロマコメか」アシュリーが小声でつぶやいた。「いい趣味だ」

「ゴジラ映画よりましでしょ」

「さてと、ダーブズ、いいかげん、腹のさぐり合いはやめよう」アシュリーは目の端でサンディをちらちら見ながら、押し殺した声でつづけた。「これからの話をしようじゃないか。きみにひとつ提案がある」

ダービーは相手の話を聞いてはいたが、頭の奥では、正確に時を刻む時計のように秒読みしていた。エドがいとこの車まで行って戻るまで六十秒。

あと五十秒？

「この提案は一度かぎりだ、ダーブズ。拒否すればそれで終わり。二度めはない。だから、よく考えてから、決断して――」

「あの女の子をどうするつもりなの？」

アシュリーは唇をなめた。「いまはジェイの話をしてるんじゃない」

「殺すの？」

「どうでもいいじゃないか」

「わたしにとってはどうでもいいことじゃ――」

「ダービー」彼はいらだってきたらしく、真っ白で歯並びのいい歯をむき出し、こわばったささやき声で言った。「彼女の話なんかしてないだろ。わからないのか？　いま話してるのは、きみと、ぼくと、弟と、このパーキングエリアで足どめをくらってる全員の話だ。これからきみがどういう決断をするかという話なんだよ」

四十秒。

うしろで玄関を見張っているラーズが頭に浮かび、吐き気をもよおすほどの恐怖に胃が引きつった。へらへらした笑い、両手のてらてら光るケロイド状の傷痕、表情のない小さな目。声に出して言えるとは思っていなかった――なのに、口走っていた。「あいつが……ラーズがあの子をレイプするの？」

「はあ？」アシュリーは目をぐるりとまわした。「なに、気持ち悪いこと言ってんだよ。ダーブズ、ぼくの話をなんにも聞いて――」

「答えて」ダービーはサンディのほうに目をやった。「さもないと、いまここで大声を出すから」

「出してみなよ」彼はふんぞり返った。「どうなるだろうね？」

膝にのせた手には、まだ自分のキーホルダーがある。そのなかでもいちばん鋭利な鍵――ドライデン・ホール寮の鍵――を親指と人差し指でしっかりつかんだ。けれども、すばやくテーブルごしに飛びかかれる自信はない。アシュリーは襲いかかられるのを察し、手をあげて顔を守るだろう。うまく行きっこない。ダービーは力も強くないし、そんなに敏捷でもない。

「やれるもんならやってごらん」彼はささやいた。「叫んでみなよ」

ダービーは挑発に乗りかけた。

次の瞬間、アシュリーがダービーのうしろに目をやった。彼がまたうなずくのを見て、はっと気がつき、恐怖で体がぶるぶる震えだした――いつの間にかラーズがすぐうしろに立っていた。近づいてくる音は聞こえなかったけれど、いまは着ているスキージャケットがすれる音が、数インチうしろからはっきり聞こえる。はじめて顔を合わせたときもそうだった。

ダービーは身をすくめた。彼が傷だらけの手を首にまわし、絞めあげてくるものとなかば覚悟した――けれども、ラーズはしゃがんで、かかとのそばに置いてあったダービーのハンドバッグを奪い取った。

「いただき」彼はそれを持って玄関に戻った。

アシュリーは下唇を吸いながら、ダービーに視線を戻した。「ダーブズ、これでわかったよね。ぼくは、すべてをなかったことにするチャンスをあげると言ってるんだ。いわば、大きくて真っ赤なリセットボタンだ。しかも、むずかしいことなんかなんにもない。だって、きみはなにもしなくていいんだから。口をつぐんでいるだけでいい」

二十秒。

「わかるだろ、ダーブズ、お互い、このささやかな出来事をなかったことにしよう。ぼくたち――弟とぼく――は、きみがバンに忍びこんだことなどなかったようにふるまう。きみのほうはジェイバードを見なかったようにふるまう。いわば……いわば、この数時間の記憶を頭から消し去って、夜が明けて除雪車が到着したら、それぞれの車に乗りこんで、べつべつの道を行く。全員にとって平和的な解決方法じゃないか」

ぱちん、ぱちん。ラーズがダービーの財布のボタンをはずした。クレジットカードがぱらぱらと床に落ちる。彼は洟をすすり、ユタ州発行の運転免許証をじっくりと調べ、くしゃくしゃの二十ドル札のしわをのばしてポケットに入れた。

十秒。

「正直に言うよ」アシュリーは身を乗り出した。「ちょっとよそを見ててくれれば、本当に助かるんだ。少し休んだらどうかな。疲れてるんだろ。ひどい顔をしてるよ。ラーズとぼくを相手にきみが勝てる見込みは万にひとつもない。だからさ……モンスターのやりたいようにやらせてくれよ。いいだろ？」

五秒。

「頼むよ、ダーブズ。そのほうがおたがいにとって簡単じゃないか」彼はそう言いながら、脅しが充分に伝わっていないと思ったのか、サンディにちらりと目をやった。

ダービーは頬がほてってくるのを感じた。「そんなことできない」

「ジェイを傷つけるようなまねはしないって」彼は首をかしげた。「それかい？　それが気になってるの？　だったら、約束する——」

「うそつき」

「きみが言うことを聞いてくれれば、今夜は誰もひどい目には遭わない」

「そんなのうそ」

「あの子なら大丈夫だって」アシュリーは手をひらひらさせた。「ところでさ、きみの車の後部座席に紙がいっぱい乗ってるね。黒い紙がさ。あれはいったいなんなの？」

「なんでそんなことに興味があるの？」

アシュリーの目がけわしくなった。「きみだってガーヴァー家の問題をのぞきこんできたじゃないか。だから、こっちものぞかせてもらったまでだ。いいから質問に答えて」

「あれは……ただの紙」

「なにに使うの？」

「墓石の拓本をとる」

「なんだい、それは？」

「だから……クレヨンでこすって、その……墓石の拓本をとるの」

「なんで？」

「集めてるから」

「なんで？」

「なんとなく」あれこれ詮索(せんさく)されるのが不快だった。

「心に傷を負った女の子ってわけか」アシュリーは言った。「いいね」

ダービーはなにも言わなかった。

「きみ、眉の上に傷があるよね」彼はテーブルごしに身を乗り出し、蛍光灯の明かりのなかで彼女をじっくりとながめた。「見た感じ……そうだな、三十針くらい？　眉間にしわを寄せたときだけ目立つ。笑ったときも」

ダービーは床を見つめた。

「だからあまり笑わないのかな、ダーブズ？」

彼女は泣きたくなった。いいかげん、終わりにしてほしい。

「笑ってごらん」彼はささやいた。「そうすれば長生きできる」

もう一分以上たった。

エドはいったいどこにいるの？　いろいろな可能性がダービーの頭のなかを駆けめぐる。キャンプ用コーヒーが見つからないのかもしれない。こっそりお酒を飲んでいるのかも。あるいは……小さな手がかりに気づいて、誘拐の計画が進行中であることを突きとめ、警察に通報するべく携帯の電波をキャッチしようとこころみているのかもしれない。あるいは、ジェイがケージの格子を切断して、彼のところに駆け寄ったのだとしたら？　彼はふたりめの目撃者になる。そうなると、アシュリーとラーズは銃を乱射するしか選択肢がなくなるだろう。

一秒一秒が危険をはらんでいた。ダービーがガーフィールドの時計を見あげたのを、アシュリーは見逃さなかった。「そいつは一時間進んでるよ」

「知ってる」

「いまはまだ午前一時だ」

「知ってる」

アシュリーは唇をなめ、掛け時計を見つめた。そこに描かれたイラストを。恋するガーフィールドがアーリーンにバラの花束を差し出している。「ねえ、あの猫はなんて名前？　ピンク色のほう」

「アーリーン」

「アーリーン。女の子らしいかわいい名前だ。きみのもそうだけど」

「あんたの名前もね」ダービーは言った。

彼はこの言葉の応酬をおもしろいと思ったのか、にやりと笑い、ダービーの眉にふたたび視線を向けた。「ところでさ、その傷はなんでついたの？」

「喧嘩で」彼女はうそをついた。「中学のとき」

本当は自転車ごとガレージのドアにぶつかったのだ。あれを喧嘩と呼ぶなら、ガレージのドアの勝ちだ。二十八針縫い、聖ジョセフ病院にひと晩入院した。同級生にはフランケン・ガールと呼ばれた。

いまの話でアシュリーが納得したかどうかはわからない。彼は唇をなめた。「ひとつ忠告しておくよ、ダーブズ。もしも……ぼくら相手に喧嘩するつもりでいるなら、だけど。そのつもりなのかな？」

「そのつもりって？」

「ぼくら相手に喧嘩するつもり？」

「どうしようか考えてる」

「ふうん。本当にそのつもりなら、言っておく。ぼくは昔から普通じゃなかった」

「そうでしょうね」

「うん、ただ運がいいってだけじゃない──守られているって思うんだ。これまでの結果からすると。魔法の力があるっていうのかな。終わってみれば、なにもかも、ぼくの思ったとおりになる」彼はきわどい話を打ち明けるみたいに、さらに顔を近づけた。「運という言い方もできるけど、それだけじゃないと本気で思ってるんだよね。トーストはバターを塗った面が下になって落ちるっていうけど、ぼくのトーストはバターを塗った面が上になるんだ」

ダービーは思わず訊いた。「本当は喘息持ちじゃないんでしょ。ちがう？」

「うん」

「ソルトレーク工科大学の学生だっていう話は？」

彼の笑みが大きくなった。「学校そのものがでっちあげ」

「ドアが怖いって話は？」

「ドアの蝶番だよ。実は、あの話は事実なんだ」

「本当に？」

「うん。蝶番を見るだけで鳥肌が立つ」彼は胸のところに手を置いた。「神に誓ってもいい。さわることもできないし、なるべく見ないようにしている。チンクス・ドロップで親指をなくしそうになって以来、怖くて怖くてたまらないんだ」

「ごく普通のドアの蝶番が？」

「うん」

「あれも作り話だとばかり思ってた。うそっぽく聞こえたもの」

「どうして？」

「だって」ダービーは淡々と言った。「あんたがそんなめめしいはずがないから」

板がきしんだ。

アシュリーは最初の印象をくつがえされたかのように、冷ややかな目でダービーを見返し、頭上の蛍光灯がちかちかとまたたいた。彼はため息をついて、ひとつ唾をのみこんだ。ようやく口をひらいたときには、きちんと抑制された声になっていた。「きみは子どもの命を危険にさらしてるんだよ。それを忘れるな。今夜はハッピーエンドになるはずなのに、それを台なしにしようとしている」

「うそばっかり」

「目的はセックスじゃない」アシュリーは不快感もあらわに顔をしかめた。「金だよ。どうしても知りたいみたいだから教えるけど」

サンディがまたベンチの上でもぞもぞと動いた。顔にのせた『悪運』がわずかにずれた。本当に寝入っているんだろうか。寝たふりをしているだけだとしたら？　ここまでの会話をすべて聞かれているとしたら？

「くわしく説明しよう」アシュリーはまたも緊張がほぐれたのか、笑いそうになるのを必死でこらえた。表情が不気味に変化する。快活から邪悪へ、そしてまたもとに戻った。「とある家を想像してくれ、ダーブズ。『シンプソンズ』に出てくるバーンズ社長が住んでるみたいな豪邸だ。父親は新興のハイテク企業を経営してて、ビデオプレーヤー関連の仕事をしてる。こむずかしい先端技術の会社らしいけど、ぼくみたいなブルーカラーの頭じゃ理解不能だね。ぼくは現実的なアナログ人間だからさ。そういうわけで、ジェイバードをちょっとばかり拝借して、何週間かロッキー山脈まで連れていき、ママとパパを死ぬほど心配させ、小切手を切らせようと考えた。ぼくたちの働きに見合うだけのものが引き出せたら、小切手を現金に換え、娘をカンザスの小便くさい町のバス停に置き去りにする。危害をくわえるつもりなんかない。言ってみれば、バカンスみたいなものだね。なんなら、向こうにいるあいだ、スノーボードを教えてやっても――」

「またうそをついてる」

アシュリーの人なつこい笑みがまたも消えた。「ちゃんと説明したじゃないか、ダーブズ。理解してくれよ。ぼくたちはあの子に危害をくわえるつもりなんか――」

「もう危害をくわえたくせに」ダービーは、ペーパーバックを顔にのせたサンディが実際には目を覚ましていて、話に聞き入っていることをなかば期待しながら言い返した。「あの子の手に釘を打ちこんだじゃない。だからアシュリー、機会さえあれば、あんたにはそれ以上の仕打ちをしてやる」

沈黙。

玄関にいるラーズがダービーの財布をハンドバッグに戻した。

「えっとつまり……」アシュリーはいったん口をつぐんだ。「ジェイの手を見たってわけか」

「そう」

彼はまたも、トカゲが舌をちろちろさせるみたいに下唇を吸い、しばらく考えこんだ。

「そうか。わかった」彼の表情がけわしくなった。またも不気味な相転移が起こる。「いいだろう。いや、絶好の機会かもしれないな。せっかくだから教えてあげるよ。ジェイバードを生かしておくことが――怯えさせはしても殺さないことが最優先だから、きのうの朝、あの子がめそめそ泣くのにうんざりしてさ、てのひらにコードレスのネイルガンを押しあてて、引き金を引いた……というわけで、ダーボ、生かしておくつもりのないやつに対して、ぼくがなにをするかは想像がつくよね。このパーキングエリアでどんな行動を取るか、想像がつくよね。エドとサンディをどうするか。きみがどんな光景を見ることになるか。なにかあればそれは全部きみのせいだ。高い道徳観を持っているきみが安易な協力をしないせいだ。そこで、あらためて訊くよ、ダービー。これは警告でもある――次になにを言うか、じっくりとよく考えることだ。だって、最悪の場合、今夜死ぬのはきみひとりじゃないんだから」

ダービーはまばたきするのが怖くて、アシュリーをにらみ返した。

「それともうひとつ」彼はつけくわえた。「鼻血が出てるよ」

彼女は鼻に手をやった――

アシュリーはすかさず飛びかかり、彼女の髪をつかむと、テーブルに顔を叩きつけた。目の奥で火花がはじけた。めまいがするほどの痛み。鼻の軟骨がぐしゃっと湿った音をさせ、ダービーは思わず身を引き、あやうく椅子から落ちそうになりながら、両手で顔を覆った。

部屋の反対側でサンディがびくりと目を覚ました。ペーパーバックが床に落ちる。「ど……どうかした？」

「なんでもない」アシュリーは言い、ダービーのほうを向いた。「なんでもないよね？」

ダービーはうなずき、鼻をつまんだ。真っ赤な血が手首を伝ってぽたぽた落ちていく。目がつんとするのを感じ、涙をこらえた。

泣いちゃだめ。

「まあ、ハニー、鼻血が――」

「うん、大丈夫」口の奥に銅のような味がひろがった。大きな血の滴がテーブルに落ちていく。顔から手が離せない。

「どうかしたの？」

「標高が高いせいじゃないかな」アシュリーがさらりと言った。「気圧も低いし。そういうのがじわじわ効いてくるんだ。ぼくもエルク山道であったよ。水道の蛇口をひねったみたいに鼻から血がだらだら出てきてさ――」

サンディは相手にしなかった。「ティッシュを使う？」

ダービーは鼻をつまんだまま、激しく首を振った。大量の血が喉を流れ落ちていく。膝には血の染みが点々とついていた。

やだもう、泣いちゃだめだってば。

サンディは大きなバッグをゆらゆら揺らしながら室内を突っ切った。コーヒーカウンターにあった茶色いナプキンの束をわしづかみにし、ダービーの膝に置いた。そして彼女の肩に触れた。「本当に大丈夫？　半端じゃない量の血が出てるけど」

ダービーは顔がこわばって、皮膚が突っぱるのを感じた。頬が燃えるほど熱を帯びている。涙で視界がくもり、嚙みしめた歯のあいだで息をする彼女を、アシュリーが両手を膝にきちんとはさんだ恰好でテーブルの向かい側からじっと見ている。

泣いちゃだめ、ダービー。泣いたら、ここにいる全員が殺されちゃう。

「大丈夫」ダービーは喉をつまらせながら答えた。「標高が高いせいで——」

「ぼくがはじめてのビールを飲んだのは高度八千フィートのところだったな」アシュリーがまた話に割りこんだ。「蛍光灯で手を切ったら、二日にわたって真っ赤な血が水みたいに流れちゃって——」

「ちょっと、黙ってて」ダービーはぶっきらぼうな声を出した。

アシュリーは彼女が突然牙をむいたことに驚き、身をこわばらせた。獲物が天敵の不意を衝いたささやかな瞬間ではあったけれど、声に出してすぐ、大きな間違いだと気がついた。

サンディに勘づかれた。

「あの……」彼女はおろおろした様子で、両のてのひらを上に向けた。黄色いパーカをかさかさいわせながら、ダービーとアシュリーを交互に見つめた。「ねえ、ちょっと。いったいなにがあったっていうの？」

沈黙。

アシュリーは考えこむような顔で、唇を嚙んでいたが、やがてラーズに向かってうなずいた。

だめ、やめて——

ラーズが銃を出そうとジャケットのポケットに手を入れた。けれども、すぐ横で玄関のドアがいきおいよくあいて壁にぶつかり、彼ははっとなって――

「やっと見つかったよ」エドが雪の散ったブーツをぎしぎしいわせながら入ってくると、三人がいるテーブルにコロンビアン・ローストの粉が入った袋を乱暴に置いた。「熱湯八オンスにつき小さじ二杯使う――おいおい、どうしたんだ。血が出てるじゃないか」

「標高の高いところにいるせいみたい」ダービーは息をつまらせながら答えた。

サンディはなにも言わなかった。

「気の毒に」エドはダービーをしげしげと見つめた。「こりゃ、そうとう重症だ。鼻をぎゅっとつまんで、前かがみになったほうがいい。背中をそらすんじゃなく」

ダービーは首を前に倒した。

「それでいい。前に倒せば、血は固まる。頭をうしろにそらすと、血が全部喉に流れて、胃のなかが血でいっぱいになっちまうんだ」彼は肩に積もった雪を払った。「それと、そのナプキンを使うといい。ただなんだから」

「ありがとう」

エドが移動するあいだを利用して、ダービーはサンディにちらりと目をやり、こわごわとアイコンタクトをこころみた。すでにサンディはなにかおかしいと察しているようで、大きく見ひらいた目で兄弟ふたりを交互に見ている。ラーズが隠し持っている拳銃の輪郭が、天井の明かりを受けてくっきりと浮かびあがっていた。

ダービーは人差し指を唇にあてた。なにも言わないで。

サンディは一度だけうなずいた。

と同時にアシュリーがラーズに手で合図したらしい。ダービーが振り返ったときには最後の部分が見えただけだが、すさまじい形相で喉に手をやっていた。やめろ、やめろ、やめろ。あとほんのちょっとでここが殺戮の場と化すところだった。エドは自分がインスタントコーヒーの袋を手に戻ってきたことで全員の命を救ったなどとは、気がついてもいないようだ。

いま彼は防犯シャッターのなかに手を入れ、熱い湯を注いでいる。「熱々というほどじゃないが、茶を淹れるには充分な温度だ。まずいコーヒーなら、これで充分だろう」

「聖書で言う天の恵みってところだね」アシュリーが言った。「かぐわしく美味なるカフェイン」

「まあ、そうとも言える」

「あんたはぼくのヒーローだよ、エド」

彼はうなずいた。アシュリーのろくでもない話に堪忍袋の緒が切れそうになっているのはあきらかなのに、よく耐えている。

サンディはあとずさりし、室内全体が見わたせる隅のベンチに腰をおろした。ダービーが見ていると、サンディはペーパーバックを拾いあげたが、膝の上で持っていた。あいているほうの手をそろそろとハンドバッグのなかに、詩篇第百篇五節の刺繍の真裏の位置に入れた。おそらく、催涙スプレーの缶を握ったのだろう。

お願い、サンディ、なにも言わないで。

ワナパニ・パーキングエリアは一触即発の状態だった。火花ひとつで――ここは混乱の渦と化す。ダービーは気づかれないよう用心しながら、テーブルの下で〝そいつらに話したら、ふたりとも殺す〟のメッセージをひらき、膝の上でメッセージを書きくわえた。ペンのキャップをして、ナプキンをきっちりとたたみ直す。親指の血の指紋がひとつついた。

「ほかにコーヒーを飲みたいやつはいるかい？」エドが訊いた。

「おれにもくれ」ラーズが言った。

サンディはうなずいただけで、声には出さなかった。

「わたしにも」ダービーは言いながら席を立ち、ずきずきと痛む鼻を押さえながら、アシュリーにメッセージを渡し、エドのほうを向いた。「砂糖もクリームもいらない。濃く淹れて。長い夜になりそうだから」

うしろでアシュリーがいそいそとナプキンをひらくのが音でわかった。

いま彼は彼女が書いたメッセージを読んでいる。

午前一時二分

あんたの勝ち。ひとこともしゃべらないと約束する。

アシュリーはうすら笑いを浮かべた——それでいいんだよ、と言うように。

コロラド大学ボールダー校在籍のこの娘が面倒を起こすとは想定外だったが、すでに彼女の人となりは見抜いている。以前にもこのタイプにはお目にかかったことがある。と言っても、実物を前にしたわけじゃない。そう、ダービー・エリザベス・ソーンは正真正銘のヒーローだ。通りすがりの第三者でありながら、シェルのガソリンスタンドの防犯カメラに、強盗の銃を奪おうと飛びかかる、あるいは血を流す店員に救助の手を差しのべる姿がとらえられるタイプとでも言おうか。赤の他人を救うために、肉挽き器のような列車の車輪の下に飛びこむようなタイプなのだ。本人にその自覚があるかどうかはわからないが、人を救い、正しいおこないをすることが本能として染みついている。

一般に信じられていることとは裏腹に、それは力にはなりえない。むしろ弱点と言える。というのも、行動が読みやすいからだ。対処可能だからだ。そして案の定——三十分の会話と、サークルタイムと、中断したカードゲームだけで——アシュリーはすでに彼女を意のままにあやつれるようになっていた。

鼻の骨を折ったのはなぜかって？　あれはちょっとした余興にすぎない。

あの光景を見ているだけであんなにぞくぞくするとは思わなかった。ダービーは鼻から赤いものをほとばしらせながらも、エドとサンディの前では気丈に涙をこらえていた。どこがどうと具体的には言えないけれど、見あげたところがあると思う。彼女は人前で辱めを受けた。アシュリーが好きなポルノ映画によくある設定だ。人知れずバイブレーター付きのショーツを穿いた女が、通りやレストランでその事実を人に知られまいとするポルノが彼はことのほか好きだ。必死でこらえる姿がたまらない。

しかもそれによってダービーはまちがいなくきれいに見えた。彼女には獰猛なところが、燃えたつような鳶色の髪にマッチした凶暴な面がある。瀬戸際に追いこまれたときに、自分がどれほど過激になれるか、自分ではまだ気づいていない。アシュリーとしては彼女をその状態にまで追いこんでみたかった。彼女をラスドラムにある砂利採取場まで連れていって、おじのＳＫＳの撃ち方を教えてやりたいくらいだ。華奢な肩にソ連製の木の銃床をあてさせ、マニキュアをした指先を引き金に導き、目盛のついたアイアンサイトで照準するときににじむ緊張の汗のにおいを吸いこみたくてたまらない。

だとすると残念だ。今夜、彼女を殺さねばならないとは。

本当は殺したくなんかない。

アシュリーはこれまで、厳密な意味では人を殺したことがないから、今夜がまぎれもなく最初になる。思いつくなかでもっともそれに近いケースでも、謀殺ではなく故殺だった。しかも直接なにかをしたわけではない――なにもしなかったがゆえに相手は死んだのだ。

そのとき彼はまだ子どもだった。

チンクス・ドロップで親指を失いかけた一、二年前のことだ。だから、五歳か、もしかしたら六歳にはなっていたかもしれない。当時、両親は彼とラーズ（まだよちよち歩きの年齢だった）を夏のあいだ、アイダホ州の乾燥したプレーリー地帯に住むケニーおじさんに預けていた。おじさんは自分のことをファット・ケニー（ヘイ、ヘイ、ヘイ！）と呼んでいたが、いまではそれがファット・アルバート（ビル・コスビー監修のアニメ番組に登場する太めのキャラクター）をもじったものだと知っている。おじさんは陽気な人物で、はあはあああえぎながら階段をのぼり、丁子煙草（クローヴ）を吸い、いつもギャグをとばしていた。

片方の目にあざをこしらえた女にはなんて言う？

〝人の話はちゃんと聞け〟

両方の目にあざをこしらえた女にはなんて言う？

なにも。二度も諭されているから。

毎年、アシュリーは爆笑もののジョークを大量に仕入れて、小学校に戻った。そのジョークを矢継ぎ早に繰り出したから、九月の彼はいつも、校庭でいちばん人気があった。彼が通う学区は、十月までには決まって風紀を正すための臨時総会をひらいたものだ。けれども、ケニーおじさんのいいところは、腹の皮がよじれるようなジョークだけではなかった。おじさんはボイシの南の一車線道路沿いにディーゼルガソリンの給油所を所有していて、そこはトラックの運転手だけに人気があった。アシュリーはよくラーズとリンゴの木にのぼって、十八輪トレーラーが出入りするのをながめていた。運転手たちはときどき、ケニーの土地にとめることがあって、黄色くなった芝生に泥のくぼみをつくり、夜遅く到着して、翌朝早く出発していった。だけど、おじさんの家に入ることはめったになかった――地下にある避難所に入っていった。

核シェルターみたいなその避難所は、洗濯室から二十ヤードほどのところの草むらに出っ張っているハッチドアから出入りするようになっていた。潜水艦の扉のようなそのドアには、いつも必ず南京錠がかけてあった。それがある朝、じっとりとした霧をすかして見たところ、南京錠がかかっていないのがわかった。

アシュリーはなかに入った。

崩れかけた長い階段の先にあった暗い部屋の記憶はほとんどない。覚えているのはにおいだけ――かびくさくて甘ったるい饐えたようなにおいは、すさまじい悪臭でありながら、不思議とそそられるものがあった。あれ以来、あんなにおいに出会ったことはない。足に伝わってくるセメントのひんやりした冷たさ。床を這うコード。三脚にセットされた大型の照明。暗闇にぼんやりとした影が浮かびあがった。

引き返そうと思って階段をのぼる途中、うしろから女の声がした。ねえ。

アシュリーはつまずきそうになりながら振り返った。しばらく、片足を階段から浮かせた状態で待った。両腕に鳥肌が立って、気のせいかと思いはじめたころ、女の声がふたたび聞こえた。

ねえ、ちょっと。そこのぼく。

それには仰天した――地下室にいる女にどうして自分が見えたのか、まったく見当がつかなかった。下は真っ暗でなにも見えない。大人になってようやく、女の瞳孔が闇に慣れていて、自分はそうじゃなかったと理解できた。ダービーの片目だけをつぶる巧妙な作戦と、理屈は同じだ。

ぼくはいい子なんでしょ？

アシュリーは両耳をふさいで、階段にうずくまった。

いいのよ、怖がらなくても。あんたはあいつらとはちがう。女は秘密を打ち明けるように、薄気味の悪い声を低くした。お願い……ねえ、ちょっと頼まれてほしいの。

アシュリーは怯えるあまり返事ができなかった。

水を一杯持ってきてくれない？

どう答えていいかわからなかった。

お願い。

アシュリーは折れ、朽ちかけた階段を急ぎ足でのぼり、おじのランチハウスに駆けこむと、台所の流しで青いコップに水を満たした。ここの水道水は鉄の味がする。外に戻ると、ケニーおじさんが締まりのない尻に両手をあてた恰好で、地下室のひらいたドアのそばに立っていた。

幼いアシュリーはぎょっとして足をとめ、水を少しこぼしてしまった。

けれども、ケニーおじさんは怒っているわけではなかった。まったく怒っていなかった。黄ばんだ馬のような歯を見せながらにこにことほほえみ、アシュリーのこわばった小さな手からコップを取りあげた。ありがとな、坊主。大丈夫だって、おれが持ってくよ。そうだ、弟を連れてガソリンスタンドまで行ってこい。チキン・フラウタスを食べていいぞ。おれのおごりだ。

フラウタスは紙やすりみたいに干からび、保温ライトの熱でしなびていた。ラーズは気にしなかったが、アシュリーは最後まで食べられなかった。

同じ年の一、二カ月後、戦没者追悼記念日の週末にケニーおじさんを再訪したアシュリーは、同じ地下室のドアが大きくあいて、扇風機がかたかた音をたてながらなかの空気を外へと追い出しているところに出くわした。階段をおりていくと、今度は電気がついていて、なにもないがらんとした部屋が目の前に現われた。コンクリートの壁は結露で湿っていた。床についたこすり洗いの跡。漂白剤のつんとするにおい。女はいなかった。

とっくにいなくなっていた。

当時のアシュリーでも、おじに問いただし、さらには両親に打ち明けて警察に通報してもらうべきなのはわかっていた。週末いっぱい、その事実を弾をこめた銃のように抱えこんだあげく、あとちょっとでそうするところだった。けれども、土曜の夜、ファット・ケニーはハラペーニョとベーコンのスライスが入ったマカロニ・チーズをこしらえてくれ、桁外れにおかしいジョークを放ったものだから、アシュリーは口のなかで噛んでいたものを噴き出した。

なあ、アシュリー。黒人野郎がおまえのパソコンをさわったかどうか、なんでわかると思う？

なんで？

パソコンがなくなってるんだよ。

けっきょく、彼はファット・ケニーがとことん好きなだけだった。おじさんはあまりにおもしろすぎた。それに、当時四歳だったラーズへの接し方もしごくまっとうだった――作業場にある工具をさわらせてくれたり、BB銃でカラスを撃つのを教えてくれたりした。要するに、トラック運転手が地下室の女になにをしていたかなど、アシュリーにはなんの関係もない。彼はその記憶を頭の奥深くにしまいこんで終わりにした。

いまから十七年前のことだ。

そして、凍てつくような十二月二十三日の夜、コロラド州ワナパニ・パーキングエリアではそれらの役割が、昔の古いテレビ番組が出演者もあらたによみがえるのと同じく、シャッフルされた。今度はアシュリーが新しいファット・ケニー役として危険な秘密を守るべく奮闘する。そしてダービーは想定外の目撃者というわけだ。

　歴史は繰り返すとまでは言えないが、一部を踏襲するのはたしかなようだ。

エドが防犯シャッターの奥に手をのばし、給湯器が使えるかたしかめ、それから、ふたつの粉末コーヒーの袋をべつべつに置いた。「フレンチ・ローストのダークとライトがある」

「どっちでもいい」サンディが言った。

「ぼくはダーク・ロースト」アシュリーが言った。「できるだけ濃いやつを頼む」

本当は好みなどなかった。単にダーク・ローストという言葉の響きがいいなと思っただけだ。彼の味覚はないも同然だから、どのコーヒーも同じ味にしか感じない。そうは言っても、真っ黒なコーヒーが飲みたい夜があるとすれば、それは今夜だ。ダービーに渡された茶色いナプキンをジーンズのポケットに突っこもうとして、彼女の血の指紋が三日月形についているのが目に入った。

ふと気づくと、彼女の姿がなかった。

あわてて室内を見まわした。エドが鍵のかかったコーヒースタンドのそばにいて、サンディはでっぷりした黄色いマルハナバチみたいにすわり、ラーズは玄関を警備している——だが、やはりダービーはいなくなっていた。姿を消していた。彼がぼんやりしている隙に、行動を起こしたようだ。

まあ、いい。心配するほどのことじゃない。アシュリー・ガーヴァーも行動を開始すればいいだけのことだ。

トイレか？

トイレだろう。

アシュリーは弟にうなずいた。

ほんの数秒しかないのはダービーもわかっていた。

男性トイレに入ると、足をとめることなくドアを閉め、汚れたシンクの前を過ぎた。鏡に映る自分のドッペルゲンガーが追いかけてくる。白い鎌のような傷がくっきり見えている。鏡のなかの目は怯えていた。

ワナパニ・パーキングエリアは圧力釜と化していた。あやうくエドとサンディを死なせてしまうところだった。ここを出なくては。作戦を再構築して、場所を移動させなくては。誰かを巻き添えにしてしまう危険のない場所に。

逃げよう、と心を決めた。ハイウェイで逃げよう。できるだけ早く、そして必死に逃げる。携帯電話の電波がキャッチできて、緊急通報できる場所が見つかるまで、絶対に足をとめない。

あるいは凍死するまで、かも。

あらためて自分のiPhoneを確認する。バッテリー残量は二パーセントになっていた。

素通しになった窓を見あげる——小さな三角形に切り取られた夜空と梢。床からの高さはおよそ八フィート。外にピクニックテーブルが積みあがっているおかげで、なかに入るのは楽だった。外に出るのはずっとずっとむずかしそうだ。つま先立ちになっても窓枠に手が届かない。窓枠をつかもうと思ったら、そうとう高くジャンプしないといけない。遠くから助走をつける必要がある。

ダービーはうしろにさがりはじめた。緑色の個室の前を過ぎ、〝ペイトン・マニングはアナルをやらせる〟の落書きの前を過ぎて壁に背中をつけると、目の前に長さ二十フィートの助走路ができた。濡れて滑りやすくなっている、つややかなリノリウムの床。背中をそらし、短距離ランナーのようにかがんだ姿勢を取り、両手をこぶしに握った。

大きく息を吸った——アンモニアのつんとするにおいも一緒に。それを半分まで吐き出した。

スタート。

ダービーは走った。

鏡、小便器、個室のドア。それらが猛スピードで過ぎていく。耳もとを風切り音がかすめる。深く考えている余裕はない。恐れている余裕などない。両手を翼のようにひろげ、足をせっせと動かし、小さな開口部に向かっていきおいよくジャンプした——

宙に浮きながら考える。これは絶対に痛いはず——

本当に痛かった。タイルの壁に膝からぶつかり、顎をしたたかに打ち、肺から空気が抜けたけれど、それでも（やった！）どうにかこうにか二本の指で窓枠をつかむことができた。ぐしょぐしょに濡れた古い板に爪を食いこませる。濡れたコンバースの足を壁に突っ張らせると、食いしばった歯の隙間からうめき声を漏らし、世界でいちばん過酷な懸垂をしているみたいに体を上へと引きあげはじめ、ひたすら上へ上へと体を持ちあげ——

口呼吸の音が聞こえた。外からだ。

まさか。

まさか、そんな。聞き間違いよね――

でも、やっぱり聞き間違いじゃない。すぐ外、壁の向こう側。いやになるほど耳にした、あのぜいぜいとかすれた音。じっとりした呼吸の音。施設の裏にまわってきたイタチ顔のラーズが、外でダービーが出てくるのを待っているのだ。拳銃を手に窓を見あげ、彼女が窓までよじのぼって顔を出したら即座に、頭に銃弾を撃ちこもうと手ぐすねを引いている。

さあ、どうする？

痛む指先で窓枠からぶらさがり、靴を床から三フィートのところでぶらぶらさせながら、ダービーは外で吹き荒れる風のうなりと聞き間違えただけだったらどんなにいいかと、すがるような思いだった。けれども、そうじゃないことはわかっている。アシュリーが脱出を阻止するべく、従順な弟を送り出したに決まっている。

そのとき、トイレのドアが閉まるかちりという音が聞こえた。

あいつが入ってきた――

うしろから、ビニール袋が顔にかぶせられた。ダービーは悲鳴をあげたが、その声が口の外に出ることはなかった。

午前一時九分

ジェイ・ニッセンは犬用ケージの最後の格子を切った。

赤毛の若い女の人に教わったとおり、ぎざぎざの歯がついたナイフをのこぎりのように動かして、一度に一本ずつ切っていった。左手がしびれてずきずきするから、時間がかかった。二度、ナイフを落としてしまい、暗いなかで手探りしなくてはならなかった。一度などは、ケージの外に出てしまい、手の届かないところに行ってしまったのではないかと不安になりもした。でも見つかった。

このあとどうすれば？

ひと押しすると、格子は倒れ、バンのドアにがたんとぶつかった。

あのふたりにさらわれて以来、ケージがあいたのはこれがはじめてだ。もう何日前のことかもわからない。数えていなかった。ひと晩以上注射をしていないから頭が朦朧（もうろう）としているし、あれ以来、不規則に四時間ほど眠るようになっていた。太陽がのぼって沈むのも、いつもちがう窓から見ていた。ケチャップ、ディップ用ソース、窓を結露させる饐えた汗のにおい。くしゃくしゃにまるめた〈ジャック・イン・ザ・ボックス〉の包み紙。兄弟のぼそぼそいう声、アシュリーのおかしなジョーク、アスファルトの走行音、バンのウィンカーがたてる急きたてるようなかちかちという音。もう一週間くらいたった？　パパとママはいまごろどうしてるだろう。

あいつらが家にやってきたのは、Ｗｉｉ・Ｕのコントローラーを充電しているときだった。灰色のコードをニンテンドーのゲーム機のポートにつないでいたら、玄関を鋭く一回ノックする音がした。テニスボールがぶつかったみたいな音だった。ジェイはドアに駆け寄って、数インチあけた——真鍮のチェーンでドアが途中でとまるようになっている——それがあの男、いまではラーズという名前だとわかっている男を見た最初だった。そのときはいまほど風邪がひどくなかった。彼はわざとらしくほほえむと、〈フォックスの屋根修理〉の者だけど、お父さんの〝ミスター・ピート〟から家に入る許可をもらっていると告げた。

ジェイは、だめだと答えた。

ラーズは何度か作戦を変えて頼んできた。彼は〝ミスター・ピート〟が食料品店に出かけていると思っているようだったけれど、それはうそだった（オフィスにいる父親から電話があって、ベビーシッターが風邪を引いてしまったんだよ、残り物のモンゴリアン・バーベキューが冷蔵庫に入っているからねと言われていた）。あの時点でも、ラーズがこれまで会ったことのある大人とはちがうという印象を抱いていた。自分はまだ子どもだけれど、彼よりはずっと頭がいいような気がした。

ラーズの頼み方はだんだんと乱暴になった。強引だった。歯は枯れ葉みたいなにおいがした。

ジェイはドアを閉めた。

振り返ると、いまではアシュリーという名前だと知っている男が、楕円形のキッチンテーブルを前にすわっていた。寄せ木の床にブーツの泥跡がついていた。彼はくつろいだ様子でジェイを見あげ、陶器のボウルからバナナチップをひとつかみ口に入れた。いまもって、彼がどうやって入ったのかわからない――ひょっとして窓から？　ガレージから？

ジェイは居間に向かって駆けだした。たどり着けなかった。

そしていま、ジェイミー・ニッセン――小学校一年のときから通している呼び名はジェイ――は両のてのひらをついて犬用ケージから這い出し、二時間前、救済者が身を隠すのに使ったちくちくする毛布とタオルを乗り越えた。金属の格子が折れるときに弦をはじくような音がした。近くにアシュリーもラーズもいないことを願った。鍵がかかっているだろうと思いながらも、バンの後部ドアの前まで来た。ラーズはいつもバンのドアに鍵をかけるようにしていた――

血まみれの手で取っ手を握ると、かちりと音がした。

ドアが大きくあいた。

ジェイは四つん這いの姿勢のまま固まったように動かず、闇に目をこらした。巻きあがる無数の雪。凍えそうなほど冷たい夜の空気。一面の新雪に覆われ、クリスタルのようにきらきら輝く駐車場。こんなにたくさんの雪を見るのは、生まれてはじめてだ。

さあ、どうしよう？

「さあ、どうする、ダーブズ？」

呼吸もできず、なにも見えない。顔にぴっちりひろげられたレジ袋が歯に貼りついてくる。首にまわされた手が袋をねじり、気道が完全にふさがれた。生き埋めにされるような恐怖をおぼえた。

「シーッ、静かに」

手足をばたつかせたが、アシュリーの腕力のほうがはるかにうわまわっていた。彼は彼女の両腕をレスリングのホールド技のようにうしろでひねりあげた。左右の肩甲骨がくっつかんばかりになり、手はずっとうしろのほうで固定され、なんの役にもたたない。拘束衣を着せられまいと抵抗しているような感じだ。足を蹴りあげ、はずみをつけようと壁はどこかと探ったが、なにもない空間があるだけだった。背骨にひびが入った。

「抵抗するんじゃない」アシュリーが耳もとでささやく。「そうすれば怪我をしなくてすむ」

胸のなかに圧迫感がひろがっていく。肺が灼けるように熱く、あばらに当たるほど膨張している。最後の息――袋をかぶせられたときに喉のなかにあったひと呼吸の半分ほどの息――が水蒸気となって顔を覆った。銅のような味の生温かいものが顎のあたりにひろがった。鼻血がまた出てきたのだ。

あらためて抵抗すべく、体をよじり、手足をばたつかせた。脚を宙に蹴り出す。爪を立てて引っかく。アシュリーのジャケットから輪っか状になったストラップがのぞいていた。鍵がじゃらじゃら音をたてる。けれども銃も武器になるようなものも見つからなかった。そろそろ気力が尽きかけてきた。もがき方も最初より弱くなっている。

おしまいだ、とダービーは悟った。わたしはここで死ぬ。

州道七号線沿いの、こんなみすぼらしいトイレで。漂白剤にまみれた便器、彫刻をほどこした鏡、塗装がはがれかけた落書きだらけの個室のドア。いま、ここで。口のなかがライソールの味でいっぱいのまま。

「シーッ」アシュリーはうしろをうかがうように首をめぐらした。「もうすぐ終わるよ。おとなしく受け入れなよ――」

ダービーはジップロックの袋のなかに声なき悲鳴をあげた。袋が小さくふくらんだ。すると肺が反射的に息を吸いこんだ――それもいきおいよく――けれど、袋のなかは陰圧で、すでに吐き出したわずかな息が吸えただけだった。

「苦しいだろうね。わかるよ。ごめんな」袋がさらにきつく、時計方向にねじられ、ダービーの顔は窓を見あげる恰好になった。半透明のビニールがぴったり貼りつき、涙でくもった目が、床から八フィートのところにある、雪の積もった小さな三角窓をとらえた。とっても近い。歯がゆくなるほど近い。どうせならもっと遠いところ、奥のほうの、とても届きそうにないところにあればいいのに。でも、実際にはすぐそこ、手をのばせば届きそうなところにある。ただし、いま、わたしの手は完全に自由を奪われている。

もう一度もがいてみたけれど、力の入らないぎこちないものでしかなかった。アシュリーのほうは、押さえつけるほどのこともなかった。いまので最後だ。四度めの抵抗はありえない。もう終わった。エドとサンディは同じ建物、それも十フィートと離れていない壁の反対側にいるけれど、彼女が人殺しの手にかかって窒息死しそうになっているとは夢にも思っていない。時が刻々と過ぎていく。どっしりしたウールの毛布のように、分厚くて心地のいい休息が体を包みこんでいく。

ダービーはその心地よさに反発をおぼえた。

「もうお休み」アシュリーがビニール袋をかさかさいわせながら、頭のてっぺんにべっとりとキスをした。「よくがんばった、ダーブズ。いいかげん、少し休んだほうがいい」

彼のおぞましい声がとても遠くに聞こえる。べつの部屋にいて、べつの誰かに話しかけながら、べつの女の子の息の根をとめようとしているようにしか聞こえない。肺の痛みはすでに薄れつつあった。このおそろしい感覚はすべて、ダービー・ソーンではなく、ほかの人の身に起こっているのだ。

頭が朦朧としはじめ、思考がとぎれとぎれになり、人生でやり残したことをひとつひとつ数えあげていく。最高傑作になるはずの絵、未完成。学生ローン、未返済。Gメールのアカウント、永遠に凍結。残金二百九十一ドルの銀行口座。寮の部屋。壁いっぱいに貼った墓石の拓本。ユタ・ヴァレー病院にいる母は手術が終わって目覚め、娘が二百マイル離れたところにあるパーキングエリアで行きずりの人間に殺されたと知ることに——

いやだ。

いやだ、絶対にいやだ——

ダービーは抵抗した。

その事実に、四十九歳のマヤ・ソーンが集中治療室で衰えつつあるという事実にしがみついた。もしもダービーがいまここで、トイレのなかで死んだら、感謝祭のときに母にいろいろな言葉を投げつけたことを謝れなくなってしまう。永遠に変わらない事実として残ってしまう。不快な言葉のひとつひとつが。

突然、恐怖心が消え失せた。完全に。恐怖よりもずっとすぐれた感情がわいてきた——怒りだ。頭に血がのぼっている。このめちゃくちゃな話に、アシュリーがあの少女とその家族にしようとしている仕打ちに、怒りがめらめらと燃えあがり、垂れこめる闇に対して激しくいきりたった。それだけじゃない……

もしわたしがここで死んだら、ジェイを助ける人がいなくなってしまう。

「ダーブズ？」

ダービーは背中を弓なりにそらし、疲れきった肺に最後のひと仕事を命じた——大きくひらいてできるかぎり息を吸え。あいた口をぴっちり覆うビニール袋を吸うと、風船ガムみたいに前歯に貼りついた。

それを噛んだ。

強さが足りなかった。ビニールが口から滑り出た。

「膵臓ガンなんだって？」アシュリーが心のなかを読んだみたいに、ダービーの耳に唇を這わせた。「さっき言ってたよね……お母さんが膵臓ガンだって。ちがう？」

ダービーは同じことを繰り返した。肺が灼けるほどビニール袋を強く吸った。

そして噛む。

なにも変わらない。

「だとしたら、皮肉だね」ぐいぐい締めあげる強い力、不快な声。「自分がお母さんを埋葬するつもりでいたんだろうに、ふたをあけてみたらその逆だったなんてさ。だって、お母さんがきみを埋葬する――」

もう一度噛むと、ビニールが破れた。

氷のように冷たい空気が少しだけ入ってきた。それがストローで吸いこんだときみたいに、猛スピードで喉を滑りおりた。

アシュリーの手がとまり――「あれ？」――きょとんとした拍子に締めつける力が弱まり、ダービーの靴が床に触れた。その一瞬だけで充分だった。ダービーは自分の足で立つなり、タイルの床を蹴ると、うしろ向きにアシュリーに体当たりした。

アシュリーはバランスを崩してよろめいた。

ダービーはそのままうしろにさがりつづけ、彼に体当たりしつづけ――

アシュリーの喉の奥から変な音が漏れた。「ちょ、ちょっと、待って――」

ダービーは彼を背中から洗面台に押しやった。背骨が洗面台にぶつかる。蛇口があく。彼がうめき声をあげて手を離し、つかまれていたダービーの腕が解放された。ようやく手が自由になった。濡れたジップロックをつかんで顔からむしり取り、深々と息を吸った。

景色に色が戻った。空気が頬をなでる。血液に酸素が流れこむ。ダービーはアシュリーから離れたものの、膝に力が入らず、気がつくと、床に両のてのひらをついていた。冷たいタイルに血が点々と散っていた。

うしろで、アシュリーがポケットからなにか引っ張り出した。

彼は腕をあげ――

――ダービーの後頭部めがけて石入り靴下を振りおろした。石は重りのついた投げ縄のように弧を描き、女の頭蓋骨に命中してぐしゃりという音をさせるはずだった――が、彼女はすでに走りだしていた。

石は髪をひとなでしただけだった。

アシュリーはダービーに飛びかかろうとしたものの、石入り靴下を振りまわしたときにバランスを崩し、石が左の壁にぶつかって、タイルが欠けた。膝を思いきりぶつけ、ダービーがビニール袋をはためかせながらいきおいよく小さな三角窓に向かって走っていくのを、呆然とながめるしかなかった。飛びつけるわけがない、と彼は自分に言い聞かせるようにつぶやいた。けれども次の瞬間、ダービーは窓枠に飛びかかり、指先でつかまると、小さな開口部を体操選手のようにくぐり抜けた。つづいて足首があがり、外に出ていった。

あっという間の出来事だった。

ダービーは消えた。

アシュリー・ガーヴァーはトイレに取り残された。彼は血のついたジップロックの袋に足をとられそうになりながら、どうにかこうにか立ちあがった。

まあ、いいか。彼はてのひらで髪をなでつけ、息をととのえながら思った。こういう場合にそなえてラーズを奥の壁の反対側、積みあげたピクニックテーブルのそばに待機させてある。頼りになるベレッタ・クーガーを持った弟はバックアップだ。たしかにダービーはトイレという殺害場所から逃げたが、その結果、ラーズの腕に飛びこんだも同然なわけで、さすがにまともに戦えるだけの体力など残っているはずが——

うしろでトイレのドアが乱暴にあいた。アシュリーはまごついたようなエドの顔があるものと、いったいなんの騒ぎかと様子を見に来たものと思って振り返った。すでに作り話は用意してある——濡れた床で足が滑っちゃってさ、頭をぶつけちゃったみたいだ——けれども、姿を見せたのはエドではなかった。

ラーズだった。

アシュリーはビニール袋を蹴った。「なんなんだよ、まったく」

「兄貴の声がして、た、助けが必要みたいだったから——」

「そうとも。だからおまえは外にいなきゃだめだったんだ」

「えっと──」

「外にいなきゃだめじゃないか」アシュリーは憤懣やるかたない口調で言った。「外だよ、なかじゃなく」

ラーズは大きく見ひらいた目を、兄の顔からガラスのない窓へと移した。自分が失態をしでかしたのに気づき、そのせいでどうなったかを悟った彼は顔をくしゃくしゃにし、おいおい泣きだした。「ごめん。本当にごめん。そんなつもりじゃ──」

アシュリーは弟の唇にキスをした。

「集中しろ、ラーズ」彼は弟の頬をひっぱたいた。「駐車場だ。彼女はいまそこに向かってる」

アシュリーは自分も走れればいいのだがと思った。赤毛の女に洗面台に叩きつけられたせいで、腰のあたりがずきずきしている。しかも気持ちが落ち着いてみると、もうひとつ気がついた。ジーンズの右ポケットがやけに軽い。

ストラップがなくなっていた。

「おまけに……あの女、おれたちの鍵を奪いやがった」

ダービーはピクニックテーブルの山を転げるように落ち、地面に叩きつけられた。雪のなかにアシュリーの鍵を落としてしまったが、すぐに拾いあげ、どうにかこうにか立ちあがった。

赤いストラップは、格闘の際にたまたま親指に引っかかったものだ。まったくの偶然だった。あの男をシンクにぶつけて束縛から逃れたとき、ずしりと重い鍵が手に入った。いま鍵は彼女の手もとにある。あの男の手もとにはない。

手のなかの鍵がじゃらじゃらいった。大きさも形もまちまちな六個の鍵と、黒い小型メモリーがひとつ。手に持ったそれをポケットに入れたとき、あらたな計画が頭のなかに生まれた。

自分の足で助けを求めに行くよりもいい方法は？

誘拐犯のバンを奪い、それに乗って助けを求めに行くことだ。

ジェイを乗せて。

いちかばちかの賭けだ。まだショック状態にあるし、手は汗でぬるぬるしているし、息もあがっている。気持ちばかりが先走る。この吹雪のなか、連中のアストロが自分のブルーよりも遠くまで走れるかどうかはわからないけれど、やるしかない。アクセルを踏みこみ、四駆の車体を激しく揺らしながら突き進み、とにかくやれることはすべてやるのだ。それ以外の選択肢はない。このままここにいたら、アシュリーとラーズに殺されてしまう。

雪だまりをかき分け、夜の冷気に喉を刺激されながら、建物をまわりこんだ。半分雪に埋もれた悪夢の子どもたちの像を左に見ながら通りすぎた。暗闇に立つ、ところどころ欠けた像。永遠の遊び時間に封じ込められた、ピットブル犬の被害者たち。裸の旗ざおが切るような風に吹かれてぐらぐら揺れている。

前方に駐車場が見えてきた。車。連中のバン。あと、ほんの五十フィート――

うしろでビジターセンターの玄関ドアがきしみながらあいた。長方形の光が射し、ふらつく足取りの自分の影が雪に浮かびあがる。ざくざくという一対の足音が追ってくる。ドアが閉まり、彼女の影が消えた。

「よせ」犬を叱るような、きっぱりとしたアシュリーの声。「彼女を撃つな」

ダービーは足を滑らせ、ぎざぎざした氷で膝を切った。それでも走りつづけた。いまでは追っ手の足音が両側から聞こえてくる。ひとつは右から、もうひとつは左から。獲物を取り囲もうとするオオカミのようだ。呼吸でわかる――左からはラーズのぜいぜいとあえぐ音、右からは抑制のきいたアシュリーの呼吸。ダービーはアストロを目指してひたすら走った。

手に持った鍵が音をたてる。

「ラーズ！　撃つんじゃない」

「あの女、おれたちのバンを盗む気――」

「イエローカードをくらいたいのか？」

ダービーはまた足を滑らせたが、なんとか踏みとどまった。バッグが膝に当たって跳ねる。誘拐犯の車まであとわずか十歩。側面に描かれたキツネのイラストがぐんぐん近づいてくる。

あいかわらず、オレンジ色のネイルガンを手にして――

「どうせどこにも逃げられっこない。これだけ雪が深いんだから――」

「逃げられたらどうする？」

「そんなわけないって」

「逃げられたらどうすんだよ、アシュリー」

ダービーは急停止しながら運転席のドアに手をのばした。心臓が喉で脈打っている。鍵穴から雪を払い落とし、キーホルダーを手探りしたけれど、暗すぎてどれがシェヴィーのキーかわからない。少なくとも、このうちの三つは車のキーらしい厚みがある。最初のひとつをためした。入らない。ふたつめをためす。入ったがまわらない――

「あの女、ドアをあけようとしてる――」

三番めのキーを凍てついた鍵穴に挿しこんだとき、左のあるものがダービーの目にとまった。ちょっとしたことだけれど、さっき見たときとは全然ちがう。

アストロの後部ドア。

閉まっているはずのドア――それが半開きになっていた。ガラス窓に外灯の光が反射し、上端に雪がうっすら積もっている。あけっぱなしにしたおぼえはない。ラーズ、あるいはアシュリーがそうしたとも思えない。だとすると、残るは……ジェイ？

ラーズが息も絶え絶えに言った。「あの女……う、動かなくなった」

「わかってる」

「なんで動かないのかな」

ふた組の足でさらに近づくと、アシュリーは事態を悟った。「最悪だ」

午前一時二十三分

ダービーのいる位置からではよく見えなかった。

けれども、アシュリーの目になにが映っているかはわかっていた——ジェイが入れられていた犬用ケージが内側からぞんざいに切られ、アストロの後部ドアがあけられ、一対の小さな足跡が雪のなかに点々とつき、闇へとつづいているのだ。

彼は目をみはり、重苦しい衝撃に口をぽかんとあけていたが、やがてダービーに視線を戻した。「この女が逃げようとしたら撃て」

彼女は振り返った——けれども、ラーズはすでにバンをまわりこみ、彼女の真うしろで例の銃身の短い拳銃を腰のところでかまえていた。

ダービーは息をのんだ。また身動きが取れなくなってしまった。

「ありえない……まさか、こんな」アシュリーが行ったり来たりを繰り返しながら、指を髪に突っこんだので、生え際が弟と同様、そうとう厳しい状態になっているのがよくわかった。前髪を長くしてごまかしていただけだ。

ダービーは毒を含んだ満足感をおぼえずにはいられなかった。最高だ。今夜はアシュリーの態度にさんざん振りまわされたけれど、それでも兄弟の計画に大きな一発を見舞うことができた。幼いジェイバードはいまや自由の身だ。

アシュリーはアストロのサイドボディを蹴ってへこませた。「こんなことは絶対にありえない――」

ラーズがあとずさりした。

けれどもダービーはどうしても言わずにいられなかった。大量の熱いアドレナリンが体内を駆けめぐっていた。二分前、ビニール袋で窒息死されかけたことで、まだ猛烈に怒っていたし、無謀なほどいらだちをあらわにしていた。「ねえ、アシュリー。わたしは誘拐については素人だけど、檻のなかに子どもがいなくちゃ、誘拐にはならないんじゃない？」

アシュリーは彼女に向きなおった。

彼女は肩をすくめた。「あくまで素人としての意見だけど」

「おい……」ラーズが拳銃を持ちあげた。「そのへんでやめたほうが――」

「あんたは口臭予防のミントを食べたほうがいいよ」ダービーはアシュリーに視線を戻し、糸巻きから糸を繰り出すように、震えるかすれ声を絞り出した。「さっきのあんたの持論だけど、あんなの本気で信じてるの？　無力な人間は、大きくておそろしいモンスターの好きなようにさせるしかないって言ったよね。でも、わたしはあんたたちの悪だくみを邪魔してやったよ、この人でなし――」

アシュリーが大股で近づいた。

ダービーが身をすくめると――ああ、神様、これで終わりだ、わたしは殺される――アシュリーは石入り靴下を持ちあげ、頭蓋骨をかち割ってやるとばかりに振りかぶった。けれども最後の最後で、彼はわきによけて、靴下を放り投げた。

ダービーは目をあけた。

彼がねらったのは外灯だった。距離は二百フィート。石入り靴下は短時間飛んだのち、外灯の支柱にみごとに当たって跳ね返り、共振するような音をさせた。音は二回、こだました。

NFLのクォーターバックでも、あんな芸当はできないだろう。

ラーズが小声でつぶやいた。「魔法だ」

ぼくは魔術師なんだよ、ラーズ、兄弟。

わたしはこの兄弟にずっと、もてあそばれてきたのだと、ダービーは気がついた。あやつられてきたのだと。ふたりは他人のふりをしてうまく立ちまわり、たちの悪いうそと漠然としたヒントを垂れ流し、わたしがどう反応するかうかがっていたのだ。彼らの迷路に入りこんだネズミを観察するみたいに。

女を半分に切る手品はできる？

できるさ。女が死ななくたって、金メダルはもらえるけどね。

その場にいた全員のひきつった笑い声が、マイクがハウリングを起こしたみたいな薄っぺらい音がダービーの頭のなかにまたも響いた。偏頭痛が戻ってきた。

アシュリーは口のよだれをぬぐい、ダービーに向きなおった。吐く息が山の空気に渦を描いている。「まだわかってないみたいだね、ダーブズ。大丈夫なんだ。そのうちわかるから」

わかってないって、なんのこと？

次の瞬間、ぞっとするほどの寒気に襲われた。アドレナリンによる高揚感、愚かしいほどの大胆さ——それらすべてが引いていき、弱々しい雑音のように消えていった。ビール二杯も効いているうちは楽しいけれど、デザートが出るころには醒めるものだ。

ラーズがバンのなかをのぞきこんだ。「逃げ出してどのくらいになるのかな？」

アシュリーがまた行ったり来たりしはじめた。考えているのだ。

黙りこまれてダービーは逆に不安になった。すぐれたショーマンの例に漏れず、アシュリーは心の読めない男で、そのつもりのあるときだけ凶暴性をのぞかせる。弟のほうはあいかわらず、ダービーに銃を突きつけているが、絶対に銃口が背中に触れないよう気を配っている。ダービーの手の届く範囲で銃をちらつかせたりもしない。

ラーズがまた尋ねた。「逃げ出してどのくらいになると思う？」

このときもアシュリーは答えなかった。両手を腰にあてて立ちどまり、雪についたジェイの足跡をじっくりとながめた。足跡は北に向かっていた。ビジターセンターから遠ざかる方向に。斜面をのぼり、陸橋を渡り、進入車線に沿って。州道七号線のほうに。

さっき言われた言葉が思い出される。わかってないみたいだね、ダーブズ。

そのうちわかるから。

バンの後部ドアに積もった雪の量から考えて、ジェイがケージを出て逃走したのは、およそ二十分前だろう。少なくとも、トイレでの襲撃より前だ。少女の足跡にはくすんだ雪が降り積もり、薄くなりはじめていた。

「そいつはなんだろう？」ラーズが訊いた。

アシュリーが膝をつき、くしゃくしゃになった黒いヘビの皮みたいな物体を拾いあげた。けれどもダービーにはそれがなにかわかった――このふたりがジェイの口をふさぐのに使った絶縁テープだ。逃げるときにあの子が捨てていったのだ。

アシュリーとラーズがいるとわかっていたから、ジェイは賢明にもビジターセンターには駆けこまなかった。ハイウェイのほうに向かった。おそらくは、通りすがりの車をとめて、警察を呼ぶつもりだろう――ただ、彼女は自分がどこにいるかわかっていない。ここが標高九千フィートの山中で、ジプサムのはずれから充分に遠く、目印になるものからも充分に遠いなんて知らないのだ。頂上まではあと六マイルのぼらないとたどり着かないし、発電所があるところまでは十マイル下らないと着かないことも知らないし、風が吹きすさぶ過酷な気候は南極大陸のそれに匹敵することも知らないのだ。

ジェイはサンディエゴ――ユッカの木とサンダルと冬でも気温が十五度を下まわらない――に住む、裕福な都会っ子だ。

ダービーは頭が二日酔いのようにずきずきしはじめるのを感じながら、記憶を探った――ケージのなかでジェイはどんな服装だったろう？　薄手のコート。ポケボールの絵がついた真っ赤なTシャツ。薄手のズボン。手袋はなし。雨風をしのぐための装備はなにひとつなかった。

ようやく、ぴんときて、一瞬にして恐怖に襲われた。

ラーズも気がついたらしい。「外にいたら凍死しちゃうよ」

「足跡をたどろう」アシュリーが言った。

「だけど、いまごろはもう、一マイルも先を行ってるかも――」

「呼びかけるんだ」

「おれたちの声じゃ来てくれないよ」

「おまえの言うとおりだ」アシュリーはダービーを顎でしゃくった。「でも、この女が呼べば来る」

とたんに、ふたりの目がダービーに向けられた。

一瞬、風が弱まって駐車場がしんとなった。周囲に舞い落ちる雪のひそやかな音だけが聞こえるなか、ダービーはアシュリーが自分をまだ生かしておいた理由に思いいたった。

「じゃあ、行こうか」アシュリーは肩をすくめた。「これでぼくたちは仲間ってことだね。三人のうちの誰も、かわいいジェイシクルちゃんの指が凍傷で真っ黒になるのは望んでないんだからさ」

ジョークだ。彼にとってはすべてがジョークなのだ。

ダービーは黙っていた。

彼が小型の懐中電灯のスイッチを入れ、少女が残した足跡を青白いLEDの光で照らした。雪が閃光のようにきらめいた。それから彼は、涙が出そうなほどまぶしい光をダービーの顔に向けた。

「彼女の名前を呼びなよ」

ダービーは胃酸が喉に迫りあがるのを感じながら、足もとを見つめた。不快でしつこい胸焼けがよくない考えとともにわきあがってくる。ナイフなんか渡さなければよかった。わたしがよけいなことをしたせいで、事態が悪化したんだとしたらどうしよう？

わたしのせいでジェイが死んじゃったら？

ラーズの拳銃が背中にあたった。〝歩け〟を意味する乱暴な仕種。心の準備ができていたら、くるりと向きを変えて銃に手をのばし、もしかしたら、あくまでもしかしたらだけど、力ずくで奪えたかもしれない。けれどもその機会を逃してしまった。

「あの子の名前はジェイミー」ラーズが言った。「でも、ジェイと呼べ」

「さあ、行こう。足跡をたどって、大声で呼びはじめなよ」アシュリーは足跡にLEDライトを向けると、暗さを増しつつある目でダービーを振り返った。「あの子の命をなんとしても助けたいんだろ？　だったら、ダーブズ、いまがそのチャンスじゃないか」

少女の足跡をたどって三人は進入車線を進み、州道七号線の泥で汚れた雪の土手に向かい、それから斜面をのぼって森に分け入った。石ころと不安定なモミの木ばかりの雪の斜面を行く。一歩一歩。そのうち足跡が終わって、ポケボールの絵がついた赤いTシャツ姿の小さな体が倒れているのを目にすることになるのではないかと、ダービーは心のなかで恐れていた。しかし、それ以上によくない事態が発生した――ジェイの足跡が吹きさらしの雪に消され、ぷっつり途絶えたのだ。

ダービーは手をメガホンにして、また大声で呼んだ。「ジェイ」かれこれ三十分がたっていた。すっかり声が嗄(か)れている。このあたりで目印になるものといったら、真東にあるメラニーズ・ピークのおそろしげな影だけだ。傾斜がしだいにきつくなった。積雪のなかから岩がところどころ顔を出し、その固い表面に雪が筋状にたまっている。このへんの木は根が深く張れず、どれもかしいだ恰好で、枝がたわんでいる。小枝を踏むたび、雪のなかで小さな骨が折れるようなぽきん、ぽきんという音がした。

「ジェイ・ニッセン」ダービーは声をかけた。懐中電灯を左右に動かすと、ぎざぎざの影が落ちた。「聞こえたら、声がするほうに来て」

返事はなかった。木々がぎしぎしいう音しか聞こえない。

「安心して」とつけくわえる。「ここにはアシュリーもラーズもいないから」

うそをつくのがいやでたまらなかった。

けれども、いまやジェイを説き伏せられないかぎり、あの子が生きのびるチャンスはないと言っていい。ガーヴァー兄弟の手にかかって死ぬかもしれないけれど、それでも零下の雪嵐のなかにいたら確実に死ぬわけだから、それよりは可能性がある。そうよね？　頭ではわかっていても、うそをついている自分に嫌気が差した。情けなかった。裸にされた気分だっった。アシュリーに命じられたとおりのことを言っていると、あいつのペットになった気分になってくる。鼻の穴は、ついさっきテーブルに顔を叩きつけられたときの血が乾いてふさがったままだ。

兄弟もあとをついてくるけれど、彼女の後方で右と左に分かれ、十歩ほどの距離を保っている。ダービーが唯一の光源――アシュリーのLEDの懐中電灯――を持っているため、うしろのふたりは闇にすっぽり覆われている。これはすべてアシュリーのアイデアだ。誘拐犯がダービーの背中に銃を突きつけ、すぐうしろを歩いていたら、ジェイが姿を現わすわけがない。少なくとも、彼はそう考えた。

これまでのところ、その作戦は功を奏していない。

ジェイミー・ニッセン。未開封のクリスマスプレゼントの山を見おろすようにそびえるクリスマスツリーがある、サンディエゴの裕福な家の娘。その彼女はいま、吹きすさぶ雪嵐のロッキー山脈をさまよっている。指先が凍傷で黒ずみ、臓器の機能が停止しかけ、吹きつける雪に埋もれ、頬を伝う涙が凍り、あまりの寒さにまぶたが閉じかけている。もしかしたら、もう五分ほど前に、それと気づかずに彼女の小さな体をまたぎこしてしまったかもしれない。

低体温症なら安らかに死ねる、とダービーはなにかで読んだことがある。つらい寒さもじきに薄れ、温かな恍惚感が取って代わる。体の末端がおそろしい損傷を受けるのも気にせず、知らぬ間にものうい眠りにつけるなんてことはない。指がもろくなって崩れ、壊死した皮膚は水ぶくれで黒くなり、ナイフでそぎ落とさなくてはならない――けれども頭のなかでは、それとは逆で、心地のいい毛布にくるまっているように思っている。本当にそうならいい。ジェイが苦しまずに死んだのならと思う。

もう一度、闇に向かって呼びかけた。

あいかわらず返事はない。

左からラーズのひそめた声が聞こえた。「あとどれくらいかかるかな？」

右からは「必要なだけかかる」の声。

アシュリーもばかじゃない――彼も同じ数字をはじき出しているはずだ。半分埋もれた足跡を追うのに費やした時間が三十分で、ジェイは二十分（少なく見積もっても）先行しているから、この極寒の森のなかで彼女が生きている可能性はごくわずかだし、それも一秒たつごとに少なくなっている。

ダービーは銃を突きつけられた状態でどんな行動を取るべきか、ぼんやりと検討した。戦う？　撃たれる。逃げる？　背中を撃たれる。振り向きざま、銃を持ったほうの目を懐中電灯で照らしてやろうかとも考えたけれど、兄弟はふたりともかれこれ三十分以上、この光を見ているから、すでに瞳孔も慣れているはずだ。それが問題その一。それに数秒ほどふたりの目をくらませられたとしても、雪に覆われた地面はアップダウンがきつく、すばやく逃げるのは無理だ――それが問題その二。

左からラーズのいらいらした声が聞こえた。「ジェイが死んじまったらどうする？」

右からの声。「そんなことにはならないって」

「そんなことになったらどうする？」

「そんなわけないだろ、ラーズ」沈黙。「まあ、たしかに死んでる可能性もある」

その言葉にダービーはツイストダガーを腹に突き立てられたような思いがした。アシュリーの言うことは胸が痛むほど正しい。不本意ながら筋が通っている。今夜、自分がよけいな首を突っこまなければ、ジェイはいまも犬用ケージに入れられたまま、バンの車内に閉じこめられていたことだろう。囚われの身ではあるけれど、死ぬことはなかった。胃のあたりに冷たいものがのびてきて、じわりじわりと締めつけてくる。なんでわたしはいらぬ手出しをしてしまったんだろう？

朝になって警察を呼べばよかったんだ。

自分が生きることに、問題その一（光）とその二（地形）を解決することに集中しようとしたが、無理だった。

このおそろしい夜を最初からやり直し、下した決断をなかったことにしたかった。一から十まですべて。凍てついたウィンドウをのぞきこんで、ジェイの手がケージの格子をつかんでいるのをはじめて見てからあとの決断を。探偵まがいのことをして、情報を集めるだけで満足しておけばよかった。よけいなことは言わずに朝が来るのを待って、出し抜いてやればよかったし、除雪車が到着して休憩所の遭難者たちがそれぞれの目的地に向けて出発したあと、自分のホンダでラーズとアシュリーのバンをこっそりつけることだってできたはずだ。四分の一マイル後方を走り、片手はハンドルを握り、もう片方の手にｉＰｈｏｎｅを持ってコロラド州警察にくわしい情報を送りつづけ、連中の逮捕をお膳立てすればよかった。それでもジェイを救うことはできたはずだ。

（それでも、ママが膵臓ガンなのは変わらないけれど）

でも、そうはしなかった。警察あるいは軍隊の訓練など受けたこともない大学二年生のダービー・エリザベス・ソーンは、自分でなんとかしようとしてしまった。その結果、背中に四五口径を突きつけられながら森のなかを歩き、死んだ子どもを捜している。

右からぞっとするような笑い声がした。「言っちゃなんだが、ダーブズ、善きサマリア人としてもきみは完璧な仕事をするね。まずは誘拐犯のひとりに相談を持ちかけ、おまけに誘拐された少女を死なせてしまうんだから。まじで最高だ」

アシュリー・ガーヴァーにとってはなにもかもがジョークだ。これもそうなのだろう。

ああ、本当にこの男には虫酸が走る。

けれどもひとつ気になることが出てきた――そもそもアシュリーの言っていたことは本当なんだろうか？　もしかしたら、彼の説明どおり、教科書どおりの誘拐計画で、身代金が支払われれば、ジェイを殺さずに両親のもとに返すつもりだったのかもしれない。中西部ののどかな田舎にある、強い陽射しで白茶けたバス停でジェイが解放される場面を思い浮かべてみる。二週間も真っ暗ななかに閉じこめられていた幼いジェイバードはカンザスの太陽に目をしばたたき、ベンチにすわっているなかでいちばん近くにいる他人に駆け寄って、両親に電話をかけてとせがむ――

それをダービーが邪魔した。少女にスイス・アーミーナイフを渡したことで、彼女がまったく予期していなかった厳しい気候のなかに放り出してしまったのだ。さらにもうひとつ不快な考えが頭に忍び寄った――こんな状況になったいま、そんなことを考えるのがうしろめたくもあった――けれど、とげのように刺さって抜けそうにない。

この連中は次にわたしを殺すつもりだ。

それはまちがいない。

ジェイがいなくなったいま、わたしの声はもう必要じゃない。いまいる場所は――

いまいる場所はビジターセンターから充分に離れているため、ラーズはダービーの後頭部を撃つ許可が出るのをずっと待っていたが、ようやくアシュリーの許可が出た。〝完璧な仕事をする〟という言葉が合図だった。

それは〝殺せ〟の意味だった。

スパイの暗号と呼ばれるものだ。子ども時代から、アシュリーは日常の会話に秘密のメッセージを何十と忍ばせてきた。〝ついてた（ラッキー・ミー）〟は〝待て〟の意。〝うらやましい（ラッキー・ユー）〟は〝行け〟。〝追加のチーズ〟は〝死ぬ気で走れ〟。〝スペードのエース〟は〝他人のふりをしろ〟だ。それに従わないと、即座にイエローカードをくらうことになり、ラーズの手には過去のあやまちによる傷がいくつもうっすら残っている。今夜はすでに、ぞっとするほどあやうい場面が一度あった――ビジターセンターにいるときに、〝スペードのエース〟を聞き逃しそうになったのだ。

しかし、この符牒(ふちょう)は予期していた。

手のなかの拳銃が氷のように冷たい。皮膚が金属部分に貼りつきそうだ。コートをふくらませているベレッタ・クーガーというずんぐりした拳銃は、彼の手には不似合いだった。まるで大きなゼリービーンを握っているみたいに見える。クーガーは九ミリ口径の弾を装塡するタイプが普通だが、これは8405というモデルで、九ミリよりも太い四五口径ACP(オートマチック・コルト・ピストル)弾を使う。阻止能がより高いが、反動が大きく、クリップ(アシュリーはマガジンだと言ってゆずらない)に入る弾数が少ない。シングルカラム式で八発のみ。

この銃も気に入っている。でもラーズは、これじゃなくベレッタ92FSならよかったのにとひそかに思っている。X-boxのゲームで、マックス・ペインというハードボイルドな刑事が一挺ずつ両手に持って撃つ銃だ。もちろん、アシュリーにそう告げたことはない。いまの銃はもらったものだ。アシュリーがくれるものや、下す罰に疑問を投げかけては絶対にいけない。兄というのはそういう存在だからだ——あるとき、保護施設から野良猫をもらってきてくれたことがある。元気いっぱいの小さなトービー猫(三毛猫とぶち猫のミックスだ)で、大きな声で喉をごろごろ鳴らす子だった。ラーズはストライプスと名づけた。すると翌日、アシュリーはストライプスをガソリンまみれにして、キャンプファイアに放りこんだ。

よその兄と同じで、われはあたえ、そして奪う。

いまラーズはベレッタ・クーガーをかまえている。

歩きながら、ダービーの後頭部にねらいをさだめた（的を小さくねらえば、ミスは少ない）。夜光塗料を塗った照門と照星が一直線になるよう調整する。ふたつの緑色の点が垂直にのびる彼女の背骨のラインをなぞる。彼女はまだ何歩か前を歩いていて、アシュリーの懐中電灯で木立を照らしている。こっちの動きにはまったく気づいていない様子だ。

ラーズは引き金をしぼった。

右にいるアシュリーが銃声にそなえて耳の穴をふさいだ。ダービーはあいかわらず、膝まである雪をかき分けながら進み、懐中電灯で前方を照らしている。あと数秒の命であることも知らずに。ラーズの人差し指がベレッタの引き金をしぼるべく、じわじわ力をこめていることも、四五口径ホローポイント弾が自分の体をつらぬくまであと少しであることも――

ダービーが懐中電灯のスイッチを切った。

真っ暗闇。

ダービーのうしろから兄弟の驚いた声が聞こえた。「なんにも見えない――」

「どうした？」

「女が懐中電灯を消した」

「女を撃て、ラーズ――」

彼女は死にものぐるいで走った。もつれる足で深い雪をかき分けながら。息が切れ、喉が痛む。ふたりの目をくらませてやった。LED光線で目を照らすという方法ではなく――光を奪うという方法で。自分は暗いなかでも見えるよう、ずっと目に光が入らないようさえぎっていた。これが彼女なりに考え出した問題その一の解決法だ。問題その二に関しては――うしろで、冷静だがせっつくようなアシュリーの声がした。「銃をよこせ」

「兄貴には女が見えるの？」

「いいから銃をよこせと言ってるだろう――」

下り坂ですら腰まである水のなかを走っているような感じだった。雪だまりにつんのめり、木をよけ、足がよろけ、氷のように冷たい岩に膝をぶつけては、体勢を立て直す。心臓の鼓動が耳のなかでどくどくいっている。立ちどまっている暇はない。足をとめちゃだめだ――

アシュリーの声が大きくなった。「女が見えた」

「なんで兄貴には見えるのさ？」

目を閉じていたんだ、とダービーは気づき、パニックを起こしそうになった。わたしがさっき教えたとおりに――

アシュリーの大声が耳に届く。「いい秘訣をありがとな、ダーブズ――」

いま彼は、射撃手のような姿勢になってダービーにねらいをさだめている。彼女は夜光塗料を塗った照門と照星がレーザー光線のように背中を這いまわるのを感じた。もう逃げられない。彼を振り切るのは無理だ。残された時間は一秒もない。アシュリーが引き金をしぼり、ダービーは問題その二に対するいちかばちかの解決策を実行した——

走るよりも速く移動するには？

落ちることだ。

彼女は下り坂を転がった。

世界が逆さまになった。黒々と逆巻く空と凍てついた枝が目に入ったかと思うと、半秒間の自由落下状態となり、次の瞬間、壁のような御影石が目の前に迫ってきた。とてつもない衝撃。目の奥に星が飛ぶ。懐中電灯はどこかに行ってしまった。肘と膝をぶつけながら転がり落ち、蹴りあげた雪が激しく舞う——

「女はどこだ？」

「あそこにいる——」

十回ほどまわったところで地面はふたたび平らになり、ダービーは着地のいきおいで目がくらんだ。急いで立ちあがる。先を急ぐ。両手を前にのばし、とげのある草むらを駆け抜けた。枝がてのひらにぶつかって折れ、無防備の肌を切りつける。やがてまた斜面が現われ、またも彼女は転がり落ち——

兄弟の声がしだいに遠ざかる。「お……おれには見えないよ」

「ほら、あそこだって——」

今度は背中から滑った。モミの木の幹がものすごいスピードで現われては過ぎていく。右。左。右。今度はどこにもとまらない。斜面は下りつづけ、ダービーも下りつづける。危険なスピードにまで加速して、雪の斜面を滑り落ちる。速度を緩めようと両腕をあげたが、べつの岩棚にぶつかっただけだった。またも衝撃で胸から空気が抜け、人形みたいに体が横に向いた。世界が凶暴なタンブラー乾燥機となり、際限なくぶつかっては壊れる万華鏡となった。

　それが唐突に終わった。

　数秒かかってようやく、自分がもう転がり落ちていないことに気がついた。彼女は仰向けに大の字になっていた。鼓膜ががんがん鳴り、あらたにできた十カ所以上の傷がずきずき痛む。時間の感覚がぼやけたように感じる。一瞬、気を失いかけた。

　左のモミの木が奇妙に小さく震え、ひと抱えの雪の塊が落ち、木くずとともに上から降り注いだ。

　そのとき、上のほうからこだまが——ぴしっと鞭を鳴らしたような音だった——聞こえ、なにがあったのかを完全に理解したダービーは、よろよろと立ちあがり、また走りだした。

　アシュリーはベレッタの銃口炎のまぶしさに目をしょぼつかせつつ、二発めを撃とうとねらいをさだめたが、ダービーは茂みと点々と顔を出している岩にまぎれて見えなくなっていた。遮蔽となる木が多すぎる。

　かまえていた銃をおろした。硝煙が渦を巻きながら立ちのぼる。

「当たった？」ラーズが訊いた。

「はずれたみたいだ」

「そ……それじゃ逃げられちまう――」

「心配するなって」アシュリーはダービーを追って坂を下りはじめた。雪をかぶった岩を足がかりにしながら、慎重におりていく。「おりきったところで捕まえる」

「女が建物に戻ってエドたちにしゃべったら――」

「彼女が逃げたのは反対方向だ」アシュリーは銃で斜面をしめした。「な？　あのばか女は北に向かってる。森の奥のほうだ」

「そうか」

「ビジターセンターは逆方向。南だよ」

「なるほど」

「行くぞ、ラーズ」アシュリーは拳銃を上着のポケットに突っこみ、両腕をひろげてバランスを取ると、つるつるした石に足を乗せた。ダービーが落としたＬＥＤ懐中電灯が垂直に雪に刺さっていた。

　それを拾いあげたとき、遠くのあるものに気がついた。なんとなく違和感がある――闇に白く浮かびあがるメラニーズ・ピーク。いつもと変わらぬ東の目印であるその山は、低い雲に覆われているが、それがそびえているのは、アシュリーから見て右の地平線だった。左ではなく。

　ということは、南は……

「やられた」そこでようやく気がついた。「あの女」

「あの女に……あの女にかつがれたらしい。あいつはいま建物に向かって走ってる」

「どうかした?」

ダービーはビジターセンターが見えるところまで戻っていた。

闇に浮かびあがるキャンプファイアのように、痛みをこらえながら一歩進むたびにぐんぐん近づいてくる。建物にひとつだけある窓から漏れる、やわらかな琥珀色の光、駐車された車、旗ざおと半分埋もれた悪夢の子どもたちの像——

うしろの森からアシュリーの雄叫び(おたけび)のような声が聞こえた。「ダァァアビィィィ」

不明瞭で、感情らしきものの聞き取れない声だった——闇のなかから抑揚のない金切り声が彼女の名前を呼んでいる。血が凍る思いがした。

いくらか時間が稼げた。さすがに十分とはいかないけれど、兄弟のアストロを盗んで(キーはドアの鍵穴に挿さったままだ)、逃走をこころみるには充分な時間だ。雪に埋もれた駐車場から逃げられるかどうかは五分五分だけれど、しょうがない。自分のホンダで逃げるよりは可能性が高いし、いまが今夜で最大のチャンスだろう。走りながら気の毒なジェイのことが頭に浮かび、それがまたも、寄せては返す波のように襲いかかった。いくつものおぞましい考えがうしろから追いかけてきて、邪悪な歯で嚙みついてくる——

なぜ首を突っこんでしまったんだろう。

どうしても考えずにはいられなかった。

わたしのせいだ――

いまは考えちゃだめ。

ああ、神様。今夜、わたしは幼い子どもを死なせてしまいました――

駐車場が近くなり、緑色の看板の前を過ぎたとき、アシュリーが木立のあいだからまた怒鳴った。さっきよりも近く、声変わりの少年を思わせる耳障りな声だった。「絶対に捕まえてやるからな」

アストロまであと五十フィート。駐車場のほうが雪が浅く、それであらたに気力がわいてきた。さっきよりも軽い足取りで、スピードをあげて走りはじめた。吹きだまった雪に埋もれた、形のはっきりしないものの前を通りすぎた――はじめて見たときはアシュリーの車だと思いこんでいた。あらたな目で見ると、緑色の金属がのぞいている。さびが点々とついている。白いステンシル文字。雪に覆われてはいるけれど、車じゃない――大型ごみ容器だ。気がついてもよさそうなものだったのに。もっとよく見ればよかった――

ダービーは、一歩一歩足を高くあげながら、走りつづけた。冷たい空気が喉を刺し、ふくらはぎがひりひり痛み、関節がうずく。誘拐犯のアストロがぐんぐん近づいてくる。

こんなパーキングエリアになんか立ち寄らなければよかった。去年、故郷の町を離れて大学になんか進学しなければよかった。どうしてわたしは姉のデヴォンみたいになれないんだろう？　プロヴォにある〈チーズケーキ・ファクトリー〉のウェイトレスという仕事に心から満足しているデヴォン。毎週日曜の午前はママの家に掃除機をかけるデヴォン。肩甲骨に

〝中国語の力〟という文字のタトゥーを入れているデヴォン。なんでわたしはそうなれないんだろう？　なんでわたしはいつも自分勝手なことばかりして、人を寄せつけまいとするんだろう。ママが膵臓ガンの治療を受けているときに、なんでわたしは家から何マイルも離れたこんなところにいて、コロラドの凍てつく駐車場を命からがら走ってるんだろう——

アストロまであと三十フィート。

二十フィート。

十フィート。

「今度捕まえたときには、このばか女、ジップロックで殺されたほうがよかったと思わせてやる——」

ダービーはアストロの運転席側のドアを両のてのひらで叩いた。雪の塊がでこぼこしたウィンドウを滑り落ちた。アシュリーのキーホルダーは、さっき挿した鍵穴からぶらさがっている。ドアをあけて、ワナパニのビジターセンターに目をやった。あとはいますぐキーをイグニッションに挿してまわし、脱出をこころみるだけだ。うまくいくかもしれない。だめかもしれない。

けれども、それはエドとサンディに対する死刑宣告を意味する。

このあとの動きを読めば、兄弟としてはふたりを殺してサンディのトラックのキーを手に入れるしかないだろう。そしてダービーを追いかけ、ハイウェイで殺すのだ。だめ。エドとサンディをここに残しておくわけにはいかない。

今夜はもう、これ以上、犠牲者を出したくない。

ダービーはドアに手をかけてバランスを取りながら、しばらくその場で思案した。膝ががくがくいっている。もう神経が持ちそうにない。イグニッションはすぐそこに、手をのばせばさわれる場所にある。ハンドルはところどころダクトテープが貼ってあって、べたべたする。床に散乱した〈タコ・ベル〉のごみが、がさがさ音をたてる。ラーズのものだろう、プラモデルの飛行機。車内は吐いた息、じめっとした汗のにおいを放つシート、犬用の毛布、それに死んでしまった少女の尿と嘔吐物で、まだ暖かくじっとりしている。

イグニッションはすぐそこにある。

無理。雪が深すぎる。この目でハイウェイを見たじゃない。州道七号線は雪に覆われて見る影もなく、絶望するほど真っ白な景色がひろがっていた。四輪駆動だろうがなんだろうが、アストロは数秒で立ち往生し、進入車線の途中でにっちもさっちもいかなくなる。そうしたらあの兄弟が追いついてきて、ウィンドウごしに銃を撃ちこんでくる――

そうならなかったら？

現時点でこれが逃げる唯一の機会だとしたら？

右手に持ったキーがじゃらじゃらいった。ダービーはそれをぎゅっと握りしめた。人殺しの車に乗りこんで、エンジンをかけ、ギアを入れ、とりあえず走らせたくてたまらなかった。逃げられるかどうかためしてみたい――

また声が近くなる。「ダァァァビィィィ」

さっさと決めなさい。

決断した。

ドアを乱暴に閉めた。アシュリーのキーをポケットに入れた。そして、ガーヴァー兄弟が追ってくるのを承知で、痛む脚で車をまわりこみ、ビジターセンターのオレンジ色の明かりに向かって走りだした。エドとサンディにも教えなくては。正しい行動を取らなくては。あのふたりと一緒に、このワナパニ・パーキングエリアから逃げるのだ。今夜はもう、これ以上、犠牲者を出したくない。

エドとサンディのふたりを救うことはできる。

アシュリーとラーズに追いつかれるまで、多く見積もっても六十秒というところだろう。六十秒であらたな計画を練らなくては。毛むくじゃらの手にネイルガンを持ったイラストのキツネを振り返る。いま読むと、あの間抜けなスローガンが、おぞましい予告に思えた。

完璧な仕事がモットーです。

午前二時十六分

ダービーは入ってすぐのところで棒立ちになった。

エドがぶつぶつ言っていた（こんなに遠くちゃ電波も届かない——）が、ダービーに気づくなり言葉を切り、アンドロイド携帯を手に〈エスプレッソ・ピーク〉の近くで立ちどまった。テーブルのわきにしゃがんでいるサンディがダービーを振り返ると、そのうしろに小さな人影が立っているのが見えた。

その人影は……その人影はジェイだった。

ああ、よかった。

少女の黒髪には雪が点々とついている。頰が真っ赤だ。サンディのマルハナバチみたいな黄色いパーカを着せられ、長い袖を垂らしていた。明るい場所で、しかも犬用ケージに入っていない少女を見るのは、これがはじめてで、ダービーは感動に胸を震わせながら、彼女との距離をつめ、ろくに知りもしない少女を抱きあげ、自分の腕で包みこんであげたいと思った。

Uターンしたんだ。

えらいよ、ジェイ。足跡がたどれなくなったのは、引き返したからだったんだね。サンディが催涙スプレーの黒い缶を手に、けわしい目で立ちあがった。「一歩たりとも近づくんじゃないよ」

ジェイがサンディの手首をつかんだ。「ちがうよ。あのおねえちゃんはあたしをたすけてくれたの――」

「サンディ」エドが小声でたしなめる。「そんな物騒なものはしまえ――」

うしろでドアがばたんと大きな音をさせて閉まり、ダービーは現実に戻った。頭のなかで計算をする――兄弟はどのくらいまで迫ってるのだろう？　百ヤード？　五十ヤード？　呼吸をととのえる。涙で目がかすむが、どうにかこうにか言葉を絞り出した。「あのふたりが来る。武器を持ってる。わたしのすぐうしろにまで迫って――」

エドは〝あのふたり〟が誰か、すぐに察した。「本当にあいつらは武器を持ってるのか？」

「うん」ダービーはデッドボルト錠をかけた。

「どんな武器だ？」

「銃を持ってる」

「実際に見たのかい？」

「信じて。本当に銃を持ってるんだから」ダービーはエドとサンディに交互に目をやりながら、デッドボルト錠などかけても意味がないと気がついた。「あのふたりはわたしたちが死ぬまで攻撃してくる。あんたたちのトラックで逃げなきゃ。それもいますぐ」

「追ってきたらどうすんのさ？」サンディが訊いた。

「追ってこない」ダービーはアシュリーのキーを見せた。

サンディのうしろを行ったり来たりしていたエドが足をとめ、ダービーの提案を検討した。

賛成らしい。

元獣医が右手にラグレンチを持ち、〈カーハート〉のシャツの袖に隠しているのにダービーは気がついた。いわゆる鈍器だ。彼はサンディの前に進み出て、眉の汗をぬぐった。「よしわかった。それと、おまえさんのホンダのキーを置いていくんじゃないぞ。やつらに車を盗まれて追われるなんてのはごめんだからな――」

ジェイが立ちあがった。「じゃあ、行こう」

ダービーはすでにこの少女がすっかり気に入っていた。

そのとき、ジェイの手首で黄色いブレスレットが光っているのに気がついた。誘拐犯のバンのどんよりとした闇のなかで見たときには気づかなかった。なんとなくだが、医療に関するもののような気がする。ほんの一瞬、気になった――あれはなんだろう？

尋ねる余裕はなかった。全員で正面ドアに駆け寄り、エドがいきおいよくサムターンをまわして鍵をあけた。彼は渋々引き受けた監督のように、全員を呼び寄せた。「三つ数えたら、全員で、えっと……全員でトラックまで一斉に走る。いいな？」

ダービーはうなずいたが、彼の息にウォッカのにおいが混じっているのに気がついた。

「わかった」

「連中は近くまで来ているようか？」

サンディが汚れた窓から外をうかがった。「うーん……いまのところ姿は見えないね」

「そうか。サンディはジェイを連れて運転席に乗りこみ、エンジンをかけろ。エンジンにガソリンを送りこんだら、前進して、バックして、前進して、バック――」

「雪道の運転くらいあたしだって知ってるよ、エディ」

「それとダーラ、おまえさんはおれとうしろのタイヤのところに行ってくれ。一緒に押すんだ」

「わかった」

彼は指をぱちんと鳴らして、ジェイを示した。「それと、この子を運ぶ係が必要だ」

サンディは少女が抗議するのもかまわず（「やだ、あたしだって走れるもん」）肩に担ぎあげ、もう一度窓の外をうかがった。「いつ現われてもおかしくないよね――」

「あいつらと戦おうとするな。命がけで走れ」エドは小声で言うと、ドアにもたれかかり、号令をかけはじめた。「一」

死ぬ気で走れ。

ダービーは疲れ切ったふくらはぎがずきずき痛むのを感じながら、最後尾、サンディのうしろでクラウチングスタートの姿勢をとった。武器は持たない――持ったら走るのが遅くなるだけだ。ドアから駐車場までの距離は、記憶によれば五十フィート。狭い歩行者専用通路の先の雪のなかだ。

「二」エドはドアノブをまわした。

ダービーは頭のなかで次の一分間の行動をシミュレートした。四人が五十フィートを移動するのにかかる時間は、だいたい……二十秒？　三十秒？　そのあと十秒でトラックに乗りこみ、サンディはキーをイグニッションに挿す。フォードが動きだして、深い雪のなかをのそのそ走りはじめるまでには、もう少し時間がかかる。それもエドとダービーが押しがけしなくてもいい場合だ。あるいはタイヤのまわりの雪をどかしたり、窓の雪を払ったりする時間も含まれていない。

と同時に、心の奥ではこうも思っていた。あれからずいぶん時間がたっている。アシュリーとラーズとの差はほんの一分程度だったはず。ふたりともとっくに着いていても――

「三」エドがドアをあけ――

ダービーは彼の手首をがっちりと、爪を立ててつかんだ。「やめて――」

「なんだよ？」

「いいからやめて」ダービーの胸が恐怖に締めつけられた。「あいつらはもうここに来てる。車のうしろに隠れてる。わたしたちが出てくるのをじっと待ってる――」

「なんでわかる？」

「理屈じゃないんだってば」

「ラーズがいた」サンディが筒状にした手を窓ガラスにくっつけて、小声で言った。「うずくまるようにして……かがんでる。あたしのトラックのうしろ」

頭のいい連中だ。

「ああ、たしかにいるな」エドが言った。

ダービーはデッドボルト錠を施錠しなおした。「待ち伏せて襲うつもりだったんだ」

そうなっていたら最悪だった。ほかに逃げ場のない狭い通路を一列で歩いていったら、全員射殺されていただろう。射撃訓練みたいに。そう考えたとたん、テキーラのように酸っぱい味のアドレナリンが出た――おろかな決断ひとつで全員が殺されるところだった。ダービーの第六感で全員が命拾いしたのだ。

わたしってば冴えてる。

「なんでわかった？」エドがまた訊いた。

「だって……だってわたしだったらそうするもの」ダービーは肩をすくめた。「わたしがあいつらだったら」

ジェイがにっこりほほえんだ。「そうじゃなくてよかった」

「アシュリーも見えた気がする」サンディが言った。「連中のバンのうしろに」

寒さに凍えながら雪のなかにしゃがみ、緑色の目をドアに向けているアシュリー・ガーヴァーの姿を思い描いた。きっとがっかりしているだろう。いまごろはもう、ささやかな罠が失敗して、これで獲物に三、四回も出し抜かれたことを悟っているだろう。数を記録していればおもしろいのに。自称〝魔術師〟はそうとう腹をたてていることだろう。

サンディが目をすがめて窓ガラスの向こうをうかがった。「あいつら……いったいなにをしてるんだろ――」

「車を見張ってるんだと思う」ダービーは言った。

アシュリーの言葉が、うろ覚えの悪夢のように、頭のなかで再生された。必ず捕まえてやる。今度捕まえたときには、このばか女、ジップロックで殺されたほうがよかったと思わせてやる――

窓のところでエドがサンディの肩を引っ張った。「しゃがんでろ」

「ふたりが見える。場所を変えるみたい――」

「いいから、窓から離れろ、サンディ。撃たれちまうぞ」

ダービーはエドの言うとおりだと思い、唇を噛んだ――ガラス部分は建築物のなかでも構造的にとても弱い。銃弾、あるいは大きな石でも割れるし、そうなれば兄弟は雪だまりをよじのぼってなかに入ってくる。

ダービーは部屋の中央に立ち、蛍光灯の光を浴びながら、引っかき傷のついたテーブルの表面を指先でなぞった。ふらつく足で三百六十度まわり、東から北、西、そして南に目を走らせた。セメントの基礎の上に四つの壁。デッドボルト錠のついた正面のドア。大きな窓がひとつ。男女それぞれのトイレに小さな窓がひとつずつ。

こっちはこの建物を握っている。

でも車は向こうに握られている。

「手づまり状態だわ」ダービーは小声でつぶやいた。

サンディが目を向けてきた。「だったら、どうなるわけ？」

「向こうは向こうで動いてくる」エドが厳しい表情で言った。「そしたらこっちはこっちで動くまでだ」

どう動いても危険が予想される。こっちが外に出れば撃たれる。敵のほうも建物に攻撃をしかければ、車の見張りが留守になる。どっちかひとりが攻撃した場合は、接近戦で不意打ちされるおそれがある。いくつもの選択肢とその結果を検討するうち、ダービーは頭がくらくらしてきた。まるでチェスで六歩先を読んでいるみたいだ。

いつの間にかジェイがそばに来ていて、フードつきパーカの袖を、関節が白くなるほどぎゅっと握っていた。「アシュリーの言うことをしんじちゃだめ。うそをついて楽しむやつだから。なかに入るためならどんなうそだってつく――」

「なにを言われてもだまされたりなんかしない」ダービーは言い、賛同してもらおうとエドとサンディに目を向けた。返ってきたのは、疲れたような沈黙だった。きっと、手づまりという言葉がよくなかったんだ、とダービーは高まる緊張のなかで思った。包囲されていると言ったほうがよかったかもしれない。

もうひとつ、気づいたことがあった――全員の目がいまや自分に向けられていた。

勘弁してほしい。自分はリーダーなんかじゃない。注目を浴びるのを気持ちいいと思ったことは一度もない――去年、〈レッド・ロビン〉の接客係が大挙して彼女のテーブルにやってきて、〝ハッピー・バースデー〟を歌いだしたときには、パニック発作を起こしたほどだ。いまだって、ほかの誰かに代わってほしいと心から願っている。自分よりも頭がよくて、強靭で、勇敢で、誰もが頼りにしたくなるような人に。でも、ここにそんな人はいない。

わたしだけだ。

わたしと、三人だけ。

そして、外にはモンスターがうろついている。

「それと、アシュリーをばかにしちゃだめ」ジェイが忠告した。「さいしょのうちは……さいしょのうちは気にしてないような顔をするけど、いつまでもおぼえてる。それに、きげんを悪くするようなことをしたらしかえしされる――」

「大丈夫よ、ジェイ。今夜のわたしたちは機嫌を悪くさせたどころじゃないから」ダービーはポケットのなかのものを全部出した。アシュリーのキーホルダー、自分のホンダのキー、それにiPhoneをカウンターに並べた。それから、茶色のナプキンをひらき、アシュリーに送った手書きのメッセージと彼からのメッセージが読めるようにした。**そいつらに話したら、ふたりとも殺す。**

エドはそれを読んで肩をがっくり落とした。

サンディは息をのみ、口を覆った。

「そのうち……そのうち向こうはわたしたちがトラックに向かわないと気がつく」ダービーは全員に向かって言った。「そしたら作戦を変更して、攻撃を仕掛けてくる。そうするしかないもの。だって、ここにいる全員がいまや目撃者なんだし、あいつらの人質はこっちの手のうちにあるんだから。だから、この建物がわたしたちにとってのアラモ砦になる。このあと四時間にわたって」

ダービーはポケットに最後に残ったものを出し——あることすら忘れかけていた——それを大理石もどきのカウンターに、強調するようにぱちんと音をたてて置いた。ラーズの四五口径の銃弾が、どぎつい光を浴びて金色に光った。

銃弾を目にしたとたん、サンディはへなへなと椅子にすわりこみ、真っ赤な頬を両手で覆った。「なんてこと。あたしたち、四分だって持たないよ」

ダービーはそれを聞き流した。「まずは窓にバリケードを築こう」

「よしきた」エドが指を差した。「あのテーブルをひっくり返すのを手伝ってくれ」

アシュリーは窓が暗くなっていくのをじっと見ていた。

大きな物体が内側から窓ガラスに立てかけられ、オレンジ色の明かりが小さくなり、隙間から漏れる光程度になった。圧迫を受けたガラスがきしむ様子が目に浮かんだ。

「おやおや、ダーブズ」彼は雪に唾を吐いた。「やるじゃないか」

ラーズが兄を見やった。彼はフォードのテールゲートのわきにしゃがみ、辛抱強く射撃姿勢をとっていた。肘をバンパーに乗せ、ベレッタを玄関のドアに向けていた。

「もう、やめていい」アシュリーは言った。「連中は出てこない。待ち伏せしてるのを彼女に見破られた」

「なんでわかったのかな」

「直感だろう」アシュリーは立ちあがると数歩歩き、凝り固まった背骨をほぐし、脚をのばし、高山の空気を吸いこんだ。「なあ、たいしたもんだと思わないか？　あの赤毛女には脱帽だ」

　モミの木、カナダトウヒ、ロッキーの山々という垂直の世界のなかにあるワナパニ・ビジターセンターは、簡単に落とせそうな外観をしている。雪はやんでいた。空が晴れ、まっさらな空間がひろがっている。雲がまばらになり、白い三日月と燦然ときらめく星が現われ、それとともに世界が一変した。月が血を求めていた。

　いつもながら、楽しいのは、どうやるかを決めるときだ。これまで何十四というラーズのペット――亀、魚、犬二匹、彼が数えられる以上の保護猫――で経験してきたが、漂白剤、銃弾、火、あるいは骨に達するまで刺し入れるナイフなど、どんな方法を使ったところで、死に尊厳などない。生きとし生けるものはすべて、怯えながら死んでいく。

　いかに狡猾なダービーでも、それを思い知ることになる。

　アシュリーは長いことなにも言わず、ひたすら下唇を吸っていた。ようやく決めた。「計画変更。なかでやろう」

「そうだよ、ラーズ。全員をだ」

「全員を？」

「武器がいる」ダービーは言った。「なにがある？」

「あたしの催涙スプレー」

「ほかには？」

サンディは〈エスプレッソ・ピーク〉を指さした。「奥にコーヒーキッチンがあるけど、鍵がかかってて――」

「ちょっと待ってろ」エドが奥に向かった。「おれの鍵をためしてみる」

「鍵？　どこにそんなものが――」

彼は持っていたラグレンチを南京錠に振りおろし、粉々になった破片が床を滑っていった。

それから防犯シャッターのハンドルをつかんで、天井まであげた。「クリスマスですので、〈エスプレッソ・ピーク〉は営業を開始します」

ダービーはカウンターを飛び越え、痛むかかとでいきおいよく着地すると、正面側を調べた――コーヒーマシン、ベーグルトースター、レジ、シロップの瓶。それから抽斗を、いちばん下から順にあけていった。袋入りのコーヒー豆、バニラ、脱脂粉乳、かちゃかちゃいうスプーン――

「なにかあったか？」

「使えそうなものはなんにも」

　エドは奥を確認した。「固定電話もないな」

「どこかにあるはず」べつの抽斗を調べていたダービーは、黄色いポストイットのメモをはがした。**連絡事項：トイレのモップがけを頼む――トッド。**

「ナイフはあったか？」

「スプーン、スプーン」ダービーは抽斗を乱暴に閉めた。「スプーンばっかり」

「ナイフが一本もないとは、いったいどういうコーヒーショップなんだ、まったく」

「ここはそういう店なんでしょ」ダービーは目に入った汗をぬぐい、レジ（重すぎる）からペストリー用ケース（武器にはならない）、トースター（無理）、さらにはカウンターに並んだコーヒーマシンへと順番に目を向けていった。「でも……これを使えば、やけどしそうなほど熱いお湯が沸かせる。誰か、コーヒーサーバーに水をいっぱいに入れてくれない？」

「武器にするの？」サンディが訊いた。

「ううん。くそまずいコーヒーを飲むの」

「コーヒーならあるじゃない」

「ちょっと皮肉を言っただけ」

　うしろからぺたぺたという足音が聞こえ――サンディがやってくれる気になったのかと思った――けれど、足音の主はジェイだった。少女は持ってきたCOFEEと書かれたサーバーを注ぎ口の下に置いた。つま先立ちになって、ボタンを押した。マシンがゴゴゴ、と音をたてた。

「ありがとね、ジェイ」

「どういたしまして」

サンディはまだ部屋の正面側にいた。膝立ちになり、ひっくり返したテーブルと窓枠のあいだにできた三インチほどの隙間から外をのぞいている。「アシュリーとラーズがまた動きはじめた。ふたりとも……ふたりとも自分たちのバンのそばにいる」

「なにをしてるかわかる？」

「わからない」

「頭を低くしてろ」エドがたしなめた。

「大丈夫よ」

ダービーはレジの下の最後の抽斗をあけた。ペンやらレジ用ロール紙やらの下に、がちゃがちゃいうものがあった——銀色の鍵だった。彼女はそれを手に取ると、あらたに現われたポストイットのメモをはがした。**複製不可——トッド。**

用具収納庫だ、とダービーは思い出した。

大急ぎで向かい、鍵を挿し入れ、ノブをまわした。「お願い、お願いよ。神様、ここに電話がありますように——」

なかは暗かった。手探りで明かりのスイッチを入れた——五フィート四方の狭苦しい用具入れで、ゆがんだ棚があり、たわんだ段ボール箱が並んでいた。かびのにおいで息がつまりそうだ。隅にモップ用バケツがあり、灰色の水がいっぱいに入っていた。上のほうの棚では白い救急箱が埃をかぶっていた。

向かって左側に壁にボルトどめされているものがあった……ベージュ色の固定電話だ。

「ああ、神様、感謝します――」

プラスチックの受話器をつかんで耳にあてがった――発信音がしない。ボタンをいくつか押した。受話器を振る。らせん状のコードを確認する。うんともすんとも言わない。

「見つかったか？」エドが訊いた。

ふと見ると、壁にまたポストイットのメモが貼ってあった――**光ファイバーがまたダウンした――トッド**。ダービーは受話器を架台に叩きつけた。「このトッドってやつのこと、本気で嫌いになってきた」

「あついお湯がいっぱいになったよ」ジェイの声がした。

ダービーは用具収納庫からあとずさり、あやうくエドにぶつかりそうになりながら、サーバーを滴受けから持ちあげた。「ありがとう、ジェイ。もうひとつのほうにも水を入れてくれるかな」

「うん、わかった」

ダービーはサーバーをちゃぷちゃぷいわせ、てのひらに湯気があたるのを感じながら、ビジターセンターの玄関に向かった。湯はやけどするほど熱く、うまくいけば敵の目を一時的にせよくらませることができそうだ。けれども、湯の温度は急速にさがってもいる。数分もすれば、無害なぬるま湯になってしまうだろう。

その途中、あるものに目がとまった——茶色い紙ナプキンがサーバーの銀色の持ち手の下に押しこんである。

あのナプキンだ。

ダービーは足をとめてナプキンをひらいた。片面には自分が書いた〝トイレで待ってる〟のメッセージと、アシュリーが書いた〝ぼくには彼女がいる〟というおそらくはうその返事が、その裏には〝そいつらに話したら、ふたりとも殺す〟のメッセージ。そしてその下に、子どもっぽい丸文字で書かれたジェイからのメッセージがあった。

あの人たちをしんようしないで。

どういうこと？

目をあげると、ジェイはふたつめのサーバーに水を入れているところだった。赤いボタンを押しながら、期待に満ちた目でダービーを見つめている。

ダービーは小声で尋ねた。「信用しちゃだめって……誰のこと？」

エドとサンディ？

ジェイは答えなかった。すばやく顎で示しただけだった。この部屋にいるほかのふたりの大人に、その仕種が見えないよう気をつけながら。

ダービーは思わず声に出して訊きそうになったが、さすがにできなかった。

なんで？　なんで信用しちゃいけないの？　エドと——

ざらついた手が鎖骨に置かれ、ダービーはぎくりとした。「入り口は三カ所あるから、あのビーバスとバットヘッド（テレビアニメに登場する悪ガキコンビ）が襲撃してくるルートも三つだ」エドは息を荒らげながら、指を折って数えあげた。「玄関」

「デッドボルト錠がかかってる」ダービーは言った。

「正面側の窓」

「バリケードを組んだ」

「トイレの窓は？」

「ふたつある。片方は今夜、わたしが割った。よじのぼってなかに入るために」肩ががっくりと落ちたのを感じた。「そこがいちばん心配」

心配どころではない。ほぼ確信していた――アシュリーとラーズがまずためすとしたら、そのルートだ。外の積みあげたピクニックテーブルが男性トイレの割れた窓によじのぼる階段となっている。それもまた、構造上の欠陥で、アシュリーもその存在を充分に認識しているはずだ。あの窓には二度も命を救われた。

トイレの窓を気にしている様子のエドの息が、またにおってきた――おそらくウォッカ、あるいはジンか。お願いだから酔っ払わないでよ。

「あいつらがあそこをくぐれるかな？」彼は訊いた。

「くぐろうとはすると思う」

「あそこから入られたら、おれたちの武器で防ぐのは無理か――」

「たぶん……」ダービーはどうしようかと考えながら、エドが握っているラグレンチに目をやった。サンディが催涙スプレーを持っているし、熱湯が入ったサーバーもある。あれこれ考えながら、トイレに急いだ。「あれをこっちの有利になるように使えるかもしれない」

「どうやるんだ？」

肘でドアを押しあけ、細長い部屋の奥、緑色の個室の先にある、ガラスのない三角の窓を示した。「アシュリーとラーズはひとりずつ、あそこをくぐり抜けるしかない。足から先には入ってこないはず。銃を周囲に向けながら頭から先に入って、最後に体の向きを変えて、足を床につける」

エドが感心したような顔を向けた。「おまえさんはあれをのぼったんだな？」

「こうしたらどうかな。わたしたちのどっちかが……」ダービーはそこで言葉を切った。いまと同じこのトイレで、じーじーと音をたてる明かりのもと、アシュリー当人と交わした会話を思い出したのだ。二時間前、ふたりはどっちがA（バックアップ役）でどっちがB（攻撃役）になるかで揉めた。彼女は腹をくくった。これからはわたしがBになる。

もう言い訳はしない。

「ダーラ？」

「わたしが壁にぴったり背中をつける」彼女はいちばん奥にある個室を指さした。「あそこの隅なら、なかに入ってくるふたりからは見えないはず。そして――」

エドはにやりとした。「催涙スプレーをかけてやるんだな」

「そして銃を奪う」

そしてふたりとも殺す。

兄弟は銃を持っているし、腕力も強いから、どちらか一方、あるいは両方になかに入られたら万事休すだ。けれどあの窓を使う場合はひとりずつしか入れない。それでも、デッドボルト錠を破壊するか、バリケードを組んだ窓から入るのでないかぎり、あそこがなかに入るための現実的なルートだ。アシュリーが先に銃を持って入ってきたら、催涙ガスか熱湯で逆襲できるチャンスはそこそこある。うまいこと敵の四五口径を奪えれば形勢は逆転する。

エドが個室のドアをあけた。「おれが窓を見張ろう」

「ううん、それはわたしがやる」

「ダーラ、そいつはおれの役目だ――」

「わたしがやるって言ってるでしょ」彼女はきつい調子で言い返した。「ここに隠れられるくらい小さいのはわたしだけだもの。それに、そもそもわたしが始めたことなんだし」

もう二度と、Aにはならない。

この命のあるかぎり。

もっと反論があると思っていたが、エドはぽかんと見つめるばかりだった。名前をまちがえたら、今度こそ訂正してやろうかと思った。でも、やめた。ダーラだってダービーだってたいした違いはない。それに、息が酒くさいと言わずにすんで、ほっとした。

もしかして……もしかして、ジェイがあなたを信用していないのはそのせい？

彼は少し間をおいてから言った。「じゃあ、おまえさんがジェイを見つけたんだな？」

「うん。車から出してやったの」

「で、あの子を連れてきたのはあの連中なんだな。おれがあの人でなし野郎とゴー・フィッシュなんかに興じていたときも、あの子は外の、すぐそこにある車に閉じこめられてたわけか」

「そう」

「たいしたもんだよ。おまえさんは……おまえさんはヒーローじゃないか、ダーラ――」

「まだ早いわ」ダービーは吐き気をもよおすような寒気を感じ、顔をしかめて視線を床に落とした。一時間たつごとに、その言葉にうんざりしてきていた。「まだ早い。あなたといとこを死なせずにすんだらそう言って――」

「死ぬもんか」エドは言った。「おい。おれを見ろ」

ダービーは渋々ながら顔をあげた。

「ひとつ名言を教えてやろう。クレアモントのリハビリセンターで、まず最初になにを言われるか知ってるか？　はじめて入り口をくぐり、私物を預け、いろんな書類にサインをすませてすわったときに？」

ダービーは首を横に振った。

「おれも知らないんだよ」彼はほほえんだ。「でも、あとで教えると約束する。いいな？」

ダービーは笑った。

そう言われても少しも気が楽にならなかった。それでも、元気の出る言葉をかけてもらいたかったんだとばかりに、気が楽になったふりをした。ほほえむと、眉の上の傷痕が浮かびあがった。「約束だからね、エド」

「まかせとけって」

ロビーに引き返していくエドを見送りながら、まだ右のポケットにずっしりしたものが入っているのに気がついた――アシュリーのキーホルダーだ。それを出して、てのひらにひろげ、じっくりとながめた。黒いUSBメモリ。〈セントリー・ストレッジ〉という名の貸倉庫の鍵。そして最後が、もっとも重要な誘拐犯のシボレー・アストロのキー。

それらをぎゅっと握りしめ、気が変わらないうちに窓から投げ捨てた。ばさっという小さな音をたてて落ちた。

いわば、仲直りの印ってところ。

アシュリーとラーズが適当なところで手を引き、陽がのぼる前にアストロに乗ってここを去るチャンスをあたえるのだ。除雪車が到着する前に。銃をかまえた警察が到着する前に。

そのキーを受け取って。ダービーは大声で言いたかった。

なにも死人が出るようなことをしなくてもいいじゃない。

お願いだから、そのキーを受け取ってよ、アシュリー。それぞれがそれぞれの道を行くってことにしようよ。

それはあくまで理想の話。けれども、血が流れることなくこの手づまり状態が終わりを迎える可能性はないとわかっている。ガーヴァー兄弟のほうは失うものが多すぎて、あっさり手を引くことはないだろう。今夜、テーブルをはさんでアシュリーと向かい合ったときに、彼の目を見たけれど、残忍な輝きを放っていた。宝石で屈折した光のように。あの若者は他人をカモだと思っている。カモとしか思っていない。

しかも魔女の刻が近づいている。邪心が、悪霊が、闇に棲む地を這うものが活動する時間。迷信にすぎないけれど、それでもダービーは体を震わせながら、もうひとつメールを打った。

ママ。わたしの携帯に残ったこのメールを読んでいるなら……

ダービーは少しためらった。

……わたしが最後まで戦ったことだけはわかってほしい。わたしはあきらめなかった。わたしは犠牲者なんかじゃない。自分から飛びこんだの。ごめんね。でも、そうするしかなかった。いつもママを愛してたこと、それになにがあろうとも、わたしはママの娘だってことを忘れないで。わたしは今夜、人を救うために戦って死んだの。

愛をこめて。ダービー。

午前二時五十六分

ダービーはロビーに戻る途中、〝あの人たちをしんようしないで〟という謎のメッセージが書かれたナプキンを折りたたみ、尻ポケットに突っこんだ。

どうして？　気になって胃がしくしく痛みはじめた。

どうしてエドとサンディを信用しちゃだめなの？

少女に直接訊きたかったけれど、エドがすぐ近くにいた。「ジェイ、あの野郎たちはおまえさんをどこに連れていくか言ってたかい？」と彼は尋ねた。「ここで立ち往生する前のことだよ」

「ううん」ジェイは首を横に振った。「ここに用があるみたいだった」

「なんだって？」

「このパーキングエリアをさがしてたもん。きょう、このばしょをさがそうと、車のなかでちずを見てて――」

「どうしてだい？」

「わかんない」ジェイは言った。「ここに来ようとしてたのはたしか」

今夜、とダービーは髪をポニーテールに結いながら心のなかでつぶやいた。はまっていないパズルのピースがまたひとつ。謎の要素がまたひとつ。胃が痛くなってくる。アシュリーとラーズが標高九千フィートの、ほかにも利用者がいるようなこんな場所で人質とともに立ち往生するつもりだった理由が、どうしてもわからなかった。

最初から、その場にいる全員を殺すつもりだったとか？　殺人狂の兄弟は拳銃一挺と五ガロンのガソリン、それに大きな白い容器に入った漂白剤を携え、ここまでやってきた。もしかしてアシュリーはとんでもなく残忍なことを考えているのかもしれない。そんなことを考えていると、エドがジェイにした質問が耳に引っかかった。「連中は薬も持って出たかい？　おまえさんを誘拐したときだが」

ダービーは耳をそばだてた。薬？

ジェイは鼻にしわを寄せた。「注射のこと？」

「そうだ。薬、注射、ペン。ご両親がなんと呼んでたかは知らないが」

「持って出なかった気がする」

「そうか」エドはため息をつき、薄くなりかけた髪をうしろになでつけた。「じゃあ、もうひとつ教えてくれるかな、ジェイ。何日……何日くらいそいつを使ってないのかな？」

「もしものために、ポケットにひとつ持ってたけど、もう使っちゃった」ジェイは指を折って数えた。「だから三日……ううん、四日かな」

エドは腹を殴られたみたいに、大きく息を吐いた。「まいったな。そうか」

「ごめんなさい――」

「いいんだ。おまえさんのせいじゃないんだから」

ダービーはエドの肘をつかんだ。「ねえ、いまのはなんの話？」

「どうやら……この子はアジソンらしい」エドは声を低くし、ジェイの黄色いブレスレットを指さした。「アジソン病と書いてあるだろ。内分泌腺である副腎皮質の疾患で、コルチゾールが充分に生産されず、体の機能に支障をきたすんだよ。患者数は、そうだな、四万人にひとりと言われている。毎日の投薬が必要で、怠ると血糖値が急激にさがって、その結果……」彼は言葉を切った。

ダービーはジェイの手首に触れ、ブレスレットに書かれた文字を読んだ。アジソン病（ADDISON'S DISEASE）／ステロイド剤必須（STEROID DEPENDENT）。投薬の指示とか医師の電話番号、あるいは緊急時の治療法といった具体的なことが書いてあるのではと思い、ジェイの手を裏返した――けれども、書いてあるのはそれだけだった。四つの単語がスタンプで押されているだけだ。

ステロイド剤必須。

「それで？」ダービーは訊いた。「アシュリーはどうやって薬をあたえるかわかってなかったってこと？」

「連中はまちがった薬をあたえてたようだ。あのばかどもは、たぶん、グーグルかなんかで検索して、ドラッグストアに押し入り、名前に〝ステロイド〟という文字が入ってるのを適当にとってきたんだろう。そのせいでこの子の体調はよけいに悪くなったわけだが――」

「さっき、獣医さんだと言ってなかったっけ」

「そのとおり」エドは無理にほほえんだ。「犬にもアジソン病があるんだよ」

バンの車内に嘔吐物の強いにおいがただよっていたのを思い出した。ジェイの体の震え、疲労、顔色の悪さ。ようやく合点がいった。と同時に気になることがひとつ——毎日ステロイドを注射することになっているのに、四日もできなかったらどれだけまずいんだろう。

エドに向かって唇の動きだけで尋ねた。どのくらい深刻なの？

彼も唇の動きだけで答えた。あとでな（レイター）。

「アシュリーもラーズもまだ自分の車のそばにいるよ」窓のところにいるサンディが知らせた。「なにか……なにかやってるみたい。なにをやってるのかはっきりとは——」

「わたしたちを攻撃する準備よ」ダービーは言った。いまさらあいまいな言い方をしたところで意味がない。

室内をめぐって、武器を確認した。熱湯が入ったサーバーが二個。サンディの催涙スプレー。エドのラグレンチ。

急ごしらえの戦闘計画だけれど、道理にはかなっている。攻撃が始まったら、サンディは施錠した玄関のドアを見張りつつ、ジェイを守り、敵の動きを大声で知らせる。ダービーは男性用トイレの窓を見張る。彼女の読みどおり兄弟がそっちから侵入してきたら、死角からラーズなりアシュリーなりに熱湯をかけて奇襲する。ラグレンチを持ったエドはビジターセンターのどっちの側にも移動できるよう待機する。

「ねえ、かれこれ……」サンディは自分の息でくもった窓ガラスをぬぐい、外に目をこらした。「十分はたったよね。あいつら、なんでまだ入ってこようとしないんだろ？」

「攪乱しようとしてるんじゃないかな」ダービーは言った。「不安にさせるつもりなのよ」

「だとしたら成功だね」

静寂がつのるにつれ、耳のなかががんがんいいはじめた。空気が重苦しい。天井の梁が低くなったような気がする。なにもなくなった床にばらけた紙ナプキンが散乱し、モップをかけた跡がくっきりと見える。どうしたわけか、テーブルをどけたことでかえって部屋が狭くなったようだ。二酸化炭素と汗が循環している状態で、空気がよどんでいる。

ダービーは誰か冗談のひとつでも言って、緊張をほぐしてくれないかと、ずっと思っていた。

誰も言ってくれなかった。

ボールダーからの長い道中、曲と曲のあいだがいやだった。頭が過熱状態になるからだ。母に投げつけた言葉が思い出される。あらたな痛み。あらたな後悔。いまは、彼女の質問に対するエドの答えを思い返している。ジェイが四日も注射を打ってないのはどれほど深刻かと尋ねたときのことだ。彼が唇の動きで伝えてきたのは〝あとで(レイター)〟じゃなかった。

気づいたとたん、ダービーの気持ちは沈んだ。彼が言おうとしたのは、それとはべつのことだった。

彼は〝命取り(フェイタル)〟と言ったのだ。

あのままアシュリーとラーズに捕らえられたままでいたら、ジェイは死んでいただろう。兄弟のほうには殺すつもりがないとしても、ジェイの副腎の疾患にどう対処すべきか、お手上げ状態であることに変わりはない。しかも、ジェイに残された時間は尽きようとしていた。けれどもそうだとすれば、ガーヴァー兄弟は誘拐犯としてはどうしようもないほど無能ということになる。アシュリーはそうとう残忍な性格の持ち主かもしれないけれど、身代金誘拐を画策できるほどの実務家肌でないのはあきらかだ。場当たり的だし、誘拐した子どもに虐待をくわえている。だったらラーズは？ ひげは生えているけれど、子どもがそのまま大人になったようなもので、頭のなかは軟弱で未成熟なままだ。ふたりの子どもっぽい大人は自分たちがやろうとしていることがいかに複雑で大変か、まるでわかっていないのだ。そもそもそんな大それたことができる連中じゃない。もっとずっと危険だ。

数年前、〈ウォルマート〉の暗い駐車場でのことだ。コカインを常用していそうな丸刈りの男がスバルに侵入しようとするのを、明るく照らされたホーム&ガーデニングのコーナーからじっと見ながら、母がこう言った——プロは怖がらなくていいのよ、ダービー。プロは自分がなにをやってるかちゃんと心得てるし、手際もいい。

怖いのはアマチュア。

「いま……」サンディがお椀の形に丸めた手を窓に当てながら言った。「アシュリーがバンからなにか出した。うーんと……オレンジ色をした箱みたいなもの」

エドはジェイの前で膝をついた。「やつらが襲ってきたら、おまえさんはカウンターのうしろに隠れなさい。目をつぶってるんだぞ。なにがあっても出てきちゃだめだ。わかったね？」

少女はうなずいた。「わかった」

ジェイの頭ごしにダービーは唇の動きでエドに尋ねた。「この子のこと、どう手当てすればいいの？」

「うーん……病院に連れていくことだろうな。おれたちにできるのはそれくらいだ」彼は顔をぐっと近づけ、声を落とした。「おれは犬の治療しかしてないし、症例に当たったのだってほんの数回程度だ。いま、この子はショック期にあるというくらいしかわからん。この子の体はアドレナリンがつくれない状態で――それを急性発作というんだが――怖い思いをしたり、緊迫した状況になると、それによって発作が引き起こされ、あるいは昏睡状態に陥る。場合によっては最悪の事態もありうる。だからこの子のストレスレベルを一定以下に保ってやらなきゃいけない。できるかぎり落ち着いた環境にしてやらないと――」

窓のところでサンディが変な声を出した。「アシュリーがなんか持ってる……うそ、あれってもしかしてネイルガン？」

「うん」ダービーは言ってから、エドに向き直った。「いまのは無理な相談よ」

アシュリーは手にしたパスロードＩＭＣＴコードレス・ネイルガンにバッテリーをはめ、小さな緑色のライトが点滅するのを待った。

父親の時代（〈フォックス・コントラクティング〉の黄金時代）は、釘を発射させるためのパワーを得るには、エアコンプレッサーと数ヤードのゴムホースが必要だった。いまじゃ、バッテリーさえあればいい——しかもポケットに入るほどコンパクトだ。

アシュリーが使っているのはセサミ・ストリートのキャラクターを思わせる、あざやかなオレンジ色のものだ。重さは十六ポンド。〝パスロード〟の文字の転写ステッカーはすっかりはげ落ちている。釘は円筒型のマガジンから供給されるが、見るたびに一九三〇年代の銀行強盗、ジョン・ディリンジャーが使っていたトミーガンのドラムマガジンを思い出す。釘の長さは中世時代の名残だかなんだか知らないが、ペニーという単位で表わされていて、いま使ってるのは十六ペニー、およそ三・五インチになる。ツーバイフォーの建材に刺さるようにつくられている。十フィート離れたところにいる人間の皮膚にも突き刺さるし、それ以上距離があっても、おそろしい金属片が秒速九百フィートで空気を切り裂きながら飛んでいくことに変わりはない。

いかしてるよな。

〈フォックス・コントラクティング〉の日々の経営には見事に失敗したアシュリーだが、なんとなんと、仕事にともなうおもちゃは大好きだった。幸いにも、父親はいまや、自分の名前も思い出せず、トイレ袋に排泄（はいせつ）する毎日だから、アシュリーの主導権のもとで家業がどうなったかを知らずにすんでいる。職人ふたりはあっさり首を切られ、ウェブサイトのドメインは失効し、いまも電話はときどき鳴るが、留守番電話につながるだけだ。キツネのイラストがはげかけた〈フォックス・コントラクティング〉のバンを運転していると、大きな死体を、父親の夢と苦労の干からびた抜け殻を操っているような気分になることがある。ほら、ウォール・ストリートの企業が破綻したときは、国の役人が介入して、他人の金で救済してやったじゃないか。家族経営の小さな会社が破綻した場合は、自分の手で救済するしかない。それがアメリカ式ってものだ。

アシュリーはパスロードのネイルガンをかまえ、射出口に左手をあてがい、なんなく安全装置をはずした。それから引き金を絞った……

ぷしゅっ。

十六ペニーの釘がダービーのホンダ車の前輪に突き刺さった。黒いゴムがしゅーっという音とともにしぼんでいく。

ラーズがじっと見ている。

タイヤを蹴ると、やわらかくなっていた。それからアシュリーは身をかがめ、もう一発——ぷしゅっ——ホンダの後輪に撃ちこんだ。

「そうびくつくなって、ラーズ。ちゃんとケリをつけるからさ」アシュリーは車をまわりこむと、残った二本のタイヤにも——ぷしゅっ、ぷしゅっ——釘を撃ちこみながら話をつづけた。「今夜はいくつか汚れ仕事をしなきゃならないけど、それが終わったらケニーおじさんに会いにいくぞ。わかったな？」

「うん、わかった」

アシュリーはそれから、危険な秘密を打ち明けるように、声を低くした。「それと、もうひとつ、教えるのを忘れてた。おじさんのところにX－boxワンがあるだろ？」

「うん」

「〈ギアーズオブウォー〉の最新版を買ったんだってさ」

「へええ」ラーズの顔にはっきりとした笑みが浮かび、アシュリーは大事な弟に同情の念をおぼえた。たしかにこういうことに向いていないが、本人に責任はない。そんなわけないじゃないか。母親がこいつを妊娠してたとき、一日にワイナリー二軒分も飲んでいたが、それはどうしようもなかったのだ。かわいそうにラーズは最初に息を吸うより前に、遺伝子を損傷していたのだ。最低最悪とはこのことだ。

アシュリーはパスロードのライトをすばやく再確認した――まだ緑のままだ。気温が低いとバッテリーの持ちがそうとう悪くなるのに、手もとには予備が二個しかない。ダービーのこめかみに押しつけたときにバッテリーがなくなるなんて事態だけは、なにがなんでも避けたい。そんなことになったらいい恥さらしだ。

能力的にはラーズが持っている四五口径ベレッタ・クーガーのほうに軍配があがる――コードレスのネイルガンでは銃撃戦に勝てるわけがない。しかも、人間ひとりを確実に倒すには、長さ三・五インチの釘が数本必要だ。しかも、十フィート以上離れた相手に命中することはめったにない。人を殺す武器としては実用に適さない点は多々あるけれど、それでもアシュリー・ガーヴァーはネイルガンを好む。なぜかと言えば、重くて不恰好で、不正確で、おそろしげで、背筋をぞっとさせるような代物だからだ。

芸術家ってものはみんな、道具で自己表現するものだろう？

ネイルガンはアシュリーにとって、そういう道具だ。

「さあ、ラーズ」彼はネイルガンで弟を指した。「戦いの顔をしろ」

パスロードの円筒型マガジンには十六ペニーの釘が三十五本装塡でき、五本入る小さなラック単位で供給される。すでに四ラック使った。それでもまだ、人間を泣き叫ぶヤマアラシに変えるに充分すぎる数の釘が残っている。隣を歩いているラーズが、教えたとおりにベレッタのスライドを引き、弾が入っていることを律儀に確認した。

「〈ギアーズ オブ ウォー4〉だね？」彼は歩きながら訊いた。「去年のじゃなくて」

「そう言ったろ」

「わかった」

「それと、ダービーは撃つなよ」アシュリーは諭した。「彼女はぼくが仕留めるんだから」

「やつらが来る」

「わかってる」

「しかもネイルガンを持って――」

「わかってるって言ってるだろ、サンディ」

ジェイは頭痛を追い払おうとするように、両方のこめかみを押さえ、ひっくり返したテーブルの脚に体をぶつけた。「おねがい、おねがいだから、けんかしないで――」

「エド、あいつら、あたしたちを殺すつもり――」

彼はラグレンチを彼女のほうに向けた。「黙れって言ってるだろうが」

ダービーは少女の肩をつかんで引っぱり、バリケードを築いた窓からロビーの中央まで連れていった。

緊張させたり、ショックをあたえたりすると発作が起きかねない。これは文字どおり、死活問題だ。わたしが落ち着かせてあげなくては。

今夜はそんなことは可能だろうか？　エドが使った正確な表現を思い出そうとし――アジソン病の急性発作だったっけ？――ジェイの前にしゃがんだ。「さあ、ジェイ。わたしを見て」

ジェイは涙をいっぱいにためた目でダービーを見つめた。

「ジェイバード、大丈夫だからね」

「うそだもん。だいじょうぶなんかじゃ――」

「あんたには絶対手出しをさせない」ダービーは言った。「約束する。わたしが守ってみせる」

玄関では口論がますます激しくなっていた。「エド、あいつらはなかに入ってくるんだよ――」

「そしたらこっちは戦うまでだ」

「酔っ払いがなにを言うのさ。あいつらを相手に戦ったら死ぬよ」サンディの声が震えはじめた。「あたしも死ぬし、あんたも死ぬし、あの女の子だって死ぬし――」

「あんなのうそだから」ダービーはジェイをさらにうしろへ、コーヒーカウンターのうしろへと引っ張っていった。ぎっしり積み重なった石の壁をてのひらで軽く叩いた――これだけ堅ければ銃弾は防げる。「でも、エドも言ってたけど、このカウンターから出ちゃだめだよ。いい？　万が一ってことがあるから」

「あいつらはあたしをきずつけない」ジェイが小さな声で言った。「でも、おねえちゃんのことはきずつけるよ」

「わたしのことは心配しなくていいから」そのとき、紙ナプキンに書かれた不吉なメッセージを思い出し、顔を近づけて、ほかのふたりに聞かれぬよう、ささやくくらいの声で訊いた。「でも、ひとつ教えて。どうしてエドとサンディを信用しちゃだめなの？」

ジェイはばつの悪そうな顔をした。「それは……いいの、なんでもない」

「どうしてなの、ジェイ？」

「あたしの思いちがい。たぶんなんでもない――」

「いいから教えて」

玄関ドアでは、エドとサンディの口論がピークに達していた。彼はラグレンチをいとこに向け、武器のように振りかざし、怒鳴り声をあげていた。「協力したところで、どうせ殺されるんだ」

サンディはそれをぴしゃりとはねのけた。「生きのびるにはそれしかないって――」

「あのね……」ジェイは少しためらっていたが、ようやくカウンターごしにサンディを指さして答えはじめた。「最初、あの女の人を見たことがあるような気がしたの。あたしが乗ってるスクールバスの運転手さんのひとりにそっくりだから」

はるか遠く、サンディエゴの話だ。

ダービーの世界が一瞬にして凍った。

「でも、そんなはずないよね」ジェイは言った。「でしょ？」

ダービーは答えられなかった。確率はどのくらいだろう？　ふたりの旅行者が誘拐された子どもと同じ西海岸の町から来ている確率はどのくらいだろう？　いくらでもほかに町があるのに？　それもここ、何百マイルも内陸、ロッキー山脈にあるひっそりとした高速道路のパーキングエリアに迷いこむなんて。

部屋から酸素がなくなったように感じた。

サンディエゴ。

「でも……でも、あの人じゃないよ」ジェイはあわててたたみかけ、ダービーの手首を握った。「にてるってだけ。たまたま」

ううん、そんなはずはない、とダービーは言いたかった。今夜にかぎってそれはない。

今夜は偶然なんてものはひとつもない――

玄関のところにいるエドとサンディが口論をやめた。ふたりとも聞き耳をたて、凍ったように動かない。やがてダービーにも聞こえた——こちこちに固まった雪をざくざく踏む足音がふた組、ドアに近づいてくる。男ふたりの暗殺部隊。

エドが真っ赤な顔でドアからあとずさった。「大変だ。全員、準備はいいか——」

「エド」ダービーは呼びかけた。「あんたたちふたりはどこから来たんだっけ？」

「そんな話をいましなくたって——」

「お願い、答えて」

彼は指を差した。「やつらがそのドアのすぐ外にいるんだ——」

「いいから答えてよ、エド」

外の兄弟の足音がとまった。ダービーが声を荒らげたのが聞こえたのだろう、いまは聞き耳をたてているようだ。アシュリーは六フィートと離れていないところで、薄い木のドアの反対側で待ちかまえている。イタチ顔の人工呼吸器のような口呼吸の音も外から聞こえてくる。

「おれたちは……おれたちはカリフォルニアから来た」エドは答えた。「どうしてそんなことを？」

「カリフォルニアのどこ？」

「なんだって？」

「カリフォルニアのどこから来たのか答えて」

「それがなんの関係があるっていうんだ？」

「いいから答えて」屋内に赤の他人がふたり、ドアのすぐ外には人殺しがふたりという状況に置かれ、ダービーの声がアドレナリンで震えた。向こうも聞いている。全員が聞いている。すべては、この元獣医がなにを言うかにかかっている。

「カールスバッドだ」エドは言った。「おれたちはカールスバッドから来た」

サンディエゴじゃなかった。

ダービーは目をしばたたいた。ああ、神様、感謝します。

エドは両腕を振りあげた。「さあ、どうだ、ダーラ。満足か？」

ダービーは深く潜ったのちに水面に顔を出して肺を空(から)にするようにして、息を吐き出した。単なる偶然だったんだ。ジェイの勘違いだったんだろう。うろ覚えの他人の顔が似ているように思うことはよくあることだし、サンディエゴには朝のスクールバスを巡回するサンディのそっくりさんがいるんだろう。カリフォルニア州は人口がとてつもなく多いから、エドとサンディが誘拐された少女とたまたま同じ州から来たとしてもおかしくない。けっきょくすべては――神経が過敏になっているせいだ。単なる思いすごしだったんだ。

外からはなんの音も聞こえてこない。兄弟はまだドアごしに耳をそばだてているようだ。

「だから言ったのに」ジェイが小声で言った。「ね？　あたしの思いちがい――」

「カールスバッドだよ」エドは汗でぬらぬらした顔でダービーに食ってかかった。「アメリカ合衆国のカールスバッド。ほかになにを訊きたいんだ、言ってみろ。どこの州かって？　カリフォルニアだよ。郵便番号か？　九二〇一八。人口？　十万――」

「ごめん、エド。ただ確認したかっただけ――」

うしろからサンディが近づいてくるのをなんとなく感じ、そっちを振り返ろうとしたとき、エドが言葉を継ぎ――「郡の名前か？　サンディエゴ郡だよ」――それがダービーの頭をよぎった直後、圧縮された冷たい液体を目に噴きつけられた。

つづいて痛みが襲った。

強烈な痛みが。

第四部　魔女の刻

午前三時三十三分

エドが怒鳴った。「サンディ――」

けれどもダービーの世界はすでに血のような赤に染まっていた。攻撃された角膜の細胞がじくじくいい、灼けるように熱いと同時に凍えるほど冷たくもあった。目に漂白剤が入ったときに似ていた。思考が完全に停止した。

膝から床に崩れ落ち、目をぎゅっとつぶり、顔をかきむしり、化学やけどの水ぶくれをこすった。小さな手が肘をつかんできて、強く引いた。耳もとでジェイの声がした。「ダービー。目をこすって――」

「サンディ、いったいどういうつもりだ?」

「エディ、ごめん。本当にごめん――」

ジェイの声がいくらか大きくなった。「目をこすって」

ダービーは痛みにうめきながら、がむしゃらに目をこすった。眼球が眼窩でつぶれるほどこれまわした。指先でまぶたをめくるようにして目を無理矢理あけると、赤とオレンジ色の濁ったスープのようなものが苦い涙の向こうに見えた。ぼんやりとした床のタイルの輪郭。部屋がぐるぐるまわり、回転舞台のように彼女の周囲を動いている。どす黒い滴が床に落ちるのが見えた。また鼻血が出ていた。

「じっとしててね」ジェイが重たそうなものを持ちあげた。いったいなんだろうとダービーは思った——次の瞬間、湯がいきおいよく顔にかけられた。コーヒーサーバーだ、と彼女は目をこすりながら気がついた。賢い子だ。

怒ったような人影が動きまわる。どたどたという足音。

「ダービー」ジェイがさっきよりも強い力で、肘を引っ張った。肩が抜けそうなほどひねりあげてくる。「ダービー、ほら、早く。はって。はってってば」

ダービーは這った。目はまともに見えず、水をぽたぽたしたたらせながら、てのひらと膝を冷たいタイルにつけた。ジェイが押したり引いたりして、案内してくれた。うしろの声がますます大きくなって、部屋じゅうに響きわたり、空気を圧迫する。

「サンディ。どういうことかちゃんと説明してくれ——」

「あたしならあんたの命を救ってやれる」

「そのドアに触れるんじゃない——」

「助けてあげるって言ってんだから、おとなしくしてよ」サンディは肩で息をしながら訴えた。「ねえ、エディ、あたしならあんたのくそな命を救ってあげられるんだよ。でも、それにはその口を閉じて、あたしの言うとおりにしてくれなきゃ——」

うしろで、かちりという金属的な鈍い音がした。聞き慣れた音のはずなのに、すぐにはなんだかわからない。それでも今夜、何度か聞いたのはたしかで、既視感を引き起こすには充分だった。次の瞬間、痛みの霧を切り裂くように稲妻が光り、頭が悲鳴をあげた。デッドボルト錠、デッドボルト錠、デッドボルト錠——

サンディが玄関のドアを解錠したのだ。

アシュリーはドアノブがあっさりまわったことに驚き、指先をドアにあててそっと押した。ビジターセンターの内部が目の前にゆっくりと現われた。入ってすぐのところに、頬をトマトのように真っ赤にしたサンディ・シェファーが立っていた。

「捕まえたよ」彼女はあえぎあえぎ言った。「ふたりとも捕まえて、トイレに閉じこめた——」

ふたりとも？　アシュリーにとって朗報だった。「つまり、ジェイバードもいるんだね」

「なんでいないなんて思うのさ」

「話せば長くなる」

サンディは顔をしかめた。「そうだね。わかるよ——」

「なんの問題もない」

「なんの問題もないって？　本当に？　だっていまさっき、ひとりを催涙スプレーで——」

「うん、それについては礼を言う」

「今夜はおとなしくしてればよかったのに、全部ぶち壊しにするんだから」サンディはあたりにただよう催涙スプレーの成分に咳きこみ、鼻を揉んだ。「要するに……まったくもう、なんでこんなことになったのさ？　なんでここまで事態をこじらせたのさ？」

アシュリーはぐちゃぐちゃ言われるのにうんざりだった。強引になかに入ると、刺激の強い空気に涙が出た。サンディはよろけるようにあとずさった。不安な気持ちが一気に押し寄せ、投げつけるつもりだったきつい言葉が一瞬、喉につかえた。アシュリーが持っているオレンジ色のパスロードのネイルガンが目に入ったのだ。

やだ、こいつ、楽しんでる。

「なんの問題もない」彼は断言した。「すべて順調だ」

ラーズも吹きすさぶ風に水色のスキージャケットをはためかせながらなかに入ってきた。その手にはベレッタ・クーガーが握られている。

「あんた、どうかしてる」サンディはわめきながら、震える足でもう一歩さがった。「あんたたちふたりともどうかしてる。あの子には痛い思いをさせないって約束だったじゃない――」

「思いつきでやっちゃったんだ」

「やっぱりあたしの勘は正しかった。あたしの勘じゃ、あんたらふたりは――」

「ふうん、そうか」アシュリーはラーズの胸を軽く叩いた。「見てろよ。これからおもしろくなるから」

「あんたらが田舎育ちの貧乏白人なのはわかってた――」

「おやおや、サンディ、ずいぶんひどいことを言うんだね」

「まったく、捕まろうとしてるとしか思えないよ」サンディはよだれをひと筋、顎から垂らしながら吐き捨てるものの、武器を抜いたふたりに迫られ、おぼつかない足取りであとずさりをつづけている。「あんた、言ったよね……あの子には毎日着替えをさせるって。食事にも気を配るって。本も読ませてやるって。ジェイの髪の毛一本も傷つけないって約束したじゃないか――」

「厳密に言えば、その約束はちゃんと守ってる。髪の毛はなんともなってない」

「そんなんでおかしなことを言ったつもり？　あんたは刑務所で朽ち果てることになるよ。あんたも、そこにいる酔っぱらいの母親から生まれた――」

アシュリーに押しのけられなければ、そのあとに〝弟〟とつづけるつもりだった。

彼は気分を害してはいなかった。すべて問題ないと言っただろ？

けれども、意図したよりも乱暴な押し方になった。サンディは靴をきしらせながらうしろ向きに滑っていき、大きな尻をコーヒーカウンターにぶつけた。ラジオが倒れ、アンテナががちゃがちゃ音をたてた。不細工な黒いヘルメットみたいな髪に顔を覆われながらも、なんとかカウンターにつかまった。「あんたたちのせいで、なにもかもぶち壊しに――」

ラーズがベレッタをかまえた。「黙れ」

アシュリーはそれまでエドがいるのに気づいていなかった——だが、もちろん彼はいた。ゴー・フィッシュでさんざん負け、アップル製品が嫌いで、この世でいちばん恐れているのは、疎遠になっている家族とクリスマスにオーロラで再会することだという、やぎひげの元獣医が、右手で十字形のレンチをかまえ、いまにも振りおろそうとしていた。

「ここから先に行かせるわけにはいかない」エドは言った。「あのふたりには近づかせない」

「サンディ」アシュリーは穏やかに言った。「いとこにあれをおろせと言ってくれないか」

「こいつはラグレンチというんだ、ばかったれ」

「エド、言われたとおりにしてよ」

けれどもエドはぴくりとも動かなかった。トイレのドアに背中を向けている。額に汗が玉を結んでいる。手のなかのラグレンチが小刻みに震えていた。

アシュリーは目をそらすことなく、弟がもっとよくねらいをつけられるよう、少しだけわきにどいた。「サンディ」彼は口の端だけ動かして落ち着いた口調で言った。「はっきり言っておく。そこにいるいとこのエドが、いますぐラグレンチを床に置かないなら、死んでもらうことになる」

「エディ、お願いだから、アシュリーの言うとおりにしてちょうだい」

エドは目に入った汗をてのひらでぬぐうと、じわじわと押し寄せる恐怖を感じながらサンディに目を戻した。本当はとっくに気づいていたはずだが、ようやく悟ったようだ。「おいおい、いったいどうして……どうしてこいつらを知ってるんだ？　どういうことだ？」

サンディは顔をしかめた。「いろいろ複雑な事情があるのよ――」

「あの子をどうするつもりだったんだ、サンディ？」

「そいつを捨てろ」アシュリーは繰り返し、一歩前に進み出た。「いますぐ捨てれば、痛い目には遭わせない。約束する」

右隣でラーズが律儀な発砲姿勢でベレッタ・クーガーをかまえた。以前、アシュリーが教えてやったとおりの姿勢だ。両手で握り、両方の親指を立て、人差し指を引き金にかけている。けれども、弟が発砲することはないとアシュリーにはわかっている。自分の許可がないかぎり。弟はエドを処刑せよの合図をひたすら従順に待っている。合図にはいろいろな形がある――そのなかには野球用語も含まれる。

汗が一滴、床にぽたりと落ちた。

「あんたを痛い目には遭わせないと約束するって」アシュリーはあらためて明言した。「信じてくれていい」

「エディ、お願い」サンディは口調をやわらげた。「あんたは酔ってるんだから。それを下に置いて。そしたらすべて説明する」

けれどもりっぱなことに、エドは屈しなかった。足を踏ん張り、ラーズの銃には気づきもせず、アシュリーをにらみつけていた。まるでこの世にアシュリーしかいないみたいに。射すくめるような目が、殺したいなら殺せと訴えている。アドレナリンの分泌でラグレンチが小刻みに揺れている。ようやく口をひらくと、低くうなるような声で告げた。「最初から気にくわない野郎だと思ってた」

「そう？」アシュリーは言った。「ぼくはあんたが好きだけどな」

「今夜、はじめて会ったとき、握手した瞬間に、なんか引っかかるものがあったんだ」年配の獣医は、悲しそうにほほえんだ。「おまえさんがどういう人間かが垣間見えた気がした。サークルタイムの裏に、へたなジョークやカードゲームの裏にな。おまえさんには人間のいやな部分が全部詰まっている。えらく気取ってるし、いらいらさせられるし、度の過ぎたおしゃべりで、自分で思ってる半分も賢くない。おまえさんはまさに悪の権化だよ」

だったら、あんたは完璧だよ。アシュリーは思わずそう言いそうになった。

そのときエドがため息をつき、こんなにらみ合いをつづけることがどれほど無意味かようやく悟ったというように目の表情を変えた。両手をあげ、渋々ながら降参というように右手をひらいた。ラグレンチが落ち、タイルの床で大きな音をたてた。音があたりにこだまし、アシュリーはにやりとした。

ラーズはベレッタをおろした。

「ありがとう」サンディは目に涙をためて、大きく息をついた。「ありがとう、エディ、本当に――」

ぷしゅっ。

エドはげっぷの音に驚いた男のように、間抜けな顔をした。しばらくは、頭が混乱しながらも、それまでと変わりなくアシュリーと目を合わせていた。けれども、その目は大きく見ひらかれ、うろたえ、救いを求め――

「忘れたの？」アシュリーはエドに言った。「ぼくはうそつきでもあるんだよ」

彼はネイルガンをおろした。

恐怖に潤んだエドの目がその動きを追った。口を引き結び、なにか言おうとするように全身を引きつらせるが、ありえないことが起こった――顎が動かない。一センチたりとも。押し殺したうめきのような音が鼻から漏れるばかりだ。赤い水っぽい泡――血でどろりとなった唾――が前歯の隙間からあぶくとなって出てきて、床に落ちた。

アシュリーは靴にかけられぬよう、あとずさった。

サンディが悲鳴をあげた。耳をつんざくような大きな悲鳴だった。

「ラーズ」アシュリーは指を鳴らした。「その女をおとなしくさせてくれないか」

エドも叫ぼうとしたのだろう、両手で喉を押さえたが、体のほうが言うことを聞かなかった。スチール製のフレーミングネイルが下顎から上に向けて刺さり、舌が口蓋(こうがい)にとめられてしまったため、口が――文字どおり――釘で閉じられた状態だった。アシュリーは、十六ペニーの長さの釘がどのあたりまで達したのか興味があった――先端は脳の底部に届いているんだろうか？

アシュリーは相手を足で押しやった。エドはコロラド州の地勢図にもたれ、そのままずるずるとへたりこみ、手に顔を埋め、声も出さずにすすり泣いた。てのひらに血がたまり、十セント硬貨大の滴が床にしたたり落ちた。

「すわって。身の程をわきまえなきゃだめだよ、エディ・ボーイ。これだから飲んだくれってやつは……」

サンディがヒステリーの発作を起こした。ハイエナの雄叫びのような悲鳴をあげた。このときはぬらぬら光る洟水が大量に顎から垂れた。ラーズがその顔にベレッタの銃口を突きつけると、彼女はたちまち静かになった。

「計画変更」アシュリーはラーズの肩を叩き、頭上の蛍光灯が揺れた。「このちっぽけな建物にはぼくたちの法医学的証拠がそこらじゅうにべたべたついてるけど、それを全部落とすだけの漂白剤も時間もない。だから、もっと創造力を発揮しなきゃならない。言ってる意味がわかるかな」

ラーズは一度だけうなずいた。暗号メッセージは伝わった。

アシュリーはしだいにひろがっていくエドの血だまりをまたいだ。「それでダービーと――」

待てよ。

彼はふと気づいた。

「ちょい待ち……」彼はサンディの肘をつかみ、顔の前で指を鳴らした。「おい。こっちを見ろ。さっき言ったたね……ダービーとジェイバードをトイレに閉じこめたって。男用のトイレか?」

サンディは洟をすすると、血走った目でアシュリーを見あげてうなずいた。

まずい。

ラーズはわけがわからず兄に目を向けた。けれどもアシュリーにはわかっていた。

まずい、まずいぞ――

彼はサンディを床に突き飛ばすと、足音高くそのわきを通り過ぎ、エドのわきも通り過ぎてトイレに向かった。〝男性〟の文字がついたドアを肘であけると……なかには誰もいなかった。三角窓から雪がふわふわと舞い降りている。

ラーズが目をみはった。

アシュリー・ガーヴァーはあとずさりしてトイレを出ると、ドアを乱暴に閉めた。「あの窓には反吐が出る」

ダービーはサンディの車のキーをひねり、トラックのエンジンをかけた。ディーゼルの轟音が駐車場の静寂を破った。

ジェイが助手席に乗りこんだ。「アシュリーに聞こえちゃったらどうするの？」

ダービーはシフトノブを操作した。「どうせもう聞こえてる」

前が見える程度にフロントウィンドウの雪を丸くどけ、後輪周辺の雪もかき出してある。いくらかいきおいをつけるのに必要な距離を確保するためだ。サンディは雪道対策をちゃんとしていた。このF150はモンスター級にパワーがあるうえ、スパイクタイヤを履いているし、じゃらじゃらいうチェーンを巻いているし、おまけに車高を十八インチもあげてある。ここにとまっているなかで無事に山をおりられるのは、この車しかない。これでだめなら……そういうことだ。アシュリーが飛ばしたフォードにまつわる笑えないジョークが頭をよぎった。道路で死んでるのが発見された（ファウンド・オン・ロード・デッド）。そうはなりませんように。ダービーは化学薬品でしみる目をこすった。サーバーの湯を浴びた顔はまだびしょ濡れで、肌の上で湯が急速に冷えてきている。

「ここにいるのはみんな悪い人」ジェイがぽつりと言った。

「わたしはちがう」

「うん、でもほかはみんな――」

ダービーはそれは考えまいとした。それに頭がまだくらくらしている。はじめは味方だと思っていたアシュリーに裏切られた。今度はサンディが誘拐計画にかかわっていたとわかった。エド・シェファーがこの騒動でどういう立ち位置にいるのか、まだはっきりとはしていないけれど、無事でいてほしいと切に願った。

そもそも、彼がわたしたちの側ならばだけど。

そう信じたい反面、一秒過ぎるごとにワナパニ・パーキングエリアには敵しかいないように思えてくる。顔を締めつけてきたビニール袋。ひとり、またひとりと減っていった味方。増えていく敵の数。渦巻く陰謀。

「あたしのバスの運転手さんはここでなにをしてたの？」ジェイが訊いた。

ダービーはハンドルを握る手に力をこめた。「最後の審判を受けてるの」

アクセルを踏みこむと、フォードはどろどろの雪のなかを、硬く凍った氷を跳ねとばしながらゆっくり進みはじめた。つま先にかける力を一定にする。強すぎもせず、弱すぎもせず。横滑りしながら少しずつしか進めない——それでも進んでいることに変わりはない。

「お願い、とまらないで、とまらないで——」

「警察までどのくらいあるの？」ジェイが訊いた。

エドが話してくれたコロラド州運輸局の放送内容を思い出した。峠道のたもとでセミトレーラーがVの字に折れて道をふさいでいる。「七マイルか、うーん、八マイルはあるかな」

「そんなに遠くないよね？」

ダービーはハンドルを切り、ぞんざいに百八十度向きを変えた。サンディのトラックは滑るようにして氷に覆われた一角に入り、車は南を向いた。坂を下る方向。出口車線の方向。入ってくる車と向き合う方向——そういう車がいればの話。ヘッドライトのスイッチはどこかと探して点灯した。いまごろはアシュリーとラーズはエンジン音に気づいているだろうから、もうこそこそしなくていい。いまにも追ってくるはずだ。

「あの人のトラックを盗んじゃったね」ジェイが小声で言った。

「催涙スプレーを噴きかけられたもん。おあいこよ」

少女は弱々しい声ながらおかしそうに笑った。そのとき、一片のオレンジ色の光がリアウィンドウに現われた。ビジターセンターの玄関ドアが大きくあいたのだ。ひと筋の光が漏れ、そのなかにやせた人影がひとつ。

ラーズだ。

イタチ顔。全身が真っ黒な影になっている。その影が、テレビのリモコンを向けるみたいな無造作な様子で右腕を持ちあげたのを見て、ダービーは意味するところを一瞬にして察し、ジェイの肩をつかんで冷たい革のシートに押しつけ――

「体をまるめて――」

パーン。

助手席側のウィンドウが粉々に砕けた。べたべたした破片が音をたててダッシュボードから落ちる。ダービーは襲いかかるガラス片の嵐のなか、顔を覆った。

ジェイは甲高い叫びをあげ、体を低くして背中をまるめた。薄い空気のなか、銃声が爆竹のように鳴り響く。体を縮め、できるだけ身を低くしてイタチ顔の攻撃から逃れろと本能が命じるけれど、頭のほうはもっと分別があった。あいつはきっと近づいてくる。それもいますぐ。

逃げろ、逃げろ、逃げろ――

つま先でアクセルペダルを探り当て、強く踏みこんだ。エンジンが咆哮(ほうこう)し、トラックはいきおいよく前に進み、ふたりの体はシートに押さえつけられた。ダービーはすぐさまじっとりした革のシートから体を起こし、ハンドルごしに左右を確認し――目から上だけを出すようにして――サンディのF150をハイウェイの方向へと導いた。

　ジェイが手首をつかんできた。「ダービー――」

「伏せてて」

「ダービー、あいつ、てっぽうであたしたちをうってる――」

「ええ、わかってる――」

　パーン。弾がトラックのフロントガラスを貫通し、ダービーは思わず身をすくめた。冷たい風が左から吹きこむ。彼女の側のサイドウィンドウもはじけとんでいた。吹きこむ雪が頰を叩く。

「おいかけてくるよ」ジェイが言った。「もっとスピードを出して――」

　ダービーは必死だった。アクセルをさらに強く踏みこむと、車は尻を振りながら加速した。タイヤがまき散らした氷のかけらがウィンドウから飛びこんで、車内に氷の粒が散乱した。

　ラーズがまた発砲し――パーン――サイドミラーがはじけとんだ。ジェイが悲鳴をあげた。

　ダービーはあいているほうの手で少女を押さえた。「頭を低くしてて。大丈夫だから――」

「うそ、だいじょうぶなんかじゃないもん」

「追いつかれやしないから――」

　パーン。フロントガラスにまたひとつ穴が、ダービーの頭のすぐ上のところにぎざぎざした星形の穴があいた。けれども銃声の聞こえ方がちがってきていた。距離がひろがるにつれ、うつろでか細い音に変わっている。

「やった」ダービーの心臓がどきどきいいはじめた。「やった、やった、やった——」

「どうかした？」

車はスピードを増しながら出口車線を下っていた。慣性力、重力、急勾配のおかげだ。ダービーはアクセルをもう少し踏みこんだ。またもエンジンがとどろく。ひたすら下り坂がつづき、安全ガラスの破片が砂利のようにふたりのまわりをころころ転がった。

「ほらね。言ったとおりで——」

ラーズがまたも発砲した——パーン——けれど、完全に的をはずした。いまやラーズの姿ははるか後方にある。しだいにかすんでいく。ワナパニ・ビジターセンターのオレンジ色の光もかすみ、見慣れた輪郭が雪深い闇に沈んでいく。ダービーはすべてが後方に消えるのを見てほっと胸をなでおろした。恐怖のあまり汗びっしょりになるような悪夢から目覚めたときと同じで、もう二度と見たくない。絶対に。あんな気分の悪い場所とおさらばできてせいせいする。

ジェイがシートにすわったまま体の向きを変え、追いかけてくるイタチ顔の姿がしだいに小さくなっていくのを、穴のあいたリアウィンドウごしに見つめ——「頭を低くしてなさい」——それから震えるこぶしを振りあげた。薬指を立てて。

ダービーは一瞬おいて理解した。「ちがうよ……その指じゃない」

「そっか」ジェイは正しい指を立てた。「これで合ってる？」

「合ってる」

「ありがと」七歳の少女は盗んだピックアップ・トラックの銃弾で穴があいた窓ごしに中指を立て、ダービーは笑いだした。思わず出てしまった笑いが咳のように肺を揺さぶった。とめようにもとまらなかった。

うそみたい。やった！

本当に逃げ出せた。

あと七、八マイル行けばいい。ポケットからiPhoneを出してジェイに投げた。「ねえ。画面を見ててくれる？　アンテナが一本でも立ったら、すぐに渡して——」

「バッテリーがほとんどないよ」

「わかってる」

車はぎしぎしと坂を下った。タイヤが水車のようにふわふわの雪をまき散らす。アクセルペダルに軽く足を乗せ、フォードを前へと進めた。惰性を殺さぬようゆっくりと走る。いまはそれだけでいい——ひたすら前に進もうとする慣性の力だけで。レッドブルと頭痛薬でおなかをぱんぱんにし、手のなかで震えているデヴォンからの謎めいたメール（ママはいまのところオーケー）でカフェイン酔いを抑え、ふたつの州を越えるべく吹雪と競争しながら山道を疾走していたときのように。前へ、前へ、前へ。とまっちゃだめ。

とまっちゃだめ——とまっちゃだめ——

ようやく州道七号線の手前まで来た。吹きだまった雪の山がハイビームのなかに照らし出される。ここで手前の北に向かう車線に入り、最初の丸型照明の下を行くことにする。ダービーは胃の底からあらたな興奮がわきあがってくるのを感じた。うまくいきそうだ。ついにやってのけた。本当に逃げ出せたんだ。

と同時に不安も感じた――兄弟が自分たちのバンを雪のなかから出して、なんとか動かし、ハイウェイを追いかけてきたら？　すぐに気づいて、またも勝利に体が震えた。アシュリーはアストロのキーがどこにあるかもわからないのだ。

わたしがトイレの窓から投げ捨てるのを彼は見ていない。

そうそう、そうだった。話ができすぎで、怖いくらいだ。

「電話を手に持って」彼女は言った。「ウィンドウの外に出して」ジェイは言われたとおり、膝立ちになって助手席のウィンドウから身を乗り出した。ダービーは思わず、急ブレーキをかけたときに少女が衝突実験用のダミー人形みたいに飛び出してしまうところを想像した。そんなことになったら、つらすぎて彼女の両親に説明できそうにない。

「それとシートベルトを締めて」とつけくわえた。「お願い」

「なんで？」

「法律でそう決まってるから」

「車をおりて逃げなきゃいけなくなったらどうするの？」

「そのときは――んもう。そのときになったらはずせばいいの」

「おねえちゃんだってしめてない――」

「いいかげんにしなさい」ダービーはうんざりしたように薄笑いを浮かべ、怒ったお父さんみたいな声を出した。「言うことを聞かないなら、ここでUターンするわよ」

　ジェイはかちりと金属的な音をさせてシートベルトを締め、ダービーの頭のすぐうしろのシートを指さした。「もうちょっとでうたれるところだったね」

　ポニーテールのうしろのヘッドレストに手をやった。たしかに、弾が抜けたところがいびつな穴になっていて、海綿状の黄色い詰め物がはみ出ている。ラーズが放った銃弾は頭のわずか一インチ上を通り、頭皮をかすめるようにしてフロントガラスから出ていったのだ。助かったのはまぐれ以外のなにものでもない。ダービーは声を押し殺して笑った。「身長が五フィート二インチしかなくてよかった」

「うん、よかった」ジェイは言った。「あたし、おねえちゃんのことが好きになったみたい」

　ダービーはサンディのトラックをハイウェイの方向に向け、往来のない目の前の道路に合流した。通常の交通状況だったら自殺行為にひとしい運転だ。いつもの癖で右折のウィンカーを出したあとで、自分のばかさかげんに思わず笑った。両手がまだ震えている。車内が尋常でない静けさに包まれ、ダービーは沈黙を破ろうと咳払いをした。「で……サンディはあんたのスクールバスの運転手なんだね」

「たしか、ミセス・シェファーって名前」

「やさしい人？」

「あたしをゆうかいしたんだよ」

「それはべつにして」

「よくわかんない」ジェイは肩をすくめた。「だれかのかわりだっただけだから。あんまりよくおぼえてない」

でも、向こうはあんたを覚えてた、とダービーは心のなかでつぶやいた。向こうはあんたのことも、あんたが住む豪邸も、あんたのリッチでエリートな両親の日々のスケジュールも覚えてた。スクールバスの運転手は誘拐計画の偵察役としてうってつけで、おそらくアシュリーとラーズは汚れ役の担当だったんだろう。でも、どうしてサンディはわざわざあんな場所で、ビーバスとバットヘッドと直接顔を合わせるリスクをおかしたんだろう。州ふたつ分も離れた、へんぴな場所にある休憩所なんかで。

目の前にのびる雪のハイウェイに目をこらした。体の隅々まで血が通ってくるのを感じ、ウィンドウから吹きこむ凍てつく風に体が縮みあがる。ようやく、ここにいたるまでのブラックなユーモアが彼女なりにわかりはじめた。はからずも誘拐犯を二度までも信用してしまった。武器に使うつもりだった熱湯のサーバーなんか傑作だ。ジェイバードにかけられたおかげで、顔がいまも軽いやけどでひりひりしている。計画どおりに進んだものなどひとつもない。こらえようとしても歯がガチガチ鳴ってしまう。「これだけは言っておくわよ、ジェイ。次に誰か知ってる人がいたら……たとえば、最初に目についたコロラド州の警察官が、サンディエゴでかかってる歯医者さんに似てたら、絶対に教えて。いい？」

「あたしがかかってる歯医者さんはＬＡの人だけど」

「ロサンゼルス？」

「うん」

「飛行機で歯医者さんに通ってるの？」

ジェイは顔をしかめた。「たまにだけど」

「冗談じゃなく？」

「だって……パパとママがいい先生だからって――」

「それはわかるけど。あんたの両親って、グーグルを発明したの？」

「いじわる言わないで」

ダービーはにやりと笑った。「いまからあんたを誘拐するってのも悪くないね」

「いいと思う」ジェイもにやりと笑った。「おねえちゃんはぬすんだトラックにのってるし――」

脳が振動するほどのいきおいで車がとまった。

全世界が碇をおろしたかのようだった。トラックが深い雪だまりに頭から突っこんだ結果、ヘッドライトがもぐりこんで真っ暗になり、二トンもの車両が急停止したのだ。空の〈ゲータレード〉のボトルがコンソールボックスから飛び出した。散らばっていたガラスの破片が上下に跳ねた。ダービーは顎をハンドルにぶつけ、舌を嚙み、一瞬にしてふたりはふたたび立ち往生し、ふたたび身動きがとれなくなり、幸福感が一転し、歯茎からの出血のような、苦くて金くさいものになった。

ああ、なんてこと。
こんなのありえない――
ジェイがこっちを見た。「シートベルトをしめろって言ってくれてよかった」

午前三時四十五分

「ああ、もう」

ダービーは車をバックさせようとした。もう一度ためす。アクセルを何度も何度も踏みこんだ。だめだ。タイヤは空まわりするばかりで、しまいには車内にゴムの焦げたにおいがただよいはじめた。

トラックは州道七号線の北行きのいちばん右側の車線、青いパーキングエリアの標識の少し先で南に向かってとまっていた。首をのばし、こなごなに砕けたリアウィンドウごしにうしろを確認した——ざっと見たところ、ハイウェイに入って走行したのは五十フィート足らずだろう。ワナパニ・ビジターセンターからも、せいぜい四分の一マイルほど。ぎざぎざしたダグラスモミの林の向こうに、パーキングエリアのオレンジ色の光が見える。これで兄弟が車のキーを見つけるかどうかはどうでもよくなった。アシュリーとラーズが歩いてこられる距離にいるのだから。

「もう最低」ダービーはハンドルを叩いたが、うっかりクラクションを鳴らしてしまった。

ジェイもうしろを振り返った。「あいつら、あたしたちをつかまえにくる?」

ええ、来るわよ。絶対に――

「ううん」ダービーは言った。「かなり遠くまで来てるから。でも、外に出ちゃだめ」ダービーはガラスの破片をまき散らしながら運転席のドアをあけ、深く積もった雪のなかに滑りおりた。一気に老けこんだ気がすると同時に、疲れてへとへとだった。あいかわらず目は催涙スプレーがしみて痛い。

「なにをするの？」

「車を雪から出すの」ダービーはフォードのフロントバンパーをまわりこみ、半分埋もれたヘッドライトに目をすぼめた。大きな雪の吹きだまりを目にしたとたん、胃が沈むような思いがした。生コンのようにみっしりとしたそれは百ポンド、いや、ひょっとしたらもっとあるかもしれない。

見ただけでへなへなと膝から崩れ落ちそうになる。とてつもない大きさだ。

と同時に、ダービーの目が割れたフロントガラスの奥にいる、いつアジソン病の発作を起こしてもおかしくない少女の姿をとらえた。不安によって起動する時限爆弾はあとちょっとで発作、あるいは昏睡状態、あるいは最悪の事態を引き起こす。

そこでダービーは痛む膝をついて、雪かきを始めた。

「てつだおうか？」ジェイが訊いた。

「大丈夫。あんたは体を動かしちゃだめだから。わたしの携帯電話をちゃんと見張ってて。一本でもアンテナが立ったら教えてよ」彼女はもろい雪の塊を持ちあげ、わきに積んだ。手袋をはめていない手が寒さでじんじん痛む。

七マイル、と下り坂を見ながら胸のうちでつぶやいた。

Vの字に折れ曲がったセミトレーラーがとまっている現場まで七マイル。たったそれだけだったのに。初期対応で出動した関係者が殺到し、照明があふれ、人々があわただしく動いている現場を想像した。警察車両のライトバーの赤と青の点滅。反射素材のジャケットを着こんだ道路整備の作業員。喉にチューブを挿入する救急隊員。ストレッチャーで運び出される意識が朦朧とした負傷者。

そういうことが、この真っ暗な道路をわずか七マイル行ったところでおこなわれている。

七マイル。

州道七号線は雪だまりに衝突したこのあたりが高くなっていて、つづら折り道路の頂上になっている。針葉樹はまばらで、ごつごつとした岩肌がそそり立っている。昼間、それもすっきりと晴れていれば、みごとな山の眺望がひらけるのかもしれない。けれども、いまは単にバックボーン山道が通っているだけで、しかも携帯電話の電波をキャッチできる可能性はほとんどない。アシュリーに教わった悪夢の子どもたちの像なんかどうだっていい。いま思えば、あれも彼のうそだったにちがいない。バッテリーを無駄に消費させようという、腹黒い策略だったのだ。

またも強風がふもとから吹きあげてきて、木の枝がきしみ、袖を引っ張った。舞いあげられた粉雪が地面を這う姿は、まるで通り過ぎる幽霊のようだ。

「ねえ、ジェイ」ダービーは雪かきで息をはずませながら、気味の悪い静けさを破ろうとした。明るくてゆったりした雰囲気を保とうとした。「大人に……大人になったらなにになりたいの？」

「教えない」

「どうして？」

「またからかわれるもん」

ダービーはフォードのヘッドライトから顔をのぞかせ、アシュリーとラーズが近づいてこないか、パーキングエリアの出口車線をうかがった。まだ、ふたりの姿はない。「いいじゃない、ジェイ。あんたはわたしに借りがあるんだから。あんたの代わりに催涙スプレーを顔に受けてやったんだよ」

「あたしをねらったんじゃないもん。おねえちゃんをねらったんだよ」

「言いたいことはわかってるくせに――」

「こせいぶつがくしゃ」少女は答えた。

「なに学者？」

「こせいぶつがくしゃ」

「それって……恐竜の化石とか探す人？」

「うん」ジェイは言った。「そういうことを古生物学者はやるの」

けれどもダービーは聞いていなかった。トラックのタイヤが妙にべこべこなのに気づき、血が凍るほどの衝撃を受けたからだ。腕いっぱいの雪をどけてみると、タイヤのサイドウォールからスチールでできた円形のものが突き出ていた。釘の頭だ。音も聞こえる——かすかな、爬虫類の威嚇音のようなしゅーしゅーという音。空気が漏れている。

這うようにしてもう片方のタイヤを確認しにいった。そっちもトレッドに二本、釘が刺さっていた。

まずい。アシュリーはちゃんと万が一にそなえてたんだ。

雪にパンチを見舞った。「あいつめ」

わたしたちがどれかに乗って逃げる可能性を考え、全部の車を走れなくしたんだ——でも、それだと筋が通らない——どうしてサンディのトラックのタイヤにも釘を刺さなきゃいけなかったんだろう？　だって、彼女も誘拐計画にかかわってるんでしょ？　わざわざここで、凍てつくロッキー山脈の山中で、落ち合う手はずをつけたのに。

ジェイがドアから顔を出した。「いまのはなあに？」

「なんでもない」ダービーはサンディのトラックの前に駆け戻り、ペースをあげて雪かきを再開した。心臓があばら骨を叩くほど激しく鼓動するのを感じながらも、必死で冷静をよそおった。「ジェイバード、だったら教えて。あんたが……あんたがいちばん好きな恐竜はなんていうの？」

「ぜんぶ好き」

「そうだね、でも、いちばん好きなのがいるでしょ。T・レックス？　ラプトル？　トリケラトプス?」

「エウストレプトスポンディルス」

「ど……どんな恐竜かさっぱりわかんないよ」

「だから好きなんだもん」

「くわしく教えてくれるかな」ダービーは会話をつづけるためだけにそう言った。腕いっぱいの雪をすくいあげながら、頭のなかは切迫した考えが渦巻いていた。あいつが追ってくる。すぐに追いつかれるし、あいつはネイルガンを持っている――

「肉食なの」少女は言った。「うしろのあし二本で歩くの。ジュラ紀のきょうりゅうで、手にはゆびが三本ずつついてて、ラプトルみたいな形をしてて――」

「だったら、ラプトルって答えればいいのに」

「ちがうもん。エウストレプトスポンディルスだもん」

「なんだかへなちょこな名前」

「スペルもわかんないくせに」ジェイはそこで口をつぐんだ。「あれ。けーたいのでんぱが――」

ダービーははじかれたように立ちあがり、助手席側のドアに駆け寄ると、割れたウィンドウから手を入れ、ジェイの手からiPhoneをひったくるようにして取りあげた。自分の目で見るまでは信じられなかった――アンテナが一本だけ立っていた。それが切迫したように点滅している。「雪かきを交代して」

「バッテリーは一パーセントしか――」

「わかってる」

ドアがきしみながらあき、またガラスがまき散らされ、ジェイが飛びおりた。ダービーは赤くなった手で電話を持ち、親指で911を押した――が、手のなかで電話が振動したのでびっくりした。タッチスクリーン上に新しいメッセージが表示された。画面をスワイプして先に進もうとしたけれど、送信者の番号を見て思いとどまった。

911。

彼女が送ったメールへの返信だ。何時間も前に送ろうとしたメールが、いまになって自動送信されたようだ。**児童誘拐、灰色のバン、ナンバーはVBH9045、州道七号線、ワナパのパーキングエリア、警察の出動求む。**

それに対する返事は？

安全な場所に移動せよ。警官がETA30で到着する。

ダービーはあやうく電話を落としそうになった。ETAとは到着予想時間の略。30とは三十分という意味よね？　三十時間とか三十日なんてことは――

三十分だ。

「使える？」ジェイが雪かきで息を切らしながら訊いた。

ダービーは信じられない思いだった。まるで幻覚を見ているようだ。夢のようにぱっと散ってしまうのでは、と思いながらまばたきしてみたけれど、メールの文字は消えずにちゃんとあり、感覚のなくなった手のなかで震えていた。ダービーからのメールは午前三時五十六分に無事に送信されていた。９１１の通信指令係からの返信を受信したのが三時五十八分。ほんの数分前だ。

神様、感謝します。あと三十分すれば警察が来てくれる――

大きく吸いこんだ息で胸がふくらんだ。なんとなく不安な気もする。疑問もある。山ほど。まずは、このメールの内容とコロラド州運輸局の除雪車の出動状況との整合性はどうなっているのか――除雪車も三十分で到着するということ？　そっちが先に着く？　それとも両方――警察と道路整備の作業員――が隊列を組んでバックボーン山道を猛然と向かってきてる？　わからなかったし、正直なところ、それはどっちでもいい。警官が到着してアシュリー・ガーヴァーのにやけた顔を撃ってくれるのなら。

「ああ、ジェイ」ダービーはかすれた声で言った。「いますぐあんたにキスしたいよ――」

少女はとがった声を出した。「ダービー、やめて」

「え、なに？」

ジェイはフォードのヘッドライトの湾曲した光を浴びながら、ダービーのほうを向いていた。小さな肩に雪が積もり、見ているこっちが不安になるほど動かない。

ダービーは声がうわずらないようつとめた。「ジェイ、わけがわからないんだけど――」

「動いちゃだめ」

「だから、なんなのよ？」

ジェイはかすれた声で言った。「うしろにあいつがいる」

　ダービーが振り返ったとき、アシュリーはパスロードの引き金に指をかけ、後頭部に十六ペニーの釘をお見舞いしようとしているところだった。

　くるりと向きを変えたときに鳶色の前髪が頬骨からふわりと浮き、目が彼のところでとまった。わずかな月明かりを受けた肌はマシュマロのようにやわらかそうだ。例の白い傷痕がいまもくっきり見えている――眉をしかめてもいないし、ほほえんでもいないのに。まるで成功をおさめた女優のようで、映画監督の目でつくりあげられた控えめなあでやかさをそなえ、映画『007カジノ・ロワイヤル』でダニエル・クレイグを出迎えたエヴァ・グリーンを思わせる。

　くるりと振り向いただけなのに。

　だが、いやはや、みごとな振り向き方だ。

　ジャケットとジーンズという恰好でも、なまめかしい体のラインがくっきりとわかる。肩。尻。胸。いまこの瞬間の、息をのむほどの美しさを写し取り、永遠に手もとに置ければどんなにいいか。あらゆる真の芸術と同じで、最初のうちはどう感じればいいかわからなくても、いずれは自分の感じたものの正体がわかる。彼には正体を突きとめたいものがたくさんある。できれば、〝欲情〟のような単純なものであってほしい。というのも、欲情ならばポルノ動画サイトで充分満足させられるから――けれども、あの汚いトイレで彼女にキスをしたときから、ダービーに対する気持ちはそれよりも複雑でややこしいものになっていた。

「やあ、ダーブズ」彼は無理にほほえんだ。「長い夜になったね」

彼女は黙っていた。

目には恐怖の色ひとつ浮かんでいない。動揺すらしていなかった。

彼女は彼を値踏みするように上から下までながめまわしたが、目の前のコロラド大学ボールダー校に籍を置く赤毛の娘は、何時間も前からこうしてふたたび相まみえることを予期していて、緊急時の対応まで準備していたのかとまで思ってしまう。もちろん、そんなことはありえない。今夜は純然たる偶然と予想外の出来事が入り乱れ、まったく骨が折れた。アシュリーほどの〝魔術師〟ですら、常に状況を把握するのが不可能だった。

それでも、アシュリーは心のなかで考えていた。振り向かないでほしかったな。

おかげで仕事がやりにくくなった。

彼はコードレスのネイルガンをかまえた。パスロードの発射口を左のてのひらに押し当て、安全装置を解除し、二段引きのトリガーを絞り、ダービーの左目を慎重にねらい――

ダービーは顔色ひとつ変えなかった。「そんなことをしたら取り返しのつかないことになるわよ」

「はあ？」

「わたしを殺さないほうがいいと思うけど」

「ふうん。それはいったいどうして？」

「あんたのキーホルダーを隠したから」ダービーは言った。「あんたのアストロのキーがどこにあるか、わたしは知ってる。いまここで殺したら、あんたには絶対に見つけられない。サンディのトラックはここで動けなくなってるし、わたしのホンダのタイヤにも釘を打ちこんだんでしょうから、ここから動けなくなるわよ。あんたと弟が、今夜、パーキングエリアをあとにするには、あのバンを使うしかないんじゃない？」

沈黙。

ダービーはスピーチを終えたあとの決めポーズのように、両手をあげた。

そのとき、サンディのトラックのフロントから、アシュリーの耳にキーキーという妙な音が聞こえた。これまで聞いたことのない音だ。

ジェイの笑い声だった。

午前四時五分

三十分。

三十分。

あと三十分、耐え抜けば、警察が到着する。

パーキングエリアまで歩いて戻る途中、それらの言葉が頭のなかで繰り返された。アシュリーの指示でダービーとジェイは、うしろからネイルガンを突きつけられながら歩いた。iPhoneは奪われていた。

911からのメールを削除する間もなく、ひったくるようにして取りあげられた。いま彼は次々とスワイプしている。画面が雪を蛍光ブルーに染めるなか、ダービーはアシュリーがあの事実——警察がいまにも到着するという事実を知ったら破滅的な反応を示すのではないかと、ひそかに身がまえていた。

けれども何事も起こらなかった。三人は黙々と歩きつづけた。彼がネイルガンを握り直してiPhoneをスクロールしながら舌なめずりする音が聞こえ、ダービーは気がついた——メールを読んでるんじゃない。

ダービーが警察にメールを送った可能性は頭をかすめてもいないのだ。911に電話がつながったかどうか、通話履歴を調べているだけだ。もちろん、それは九時から十時にかけて、何十回とためした。彼は履歴をスクロールして、タイムスタンプを調べていた。「通話失敗」彼は口に出して読んだ。「通話失敗。通話失敗。通話失敗――」わかってないいんだから。ダービーは笑いだしたくなったけれど、そうするわけにはいかなかった。

その手のなかにあるのに。

「よし、よし」アシュリーはほっとしたような声を出した。

ダービーはジェイの怪我をしていないほうの手をぎゅっと握り、小声で言った。「怖がらなくていいよ。あいつだってわたしを殺すわけにはいかないの。だって、車のキーのありかを知ってるのはわたしなんだから」

「そのとおりだよ、ダーブズ」アシュリーが割って入った。「それでも、痛めつけることはできる」

ふうん、そう？　ダービーはそう言い返してやりたかった。あと三十分しかないのよ、このばか。

三十分というのが、通信指令係の当てずっぽうではなく、警察がここに到着する現実的な予測であってほしいと、ダービーは切に願った。セミトレーラーがVの字に折れ曲がって道をふさぎ、雪嵐が吹き荒れている状況だから、暖かい保安官事務所内の緊急指令室からではわからない障害がいろいろあるだろう。実際には三十分じゃなく、四十分だったら？　一時間？　二時間？

アシュリーは先を行くダービーのボディチェックをした。ネイルガンを背中に突きつけつつ、前とうしろのポケットをまさぐった。彼女の脚も。フードつきパーカの袖も。「いちおう確認しないとね」彼の息がうなじにかかった。

彼は車のキーがないか確認しているのだ。

わたしがいま殺されずにすんでいるのは、あのキーホルダーのおかげだ。いまごろキーはトイレの窓のすぐ外に積もった雪に埋もれていることだろう。そこへ一度にひと片ずつ雪が舞い降り、ゆっくりと見えなくなっていく。

「いまここで、キーホルダーをどうしたのか教えてくれよ」彼はささやいた。「そのほうがどっちにとってもずっと楽になるよ」

しばらく、ダービーはその言葉の意味がはっきりとはわからなかった。けれども深い水底から大きな物体が現われ、はっきりとした形をとるように、少しずつわかりはじめた。

確実だ。キーホルダーのありかを白状するまで、アシュリーはわたしを拷問するつもりでいる。それはもうビジターセンターに戻ったら、イエローカードかレッドカード、あるいはもっとむごい仕打ちをするだろう。そして、白状したらすぐに殺す。心臓が、捕らわれた動物のように胸のなかで跳ねまわる。逃げようかとも思ったけれど、背中をネイルガンで撃たれればおしまいだ。抵抗をこころみたところで彼のほうがはるかに強い。

パーキングエリアがぐんぐん近づき、月明かりのなかの姿がしだいにくっきりとしてきた。スノードームのなかの模型のように、異様なほどのどかに見える。車が見えた――アシュリーたちのアストロ、自分のホンダ、アシュリーの車と勘違いした雪に埋もれたごみ容器。針のように立つ凍てついた旗ざお。悪夢の子どもたちと題されたブロンズ像。そして、吹きつける雪に半分埋もれ、明かりが消え、窓にバリケードが築かれたワナパニ・ビジターセンターが闇のなかから現われた。

その名の意味するところは、大きな悪魔。

そのとき、アシュリーに向きを変えさせられ――「曲がって、曲がって」――三人は歩道を通って駐車場から玄関へと移動した。最後の五十フィート。

すでにジェイの命は救った、とダービーは自分に言い聞かせた。警察への通報もすんでいる。警察は銃を持っている。アシュリーとラーズのことは彼らにまかせればいい。

あとはなんとかして生きのびることだ。

施設への長い帰路は十分、もしかしたら十五分はかかっている。だからすでに半分は過ぎた。

あと十五分だけ。

建物が近づくにつれ、ダービーは気がついた――もう自分が怯えていないことに。むしろ、奇妙な興奮に酔って、意気揚々とした気分だった。発砲され、催涙スプレーを浴びせられ、ジップロックの袋で窒息させられかけたけど、アシュリーとラーズ――おまけにサンディも

——からあれだけの仕打ちを受けながら、ゴキブリのごとく生きのびた。不利な状況にもかかわらず、ダービーはいまも戦いから離脱していない。これはわたし個人の戦いだ。アシュリーとの八時間にわたる心理戦も、今夜の駆け引きも勝ち負けも。そしてこれから、わたしは残酷なチェックメイトと対峙しなくてはならない。その瞬間に居合わせ、最初の警察車両が赤と青の光を点滅させながら近づいてきたときにアシュリーの顔に驚愕の表情が浮かぶのをこの目で見てやりたい。そう思うと、自分でもうまく表現できないけれど、意地の悪い興奮をおぼえた。

わたしを痛い目に遭わせればいい。徹底的にいたぶればいい。あと十五分間は好きにさせてやる。でもそのあとは？

こっちが好きにする番。

あんたには想像もつかないような——

「ねえ」アシュリーが足をとめた。「きみに……ハイウェイを歩いているあいだにきみにメールが届いたよ」

ふたたび青い光が灯った。アシュリーは彼女の携帯電話にまた目をこらした。

ダービーはうろたえた。911がふたつめのメールを送って寄こしたにちがいない。当然だ。善意の通信指令係には、ダービー自身が拘束されているのか、携帯電話が犯人の手のなかにあるのか、わかりようがないのだから。

「送ってきたのは……」アシュリーは目を細くした。「デヴォン……って名前の人」

そう言うとアシュリーはひびの入ったiPhoneをダービーに差し出した。目の焦点が合ったとたん、わずかながら残っていたダービーの世界が崩壊した。

そのときが来てしまった。ママが死んだ。

「おおっと」アシュリーが言った。「これはなんともいたたまれないね」

次の瞬間、彼はiPhoneを叩き割った。「ほら、足をとめないで」

玄関のドアが銃声のような音をたてて閉まった。

ジェイはエドを見るなり悲鳴をあげた。アシュリーは真っ白な歯を見せてにやりと笑い、少女の襟首をつかんで無理やりエドのほうを向かせた。「いかしてるだろ？」

エド・シェファーは、〈カーハート〉のワークシャツの前をどす黒い血でぬらぬらさせ、コロラドの地図の下に力なくすわりこんでいた。三人が入っていくと彼は顔を上向け、なにか言おうとするように唇を力なく震わせた。

「動いちゃだめだよ、エディ」わきに膝をついたサンディが、無残な状態の顎に医療用ガーゼを巻こうとしていた。ふたのあいた白い救急箱が床に置かれ、中身が散らばっていた。「動いちゃだめだってば。手当てしてるんだから――」

彼女の震える手の上から、エドの目がダービーにさっと向けられ――一瞬にして誰だかわかった――彼はあらためて口をひらこうとしたものの、ごぼごぼという音を漏らすのが精一杯だった。ヘビのような形をした塊の混じったどろどろの血が、食いしばった歯の隙間からほとばしり、膝にしたたり落ちた。

ジェイが悲鳴をあげ、目をそむけようと身もだえしたが、アシュリーがそれを許さなかった。「よく見るんだ」彼は少女の耳にささやいた。「あれがレッドカードだよ」

奥ではラーズが片手に四五口径、もう片方の手に漂白剤が入った大きな白い瓶を持ち、かかしのように突っ立ってながめている。エドの押し殺した悲鳴が閉鎖空間で頂点に達した。

これほどまでにおぞましい光景も、ダービーにはほとんど効果がなかった。

彼女はその場にいなかった。本当の意味では、いなかった。心はどこかべつのところにいたし、世界は油にまみれてつかみにくくなっていた。コールドスーツに覆われたように体温がさがり、心臓の鼓動と呼吸は遅くなって、ゆっくりとした機械的なリズムを刻んでいる。小さな生き物、おそらくは真に本当の自分が、頭のなかでレバーを引いたり、カメラが送ってくる映像を見たりしているところを想像した。以前、映画——『メン・イン・ブラック』——でそういうシーンを見たことがある。何年も前、母と地下室のソファにすわり、ふたりで一枚のスヌーピー柄の毛布をかけて、DVDで観たのだった。ウィル・スミスっていいわよね、と母が桃のような香りのする飲み物をちびちびやりながら言った。ああいう人に助けに来てもらいたいわ。

その母はもうこの世にいない、とダービーはあらためて思った。

マヤー・ソーンの肉体はユタ州プロヴォの病院にあるけれど、ダービーの頭のなかにいた小さな母は永遠にいなくなってしまった。

するとアシュリーが右手をつかみ、デートに出かけるティーンエイジャーみたいに氷のような指をからめてきた。そのまま先へと進ませた。エドとサンディの前を通りすぎ、石造りのカウンターの前を通りすぎ、コーヒーマシンの前を通りすぎた。ダービーはどこに連れていかれるのか見当もつかなかったし、そもそもどうでもよかった。右足だけ赤い足跡をつけているのがぼんやりながらもわかった——エドの血がたまったところを知らず知らずのうちに踏んでいたのだ。とにかくすべて終わってほしかった。

お願いだから早く終わって。

首をひねり、壁にかかった古いガーフィールドの時計を振り返った。午前五時十九分を示している。一時間引いて冬時間に換算した。

答えは午前四時十九分。

911からのメールを受信したのが午前三時五十八分。ここまで引き返すのに要した時間は二十一分。それを三十から引けば、警察の到着まであと九分ということになる。九分なんてすぐだ。

あと九分、耐える。

それだけでいい。

アシュリーが唐突にダービーをとめさせた——清掃用具を入れる収納庫の前まで来ていた。彼女が鍵をあけたときのまま、ドアが半びらきになっている。今度はそっと、スローテンポのタンゴをふらふら踊るみたいに方向転換させられ、奥の壁に押しつけられた。

「そこにすわって」彼は言った。

ダービーはすわらなかった。

「頼むからすわれよ」

首を横に振ると、涙が床を叩いた。鼻の奥がつんと痛む。

「どうしてもすわらないつもり？」

ダービーはまたも首を横に振った。

「疲れてない？」

もちろん、くたびれ果てている。神経はぼろぼろだし、筋肉はたるみ切っている。思考はぼやけている。それでもなぜか、いまここで腰をおろしたら、もう終わりという気がした。力が尽きてしまいそうだった。二度と立ちあがれないだろう。

一瞬、しゃべってしまおうか、喉もとまで出かかっていることをぶちまけてしまおうかという考えが頭をよぎった。アシュリー、あんたのキーは男性トイレの窓から投げた。建物からほんの十フィート、あるいは二十フィート離れた雪の上に落ちたはず。

さあ、これで好きに殺せばいい。わたしはもう一巻の終わり。

向こうの部屋でジェイが泣いていた。イタチ顔が彼女のわきに膝をついて、おとなしくさせようとしている。「エドを見ちゃだめだ。あいつを見ちゃだめだ、わかった？　あいつのことなら心配いらない――」

サンディに顎にべつの包帯を巻いてもらいながら、エドはもう一度、痛みに耐えながら息を吸いこんだが、次の瞬間、口から湿っぽいげっぷのような、奇妙な音が漏れた。真っ白なガーゼが赤く染まった。

「あいつは大丈夫だよ、ジェイバード。そうだ、サークルタイムでもしようか？」

「きっとあたしたち全員……」サンディがため息をつき、ズボンについたエドの血をぬぐった。「残りの人生をずっと刑務所で過ごすことになるよ。わかってるんだろうね？」

アシュリーは相手にしなかった。サンディから見える彼は黒い影で、それが上から見おろすようにダービーをながめている。彼女の手をつかみ、半びらきの収納庫から逃げられないようにしている。そして、彼女の全身をなめまわすように見ていた。

ダービーはうつむいて、床を、氷で傷んで泥と血で茶色くなったサイズ8のコンバースに目をこらしている。十日前は箱入りの新品だった靴。

「あのさ……」アシュリーは咳払いした。「お母さんとは仲良かったの？」

ダービーは首を横に振った。

「良くなかったんだ」

「あんまり」

彼は顔をぐっと近づけた。「どうして？」

ダービーは答えなかった。つかまれた手首を振りほどこうとしたが、彼はもう一方の手でネイルガンを彼女の腹に押しつけ、やんわりと仕返しした。指を引き金にかけている。ネイルガンの色のせいか——どぎついまでのオレンジ色——ばかでかい子どものおもちゃにしか見えない。

　彼は熱い吐息でうなじをくすぐりながらさっきの質問を繰り返した。「どうしてなんだ、ダーブズ?」

「わたしが……わたしが悪い娘だったせい」ダービーは声を震わせたが、すぐに気持ちを落ち着かせた。それから、堤防が決壊するように、一気にまくしたてた。「わたしはいい気になってた。ママをいいように利用してた。ひどい言葉を投げつけもした。一度、靴ひもを使ってママの車を盗んだこともある。行き先も誰と一緒かも言わずに、何日もほっつき歩いたこともよくあった。わたしのせいでママはガンになったのかもしれない。大学に進学して家を出たときだって、さよならも言わなかった。ホンダに乗りこんで、ボールダーまでやってきた。出がけに、戸棚からママのジンを盗んだりもした」

　寮の部屋でそれを飲んだときのことを覚えている。他人の墓石の拓本だらけの部屋で飲むそれは、喉をちりちりと灼いた。

　アシュリーはうなずき、ダービーの髪のにおいを嗅いだ。「残念だったね」

「そんなこと思ってもいないくせに」

「思ってるさ」

「うそつき――」

「うそじゃないって。お母さんを亡くしたこと、心から気の毒だと思ってる」

「わたしだったらそんな気持ちになんかならない」ダービーは食いしばった歯のあいだから

つぶやいた。「死んだのがあんたのママなら」

また涙があふれ、ひりひりしている目にしみてきたけれど、ダービーは必死でこらえた。いま泣くわけにはいかない。泣くのはあとだ。もっとずっとあと。警察がドアを蹴りあけ、アシュリーとラーズに銃弾を浴びせてから。サンディが手錠をかけられ、ダービーとジェイが無事に救急車に乗せられ、ウールの毛布を肩にかけられてから。そうしたら、そうしたらはじめて、ちゃんと悲しむことができる。

アシュリーは眉を寄せた。「靴ひもでどうやって車を盗んだの?」

ダービーは答えなかった。たいした話じゃない。母のスバルはそれ以前に一度侵入されたことがあって、間抜けな泥棒がエンジンをかけようとしてねじまわしでイグニッションを壊してしまったのだ。だから、キーは二個必要だった——ドアをあけるキーとエンジンをかけるキーと。ダービーは片方は手に入れたけれど、もうひとつは手に入れていなかった。

この不良娘。午前三時に自分のスバルがドライブウェイに入ってくるのを見ながら、母はポーチからののしった。

この不良娘。

「で……」アシュリーは話をまとめにかかった。「その方法でぼくらのバンに侵入したんだね、え?」

ダービーはうなずき、またひと粒、涙が床に落ちた。

「ふうん。じゃあ、今夜はこうなる運命だったたってわけだ」彼はまたにやりとした。「ぼくは昔から、物事は起こるべくして起こると思ってる。それが気休めになるかどうかはわからないけど」

ならなかった。

死によって人は一個の人間から頭のなかの存在へと変わるとされる。けれどもダービーにとって、母は昔から頭のなかの存在だった。プロヴォにある、寝室がふた部屋しかない狭苦しい家で十八年も一緒に暮らし、同じテレビ番組を観て、同じソファにすわっていたけれど、マヤ・ソーンのことは本当の意味でわからずじまいだった。ひとりの人間としては。ダービーが存在しなかったら、どんな人間になっていたかはもちろんのこと。彼女が本当にただ風邪を引いただけだったら。

ああ、ママ、ごめんなさい。

ダービーは取り乱しかけた。でもこらえなくては──この男の目の前では。だから、その気持ちはこぶ結びにした濡れタオルのように、胸につかえることになった。

あれもこれも本当にごめんなさい──

アシュリーがまた長々とダービーをながめた。そしてまたも、物思いにふけるように息を吐いた。彼の汗が強烈なにおいを放っている。うまく言えないことをどう表現しようか迷っているように、唇の奥で舌を動かす音が聞こえてきた。ようやく口をひらいたものの、ダービーには正体のわからないなんらかの感情がこみあげてきたのか、声がちがっていた。「きみが恋人だったらよかったよ、ダービー」

彼女は黙っていた。

「本当に心からそう思う。きみとぼくが……まったくべつの状況で出会っていればと。いまの、こういうぼくは本当のぼくじゃない。わかるよね？　ぼくは悪い人間じゃない。前科はひとつもない。今夜まで、人を傷つけたことなんか一度もなかった。酒は飲まないし煙草も吸わない。ごく普通の事業主にすぎないのに、たまたまかかわったことがひどいことになっただけだし、いまだって弟を守るために事態を収拾しようとしてるだけだ。わかるよね？　それにはきみが邪魔なんだ。そういうわけで、最悪の事態になる前にもう一度尋ねるよ――ぼくのキーをどこにやった？」

ダービーはけわしい目でにらみ返し、要求に応じなかった。

アシュリーの肩の向こうに壁時計が見えた。アニメのキャラクターがついた時計。オレンジ色のガーフィールドはあいかわらずピンク色のアーリーンにバラの花束を捧げている。ダービーはぼんやりかすんだ目で分針を見つめた――あと少しで垂直になるというところまで来ている。午前四時二十二分。

警官が到着するまであと五分。

「あたしの話をちゃんと聞いてる、アシュリー？」サンディが立ちあがった。「あんた、頭がどうかしちゃったんじゃないの？　キーがあろうがなかろうが、もうおわりだよ。あたしたちは全員刑務所行きなんだ」

「そんなことにはならない」

「なんでそんなことが言えるのさ」

アシュリーは答えなかった。彼の黒いシルエットがダービーのほうを向き、手首を握る手に変化が生じた。指がひんやりしたタコの触手のように肌を這ったかと思うと、さらに力をこめて握りなおした。

サンディが大声を出した。それから彼女の手を壁伝いに滑らせるようにして持ちあげた。

ダービーは首をのばして見た――「その子になにをするつもり？」――右手が収納庫のドアにくっつけるようにして持ちあげられていた。ドアの蝶番のところに。指先を、金色の牙の部分に、古い潤滑油と茶色いさびで汚れた真鍮の部分に押しつける形で。蛍光ブルーに塗った小指の爪が、肉体のなかでももろい部分が、ギロチン台に横たわる小さな頭のように置かれていた。

あと五分。

恐怖に胃が引きつるのを感じながら、アシュリーを振り返った。

いま彼はネイルガンを小脇に抱え、あいているほうの手でドアノブをつかもうと身を乗り出している。「きみは覚えてないかもしれないけど、ダーブズ、ドアの蝶番が怖いというぼくの打ち明け話をからかったよね。覚えてる？　なんて言ったか覚えてる？」

「そう、めめしい、って言ったんだ。そうだろ？」

ダービーは目をつぶり、すべて消えてなくなれと願いながら、目にしみる涙を搾る――

――でも、これは現実なんだ。すべて本当に起こっていて、もうなかったことにはできないし、芸術家としてのわたしの手は、これから無慈悲な金属によってつぶされてしまう。

サンディがひっと息をのんだ。「ばかなことはやめなよ、アシュリー――」

「やめて」ジェイがラーズに逆らいながらせがんだ。「おねがい、そんなこと――」けれどもアシュリー・ガーヴァーの長身の影はまったく聞いていなかった。影が唇をなめながらダービーにぐっと近づくと、腐りかけの肉を思わせる甘ったるい悪臭が鼻を衝いた。

「ほかにどうしようもないんだよ。教えてくれさえすれば、痛い目には遭わせないと約束する。わかるね？　本当だ。ぼくの・キーは・どこだ？」

あと五分――あと五分――あと五分――

ダービーは無理に目を大きくひらき、にじみ出る涙を押し戻し、とめていた息をととのえ、モンスターの緑色の目をにらみ返した。罠に引っかかるわけにはいかない。降参して相手の言うなりになるわけにはいかない。キーホルダーのありかがわかったとたん、彼は絶対に彼女を殺す。ほかに選択肢はない。アシュリー・ガーヴァーは実にいろいろな面を持つ男だけれど、そのなかでも突出しているのが、病的なうそつきという側面だ。

「頼むよ、ダーブズ。教えてくれさえすれば、ぼくだってきみを痛い目に遭わせなくてすむ。教えてくれないと、このドアを力いっぱい閉めるしかなくなるんだ」

彼が膝を曲げて顔をさらに近づけてきたので、その目につらそうな色が浮かんでいるのが見えた。それもすべて演技だ。不死身の怪物ヒドラの頭のひとつにすぎない。この駆け引きもこれまでに目撃したほかの行動と同じで、しばらくかぶっているけれどすぐに脱ぎ捨てる別バージョンのアシュリーにすぎない。パイソンがくしゃくしゃの灰色の皮膚から這い出るのと同じ。

しんと静まりかえった室内で、全員が彼女の答えを待っていた。

息を吸って。五まで数える。息を吐いて。

「教えたところで」ダービーはかすれた声で答えた。「どうせそのドアを乱暴に閉めるんでしょ」

彼の目が暗さを増した。「鋭いね」

そしてドアを閉めた。

午前四時二十六分

途中、ハイウェイ・パトロール隊員のロン・ヒルは誘拐事件の通報の内容を確認しようと通信指令係に二度連絡を入れたが、続報はなかった。氏名不明。状況不明。わかっているのは911にメールで通報された車の特徴（灰色のバン）、ナンバー（VBH9045）、それとおおよその場所だけ。それ以上の連絡はなし。電話もなし。こちらから確認をしようとしたものの、携帯電話の電波が不安定なのと、今夜は記録的な冬の嵐になったせいで、連絡はつかなかった。

物騒な通報はたいてい、最初はいたずら電話のように聞こえるものだ。いたずらのように思える。

パトロールカーはエンジン全開でのぼり坂を黙々と進み、巻きあがった砂と砂利が車の底にぶつかって大きな音をたてていた。本来なら、この標高の道路整備についてコロラド州運輸局は厳しい手順をさだめている――除雪ののち除氷、最後に砂と塩をまく――のだが、優秀なメンバーがこぞってクリスマスイブで休んでいる。それゆえ、時間外手当を払っても、ほとんど作業は進んでいなかった。連中のCB無線を盗み聞きすると、陣形が崩れ、敵の銃撃に身をさらす危険をおかしながら進む海兵隊を表わす、昔の司令官の表現を思い出した。機能不全。

ロンは童顔の三十六歳。グラフィックデザインを学んだものの専業主婦に落ち着いた妻がいて、五歳の息子は大人になったら警官になりたいと言っている。そのせいで妻はロンをよく思っていない。彼は速度違反取締りのさなかに居眠りをして、これまでに二度、叱責を受け、事後報告書の言うところの〝不必要な言葉の暴力〟——ロンはいまでもそれは矛盾した言い方だと思っている——でも一度譴責(けんせき)されている。

今夜、午後七時からの勤務に出る前、クロゼットに妻のスーツケースが置いてあるのに気がついた。

立てて置いてあったが、なかは半分ほどつめてあった。

そんなことを考えていたせいで、雪をかぶった青い標識がハイビームを受けてぎらぎら光っているのをあやうく見逃すところだった。

一マイル先にパーキングエリアあり。

「ねえ」ダービーの顔の前で指の鳴る音がした。「気を失ってたよ」

右手は沸騰する湯に入れられたみたいな感じだった。

最初はちっとも痛くなかった——空気が動く音と、右の鼓膜のすぐそばでドアがいきおいよく閉まる大砲並みの大音量がしただけだった——が、一瞬ののちに痛みが襲った。すさまじいまでの痛みだった。鈍い痛みでありながら鋭い痛みでもあった。精神が肉体から離脱し、この世から離脱した。一瞬、あたりが真っ暗になり、どこでもないところにいたかと思うと、次の瞬間には子ども時代を過ごした小さなプロヴォの家で六歳の自分に戻り、ぎしぎしいう階段を駆けあがって、母のベッドの温かな毛布に潜りこみ、魔女の刻の悪夢から逃れていた。ママがついてるわ、と母はささやき、ナイトスタンドの明かりをつけてくれた。

夢を見ただけよ、ベイビー。

全部、夢のなかのこと。

ママがそばにいてあげる――

やがて、母の寝室はペンキのようににじんで消え、ダービーは蛍光灯に照らされ、饐えたコーヒーのにおいがするコロラドのちっぽけなパーキングエリアに逆戻りした。絶対に抜け出せない地獄のような場所。気を失ったとき、ドアにもたれてうずくまったらしい。喉に酸っぱいものがこみあげていた。怖くて自分の右手が見られない。なにがあったかはわかっている。ドアが閉められ、少なくとも二本の指がそこにはさまれて、無慈悲な真鍮の歯に嚙み砕かれ――

捕まえたぞ、ダービー――

「ダービー、聞こえる？」アシュリーが指を鳴らした。「正気でいてもらわないと困るな」

「アシュリー」サンディが嚙みつくような声で言った。「あんた、まともじゃないよ。頭がどうかしちゃったんじゃ――」

ダービーはまばたきをして涙を払い、勇気をふるって自分の手を見あげた。薬指と小指が蝶番の上、ドアのはさみのような顎のなかに消えていた。吐き気をもよおし、体が小刻みに震えた。あそこでぷっつりと終わっている。もう自分の手とは言えないけれど、でも自分の手に変わりはない。ドアにはさまれた指がどうなっているのかは想像もつかない――皮膚がちぎれ、組織はずたずた、骨は木っ端みじんになっているだろう。腱はちぎれてもつれ、真っ赤なスパゲッティのよう。なぜか、思ったよりも出血は少なかった。ぬらぬらした滴が尾を引くように、ドア枠を伝い落ちているだけだ。

滴がひび割れた木の枠を少しずつ落ちていくのを、ダービーはじっと見つめていた。

「アシュリー」サンディがきつい声を出した。「ねえ、聞いてる?」

ダービーは無事なほうの左手をドアにのばし、つかもうとして二度失敗し、どうにかこうにかかじかんだ手でつかむと、ドアをあけて、叩きつぶされた手を解放し、胸が張り裂けるほど無残な損傷具合をあきらかにしようとした――が、ドアノブはまわらなかった。あのろくでなし野郎は鍵をかけていた。

アシュリーはその鍵をポケットに入れると、ダービーをその場から動けなくしたまま、大股で部屋を横切った。「いいだろう、サンディ。そろそろ本当のことを言う」

「あら、ようやく? いまごろになって?」

「サンディ、とにかく説明させてほしい――」

「ええ、いいわよ」彼女はプラスチックの救急箱を投げつけたが、アシュリーはそれを払い落とした。救急箱は石のカウンターにぶつかった。「あんた、約束したよね、アシュリー。この計画では誰ひとり、痛い思いはしないって――」

アシュリーはサンディにじりじりと近づいた。「打ち明けなきゃいけないことがある」

「へえ？　どんなこと？」

彼は、外科医が悪い知らせを告げるみたいにゆっくりとていねいに話した。「ここで会うことにしたのは、人目の少ない公共の場所で、きみから倉庫の鍵を受け取るためじゃない。それはきみの計画だろ。まあ、そのステロイドの注射とやらを打って、薬がつづくあいだはジェイバードを生かしておいてもいいけれど……」

サンディは血が凍るような恐怖に目を大きく見ひらいた。

「だけどね、ぼくにも計画ってものがあったんだ」彼はさらにじりじりと近づいた。「で、結果的に、きみの計画はぼくの計画のほんの一部になった」

サンディは、アシュリーのひろい肩幅、存在感、天井でちらちらまたたく蛍光灯に体がすくんだのか、さらに一歩あとずさった。

静寂。

「だからさ……」アシュリーは肩をすくめた。「いいかげん逃げ出そうとしてもおかしくないんじゃないかな」

彼女はそうしようとした。

アシュリーはあまりに機敏だった。

彼はダービーもさんざん思い知った、例の強い力でサンディの肘をつかむと、合気道の動きで彼女を床に投げ落とした。靴が片方すっ飛んだ。落ちるときにもう片方の足が自動販売機を蹴ってしまい、ガラスに無数のひびが散ってなかが見えなくなった。アシュリーはすかさず彼女に飛びかかり、うつ伏せにし、背中を膝で押さえこんだ。

エドがよろよろと進み出たが、ラーズに四五口径を向けられた。「だめ。だめだよ」

すでにアシュリーは彼女のお椀のような形の黒髪に両手を差し入れ、頭をがっちりつかみ、膝で背中を押さえつつ、その頭をうしろにぐいと引いた。「あんたさ……サンディ、覚えてないかもしれないけど、今夜、ラーズのことで、あいつの状態のことでものすごくひどいことを言ったよね。十年以上も前、あいつがまだおなかのなかにいるときにぼくらの母親が取った行動がどうとかこうとか。あれってひどくない？　答えろよ、サンディ。ぼくが弟をかわいがってるのは知ってるはずだよね――」

サンディはがっちりつかまれた状態で悲鳴をあげた。

「取り消せよ、サンディ」彼はさらに彼女を仰向かせた。「さっき言ったことを取り消せ」

サンディは大きな声でなにか言ったが、あーとかうーという音しか出てこない。

「もう一度言ってよ。よく聞こえない――」

サンディは息も絶え絶えだった。「と……取り消す――」

「そうか、よしよし。いい態度だ」アシュリーはラーズをちらりと見た。「さてと、わが弟。サンディのいまの謝罪を受け入れるか？」

ラーズは力に酔いしれたようににやりと笑い、首を二度、横に振った。

「お願い。お願いだから――」

アシュリーはサンディの頭を抱え直し、ブーツを肩甲骨のあいだにさらに強くめりこませ（いきおいをつけるためだと、ダービーは察した）、強く引いた。

しばらくすると女の首の骨が折れた。すばやくもなかったし、苦しまなかったとは言いがたく、サンディは息ができなくなるまで叫びつづけた。顔がどす黒い紫色に変わり、目玉が飛び出さんばかりに大きく見ひらかれ、やがてそこから生気が抜け、爪を立て、足をばたつかせた。アシュリーは一度手をとめ、あらためてぐいとつかみ直すと、さらに力をこめ、首との角度が直角になるまでうしろにぐいぐいと頭を引っ張った。やがてサンディの椎骨が湿った音をたててずれた。こぶしをぽきぽき鳴らすような音だった。まだ意識があるとしたら、自分の体からしだいに感覚が失われていく恐怖を味わったことだろう。しんどくて、がさつで、思わず声の出てしまうこの行為は、女があきらかに死んだとわかるまでたっぷり三十秒かかった。

そこでようやくアシュリーは手を離し、首の骨をばらばらにされたサンディは額からタイルにくずおれた。彼は顔を真っ赤にして立ちあがった。

ラーズは傷だらけの手を打ち合わせ、トランプを使った手品を見たかのように、うれしそうにはしゃいでいる。

わたしは人が殺されるのを目撃した、とダービーはぼんやりと考えた。たったいま。はっきりと。サンディ・シェファー――サンディエゴのスクールバスの運転手で、このもつれにもつれた誘拐計画の共犯者――は命を落とした。ひとりの人間の命が、魂が、消えてしまった。ドアの蝶番だろうが、ラーズの胎児性アルコール症候群だろうが――たとえ、ぽろりと口から出てしまっただけでも、アシュリー・ガーヴァーを怒らせるような言葉をひとことでも口にしようものなら、彼は絶対に忘れない。ちゃんと覚えている。そしてあとになって、仇を返す。

「なあ、ラーズ」彼は息をととのえながら、まだ温かい女の体を示した。「おもしろい話を聞かせようか。いまとなってはもうどうでもいいんだけどさ、この熱心な信者さんが自分の分け前をなにに使うつもりだったか知ってるか？」

「さあ」

「女のためのシェルターだってさ。カリフォルニアじゅうにあるDVを受けた女のためのシェルターに百万単位の寄付をするつもりだったんだ。マザー・テレサ気取りでね。信じられるか？」

ラーズはくぐもった声で笑った。

ダービーはガーフィールドの時計を見あげたけれど、ワセリンのように粘ついた涙で視界がぼやけていた。警察が到着するまであと三分？　それとも二分？　わからなかった。頭のなかで何枚ものカミソリの刃がぐるぐるまわっている。もう一度目を閉じて、六歳のときに逆戻りできればいいのにと切に願った。ハイスクールに進学する以前、スミルノフ・アイスと夜間の外出禁止とマリファナクッキーと避妊薬のデポ・プロヴェラを知る以前、いろんなことが複雑になる以前に、うなされているところを何度となく起こされた、魔女の刻の悪夢にすぎなければいいのに。母の腕に抱かれ、まばたきをして涙を払い、関節が異様にやわらかい犬の脚をしたおそろしい女の人が寝室をのしのしと歩いていったの、と息せききって説明すると——

いいえ、そんなのはただの夢。

ママがついてるわ、ベイビー。夢を見ただけよ。

まずは息を吸って、五まで数えて、それから——

アシュリーが収納庫のドアを揺らした。露出した神経に紙やすりをかけるような、不快で複雑な痛みが電流のように手首を這いのぼった。自分でもいままで聞いたことのないほど苦しい声で叫んだ。

「ごめん、ダーブズ。またうとうとしてたからさ」アシュリーは額の汗をぬぐった。「まじめな話、これは一度かぎりのちょっとした小遣い稼ぎのはずだったんだ。ジェイバードを自宅から連れ出して、車で十二時間走ってムース・ヘッドにある倉庫まで行く。サンディがそこに現金とキャビンの鍵、それにジェイのステロイド注射を用意してくれてたんだ。もちろん偽名だし、五つの数字を組み合わせたダイヤルロックがかかってる——19872だ。そいつを回収してサンディ家のキャビンに隠れ、そこで一、二週間かけて身代金の交渉をする。簡単だろ?」

彼がまたドアを揺すった――またも脳天を突き抜けるような鋭い痛み。

「ところが、そうならなかった。ジェイバードを連れ出し、モハーベ砂漠を半分ほど来たところで、サンディが借りてる〈セントリー・ストレッジ〉って倉庫に泥棒が入ったとかで、すべてのダイヤルロックが使えなくなったと連絡があったんだって。よくある話だよね。そういうわけで標準の鍵しか使えなくなったんだけど、そいつははるか遠く、カリフォルニアにいるサンディが持っている。そこにもうひとつ問題が発生した――警察には通報するなとあれだけはっきり指示したのに、ニッセン氏は通報し、おかげでサンディは監視の目にさらされるはめになった。というのも、彼女はスクールバスの運転手で、ジェイを最後に見た人物だったからさ。一方、こっちはロッキーのこんな山のなかで、泊まるところはないし、バンのなかの病気のガキは盛大にゲロってるときてる。まったくどうすりゃいいのさって話だろ？　え？」

彼はまたドアノブを揺すろうとするように、手をのばした――ダービーは縮みあがった――けれども、わずかばかりの憐れみを示したのか、揺するのをやめた。

「そこでサンディは警察の目をごまかすため、クリスマスを家族で祝うからデンヴァーに行くという話をでっちあげ、人目のあるところでぼくらと落ち合い、ジェイの薬とぼくらの物資を回収するための倉庫の鍵を渡すことにした。そのせいで、問題その三に見舞われた」アシュリーは外を指さした。「このくそいまいましい、冬のおとぎの国だ」

ダービーの頭のなかでパズルのピースがすべておさまった。猛吹雪によって三人は受け渡し地点で動けなくなった。気の毒なエドは、はからずもサンディの小道具にされただけだったんだ。

そこへ、わたしまで現われた。

その途方のなさの前にダービーは自分が小さくなったように感じ、頭がくらくらした。午後七時、レッドブルの飲み過ぎで消耗しきった彼女が迷いこんだのは、とんだ毒蛇の巣だった。自分の血が長く尾を引いて落ちていくのをじっと見つめる。あとちょっとで床に到達しそうだ。

「ぼくだってばかじゃない」アシュリーは言った。「いろいろ映画を見て、なにをやってもデジタル指紋が残ることくらいは知っている。警察が捜査に乗り出した以上、ジェイバードのママとパパから身代金を引き出すのはほぼ不可能だ。しかも警察はサンディを徹底的に調べてる。彼女は数ヵ月前、学校の保健室からジェイのコルチゾール注射を盗んだんだけど、警察はじきに彼女の犯行だと突きとめる。そうなったら、あの女はぼくらのことをチクっただろうから、こっちにとってはやっかいなお荷物でしかない。そこで、鍵を受け取ったら殺すつもりでここに来たんだよ。血迷った強盗に顔面を撃たれたように見せかけてね。でも、こんな大雪になるとは思わなかったし、彼女がいとこのエドを連れてくるとも思わなかった。おまけに、きみが現われるなんて予想外もいいところだ」

すべての要素がひとつにからみ合い、おぞましいながらも腑に落ちた。最後にひとつだけわからないことがあり、それがダービーの頭に焼きついて離れなかった。「それで……身代金が受け取れないとなれば、ジェイをどうするつもり？」

「おいおい」アシュリーがまた、ダービーの顔の前で指を鳴らした。「ぼくの質問に答えるほうが先じゃないかな。ぼくの車のキーをどこにやった？」

「ジェイをどうするつもりなの？」

彼はばつが悪そうにほほえんだ。「答えたら、きみはますます非協力的になると思うよ」

「ふうん、そう。これまでのわたしはどんなだったのかしら」

「ぼくの言うことを聞いたほうがいいよ、ダーブズ。今度こそ言うとおりにするんだ」彼はオレンジ色のネイルガンを持って立ちあがると、歩きだした。「だって、なんとなんと、ぼくはきみという人間がわかってるんだから。陽がのぼって、きみの手が血まみれのハンバーガーになるまで指を一本一本ドアにはさんでやってもいいけど、それでもきみはきっと口を割らないだろう。そういう人間じゃないからだ。きみはヒーローで、情に弱い。今夜がきみにとって地獄になったのは、まったくの赤の他人を助けようとぼくらのバンに忍びこんだからだ。だったらどうすればいい？　きみに、もうひとり救うチャンスをあたえよう」

彼はエドのわきにしゃがみ、彼の額にネイルガンを押しあてた。年配の男のまぶたが、重たげに半分あがった。

「さて、ダーブズ」アシュリーは言った。「いまから五つ数える。ぼくのキーホルダーをどこに隠したか教えろ。さもないとエドを殺す」

ダービーは、いやだと言っても無駄だと知りつつ、左から右へいきおいよく首を振った。

壁のガーフィールド時計は午前五時三十分（つまり四時三十分）を表示している。もう三十二分たった。警察は遅れてる――

アシュリーは大きな声でカウントダウンしはじめた。「五」

「やめて。い……言うわけには――」

「四」

「お願い、アシュリー――」

「三。早くしろ、ダーブズ」彼はネイルガンの銃口をあざができるほど強くエドの額にぶつけた。「こいつを・よおく・見ろ」

エドが涙に濡れた目で部屋の反対側からダービーをじっと見つめている。気の毒なエドワード・シェファー。疎遠になった家族がコロラド州オーロラで待っている元獣医。作り話の証人として駆り出されたあげく、サンディの巻き添えになってしまった。彼の唇がまた動いた。ぐっしょりと濡れた赤いガーゼが邪魔してよく見えないが、口蓋に固定された舌でなんとか言葉を繰り出そうとしている。彼の視線が、アシュリーが知りたがっていることを教えてやってくれと懇願しているのがわかる。頼むから教えてやってくれ――

「アシュリーに教えたら」ダービーは小声でエドに言った。「わたしたちはふたりとも殺される――」

それもそうではないけれど、それとはべつの、もっとすばらしい事実を伝えてやりたかった。あと少しで警察が到着する。何分か遅れているけれど。もうまもなく、あのドアを蹴りあけて、アシュリーとラーズに向けて発砲してくれる——

「二」

「い……言えない」ダービーはエドを見つめた。自分の言葉がどんな意味を持つかに気づき、激しい嗚咽が唇から漏れた。「ごめんなさい……本当にごめんなさい——」

エドは糸のように細い血を膝にしたたらせながら、ゆっくりと、わかっているよと言うようにうなずいた。どうしたわけか、ありえないことながら、理解してくれたかのように。

ダービーは大声で教えてやりたかった。あと少しなの、エド。警察が助けに来てくれる。神様、お願いだから、早く到着させて——

アシュリーの声から忍耐の色が消えた。「一」

「現場到着。徒歩で建物に向かう」

ロン・ヒル伍長は携帯無線機を肩に取りつけ、雪だまりにつまずいたが、手袋をはめた手で体をささえた。このあたりの氷はかちんかちんで、セメント像並みに硬い。ワナパのビジターセンターまであと数歩のところまで来ていた。

彼は皿の形をした外灯の下を進み、玄関にたどり着いた。通信指令係からは、最初の誘拐事件を通報するメッセージ以上の情報は得られず、それが腹立たしかった。

懐中電灯でドアをノックした。「ハイウェイ・パトロールです」

応答を待った。

それから少しかすれた声になって言った。「警察です。どなたかいませんか？」

いちおう、ここは公共の建物だが、それでも右手をグロック17の台尻にかけてから、ドアノブを握り、わきに寄ってざくざくという音がする雪のなかに立ち、煉瓦壁の陰に身を隠した。

突入の訓練では、戸口を〝死の漏斗〟と呼んでいた。守る側が当然ねらってくる場所だからだ。壁を倒すのでないかぎり、そこを避ける手立てはなく――文字どおり、悪党の視界に入ることになる。この建物のなかに通報のあった誘拐犯がうずくまっているとしたら、おそらくは盾代わりの人質のうしろに身をひそめ、散弾銃ごしにドアを見ているにちがいない。あるいは、無人の安全な部屋があるだけかもしれない。通信指令係にはわかりようがない。冷たい風にゴアテックスのジャケットが引っ張られ、ドアに乾いた雪が吹きつける。ヒル伍長は自分でもなにをぐずぐず待っているのかわからなくなった。サラがスーツケースをつめ終えるのを待っているのか？　そんなのは知ったことじゃない。

ドアノブをひねった。

ドアがきしみながらあいた。

「ゼロ」アシュリーが言った。

けれどもダービーの耳には入ってこなかった。いましがた、とんでもないことに気づいたからだ。彼女の視線はアシュリーの先、エドのうしろの壁に貼られたコロラド州の地図に向けられ——ずっしりとした粘っこい恐怖のせいで心が沈んでいた。州道七号線は地図上の太い青い線で示され、山のなかをくねくねと走っている。パーキングエリアは赤い丸で示されている。ワナパ、ワナパニ、コルチャック、ニスクワリ。

いまいるのはワナパニだ。その意味は大きな悪魔。

ワナパじゃない。

それなのに、これを知る前の午後九時ごろに打った911あてのメールでは、ワナパと書いてしまった。建物に戻って地図を再確認し、勘違いに気づく前のことだ——スペルがよく似ていて、音もよく似ていて、おまけにどちらも悪魔を意味するアメリカ先住民の名前だからごっちゃになっていた。

せっかくメールを送ったのに、警官はべつのパーキングエリアに向かっている。

まったくべつの、バックボーン山道を二十マイルも行った先のパーキングエリアに。十八輪トレーラーがVの字に折れ曲がった現場をはさんだ反対側に。けっきょく警察は来ない。何マイルも離れたところにいて、まったくべつの場所に向かっているからここには来ない。誰もアシュリーとラーズを逮捕しに来ない。誰もわたしたちを救出しに来ない。

ダービーは大声でののしりたくなった

鍵のかかったドアにもたれると、ドア枠のなかで指がねじれたのがわかった。このときも肉挽き機にはさまれたような激痛が走った。体がふっと無重力状態になった。自由落下しているような、未知の深みに落ちていくような。もうすべて終わりにしたい。

誰も助けには来てくれない。

わたしたちは完全に孤立している。

わたしのせいで、みんなが死ぬことに――

アシュリーはいらだった子どものように不機嫌なため息をつくと、ネイルガンをエドのこめかみに突きつけ、引き金を引き絞ろうと――

「やめて」ダービーはあえぎあえぎ言った。「やめて。キーのありかを教える。あんたが……その人を殺さないと約束するなら」

「約束する」アシュリーは言った。

うそなのはわかっている。もちろん、うそに決まってる。アシュリー・ガーヴァーは反社会的な人格の持ち主だ。言葉も約束も彼にはなんの意味も持たない。ウイルス相手に交渉するようなものだ。それでもダービーは折れて打ち明けた。しんと静まった室内に、彼女のうわずったささやき声が響いた。「雪のなか……トイレの窓のすぐ外。そこに投げた」

アシュリーはうなずいた。彼はラーズに、つづいてジェイに目をやった。それからダービーに視線を戻すと、口をゆがめて少年のように笑った。「ありがとう、ダーブズ。期待に応えてくれると思ってた」彼は言うと、けっきょくネイルガンをエドの額まで持ちあげた。

ぷしゅっ。

午前四時五十五分

「ぼくがキーを持って戻るまで、彼女を殺しちゃだめだぞ」アシュリーは弟に指示した。「本当のことを言ってるか、たしかめないといけない」

イタチ顔はうなずき、エドとサンディの死体の上からびしょ濡れになるほどガソリンをぶちまけた。ガソリンはふたりの服を黒ずませ、髪をべったりとさせ、渦を巻きながら床にひろがった血と入り混じった。においのきつい蒸気が空気を汚染する。つづいて彼は口呼吸しながら、とくんとくんとガソリンをしたたらせ、ダービーに近づくと、両手で燃料缶を高く持ちあげた。

ダービーは覚悟を決め、両目を閉じた。

大量の冷たい液体が頭から降り注ぎ、うなじで跳ね、肩を流れ落ち、髪を顔に貼りつかせた。うしろのドアから滴が飛び、ぞっとするほど冷たいものが膝のところにたまった。ガソリンは目にも入った。ダービーは床に唾を吐いた。

ラーズはジェイの肩をつかんで、部屋の中央まで戻った。ガソリン缶をおろした際、まだ半分残っている中身がちゃぷちゃぷ音をたてて揺れた。すぐ隣にはペーパータオルひと巻きと、クロロックスの白いボトルが置いてある。それでようやく合点がいった。漂白剤は兄弟のDNAの痕跡を消す。ペーパータオルは指紋を消す。それ以外はすべて火が消してくれる。

ラーズがカウンターを拭こうと身を乗り出したとき、尻ポケットから白いものがだらりと垂れているのが見えた。なんだかわかった――何時間も前にアシュリーが駐車場で投げ捨てた石入り靴下を、ラーズが律儀に回収したのだ。兄弟はいま、あと片づけモードに入り、ここでの惨劇と自分たちを結びつける法医学的な証拠を消すというおぞましい仕事に精を出している。

キーをあんなに必要としていたのはそういうわけだったのね、とダービーはぼんやりした頭で考えていた。ここに残しておくわけにいかないのは、そういうわけだったんだ。

証拠になってしまうから。

なかでも最悪なのは？　ふたりのどうしようもないほどの能天気な楽天主義だ。兄弟は頭のいい犯罪者じゃない。それにはほど遠い。この建物全体を灰になるまで燃やしたとしても、コロラド警察はなにかしら見つける。落ちた髪の毛。皮膚片。アストロの特徴的なタイヤ痕。アシュリーが使ったスチール製の釘についた親指の指紋。あるいはサンディとふたりを結びつける状況証拠だってあるかもしれない。彼女を亡き者にするのを急ぐあまり、見落としたものとか。あのふたりは粗忽だ。この誘拐計画そのものが素人くさくてずさんで、最初から失敗は目に見えているようなものだけれど、それでも無辜の人間の命が無駄に失われたし、ダービーにとってそれがなによりしゃくに障る。

ダービーは顔に貼りついた油まみれの髪の毛を払った。燃焼を促進する液体をしたたらせ、焼き殺される寸前のいま、本当なら怯え、わめき、半狂乱になっていてもおかしくないけれど、そんな気力はなかった。とにかくひたすら疲れていた。

玄関のドアがきしむ音がした――アシュリーが外に出ていったのだ。あと数秒しかない。彼がビジターセンターの裏にまわって、雪のなかでキーホルダーを見つけたら、ダービーの命はエドとサンディの命と同じく無用のものになる。運がよければ頭に釘か銃弾を撃ちこまれ、運が悪ければマッチで火をつけられる。いずれにしても彼女はこの場所で、右手をドアにつぶされた恰好で死に、骨がこの燃えさかる墓で焼け焦げるあいだに、アシュリーとラーズはジェイを連れて脱出する。燃えあがるビジターセンターは有効な目くらましとなるが、いずれ捜査当局によって焼け跡から三人分の骨が見つかるだろう。でもそのときにはもう、ガーヴァー兄弟は何時間も先を行っている。人目の少ない場所に姿をくらますには充分な時間だ。

けれども、ひとつ疑問が残る。

どうしても訊いておきたい最後の疑問。

ふたりはジェイをどうするつもりなんだろう？

アシュリーがここでサンディと会うことにしたのは、彼女を殺してつながりを絶つためだ。でも、ジェイは？　身代金が目的でないなら……どうするつもり？

ジェイが近寄ってきた。

「だめ。それ以上近寄らないで」ダービーはまた唾を吐いた。「ガソリンまみれだから」

そう言われてもジェイはけっきょく、小さな足で黒々とした油を踏みながら近づくと、ダービーの膝に無言ですわった。それから〝アート・ウォーク〟のロゴが入ったダービーのフードつきパーカの肩に顔を埋めた。ダービーは無傷なほうの腕で赤の他人の少女を抱き寄せ、アシュリーの足音が外に消えていくのを聞きながら、ふたりは小さく震えながら身を寄せ合った。

「ママが死んだこと、話してくれなかったね」ジェイが小声で言った。

「うん。ついさっきのことだから」

「ざんねんだったね」

「たいしたことない」

「ママはやさしくなかったの？」

「そんなことない。わたしがやさしくしてあげなかっただけ」

「それでも、おたがいに好きだったんでしょ？」

「それは……いろいろこみいってるの」そう答えるのが精一杯で、ダービーは胸が痛んだ。いろいろこみいってるの。

「おねえちゃん……指はだいじょうぶ？」

「ドアにはさまれちゃってるんだもん。大丈夫なわけないよ」

「いたい?」

「ほかの話をしよう」

「いたいの、ダービー?」

「さっきよりは痛くない」ダービーはうそをつき、ドア枠をゆっくり落ちてくるふたつめの血の滴をじっと見つめた。ひとつめよりも濃く見える。ガソリンの蒸気で頭が朦朧とし、思考が水彩絵の具で塗りたくられたみたいに不明瞭になっている。「ねえ、それより……それよりさっきの恐竜の話のつづきをしない?」

「しない」ジェイは首を横に振った。「したくない」

「ねえ、いいでしょ」

「いやだってば、ダービー——」

「お願い、あんたがいちばん好きだっていうエウストレプトなんとかってやつの話を——」

「したくないもん——」

よりによって、いまになってダービーの目に涙がこみあげてきた。胸の発作でも起こしたような、息がつまるほど激しい嗚咽が漏れた。顔をそむけた。ジェイには見られたくない。

そのとき、ジェイが体重を移動させたが、ダービーは少女がすわりなおしているだけだと思った——けれども、左のてのひらになにかが触れた。小さくて、金属のようなそれは、ひんやりと冷たかった。

自分のスイス・アーミーナイフ。すっかり忘れていた。

「あとでね」ジェイはささやいた。「きょうりゅうの話はあとでしてあげる」

ダービーは一瞬にして意味を悟り、少女を振り返った。うつろな青い目が無言で訴える。

ナイフを返したからね。

絶対にあきらめないで。

けれども、ナイフはあまりに小さく、それにタイミングとして遅すぎる。刃渡り二インチのナイフはダービーよりもジェイが持っていたほうがいい。ナイフがあろうがなかろうが、ダービーはもうじきこの部屋で死ぬ。彼女は鍵のかかったドアに手をはさまれた状態で身動きがとれないのだし、アシュリーはまもなく戻ってきて彼女を始末するだろう。

「ナイフはあんたが持ってたほうがいい」ダービーはジェイに言った。「わたしが持ってても無駄になるだけだから。これからは自分で自分の身を守らないと。言ってる意味、わかる？」

「そんなの、あたしにはむり――」

「ここからはひとりでやるしかないの」ダービーはまばたきして涙を払うと、アストロの車内の様子を思い出しながら知恵を絞り、ラーズに聞かれないよう、声を落とした。「うん……こうしよう。ケージはあんたが壊しちゃったから、たぶん、奥のウィンドウの下に縛りつけられると思う。でも、壁のパネルを緩められるかやってみて。もしもなかに手が届くようなら、手あたりしだいにワイヤーを引っこ抜くの。そのうちの一本がブレーキランプにつながってる可能性がある。ブレーキランプが切れていれば、警官に停止されるかもしれない……

……」

ジェイはうなずいた。「わかった」

わらにもすがるような作戦だ。残念だけれど、無駄骨に終わるだろう。しかも、ジェイの副腎不全は手榴弾並みに危険だ。これ以上ストレスがくわわれば、致命的な発作を引き起こしかねない。けれどもダービーとしては絶望に屈するわけにはいかなかった。次から次へと考えが浮かび、言葉がとめどなくあふれた。「もしも……もしもあいつらの注意がおろそかになったら、どっちかひとりの目にナイフを突き立てるの。目をねらうんだよ、いい？ 治療しないといけないほどの傷を負わせれば、病院に行くしかなくなるから――」

「やってみる」

「とにかく、なんでもかんでもやってみるのよ。約束して、ジェイ」

「やくそくする」少女の目が涙で光った。彼女はドアにはさまれたダービーの手を思わず知らず、もう一度見あげた。「あたしのせいなのね……あいつらがおねえちゃんを殺すのはあたしのせいなんだ――」

「ううん、そんなことない」

「そうだもん。ぜんぶあたしのせい――」

「ジェイ、あんたのせいなんかじゃない」ダービーは無理にまばゆい笑みをこしらえた。「いいことを教えようか。わたしはいい人ですらないの。いつもはね。出来の悪い娘で、クリスマスはひとりで過ごすつもりだったんだから。ママはわたしがおなかにいるとき、風邪を引いたと思ったんだって。それで風邪薬を飲んで退治しようとしたの。ときどき、本当に退治されてればよかったって思うよ。でも、今夜のわたし、このパーキングエリアでのわたしはとてもまともで、それがどれだけすごいことか、言葉じゃとても言い表わせない。わたしはあんたの守護天使にならなきゃいけないんだ、ジェイ。正義のために戦わなきゃいけない。わたしはもうじきいなくなるから、あんたひとりになるけど、それでも戦いつづけなきゃだめ。わかる？」

「わかる」

「絶対に・戦うのを・やめちゃ・だめ」

次の瞬間、ほんの一瞬ながらガソリンの蒸気が晴れ、明解な思考が戻ってきた。すべてがくっきりと像を結んだ。

ダービーはおぞましい状態になっている右手を見あげた――ドアという歯につぶされた薬指の先端を。原形をとどめないほどの損傷を負った小指。ゼリードーナッツの真っ赤な中身が飛び出るみたいに、蝶番から押し出されてくる血の滴。絶望的な状況に見えるかもしれないけれど、そうじゃない。最後の手段がひとつ残っている。ガソリンの蒸気で朦朧としているのかもしれない。幻想にすぎないかもしれない。でも、もしかしたら、万にひとつの可能性かもしれないけれど……

ここから出られないわけじゃない。

出られないのは、二本の指だけだ。

考えるだけでおそろしい。破れかぶれで、おぞましくて、正視に耐えない方法だろうし、想像以上の苦痛をともなうだろう。けれどもふざけたデッドプールのニット帽をかぶったラーソン・ガーヴァーに目をやると、彼は指紋の拭き取りを終え、部屋の中央でダービーとジェイに四五口径を向けていた。それを見たとたん、ダービーは歯を食いしばり、あらためて誓った。あんたにこれ以上の苦痛をあたえてやるからね、イタチ顔。あんたの銃を奪ってみせる。

それからその銃でアシュリーを殺す。

この子を家に帰す。

きょうじゅうに。

「いいことを思いついた」彼女はスイス・アーミーナイフを無事なほうのてのひらに隠しながら、ジェイに耳打ちした。「一発逆転のアイデアがあるの。あんたも手伝って」

ラーズはふたりがひそひそ話しているのに気がついた。

「おい」彼はベレッタを持ちあげた。「しゃべるな」

ダービーがさらにもうひとこと、ジェイバードの耳にささやくと、少女はひとつうなずいた。それから立ちあがって、わきにどいた。ダービーは部屋の向こう側にいるラーズをけわしい目でにらみつけた。

「おれを見るな」

ダービーは従わなかった。

「顔をよそに向けろ。床を見てろ」彼は念を押すようにベレッタを向けてきたが、彼女はびくりともしなかった。銃はもう脅威でもなんでもなくなっていた。単なる小道具になりさがっていた。もう怖くもなんともなかった。

ラーズは銃をかまえた――けれども、いままでだってずっとかまえていたのだ。それ以上、怖くなりようがない、そうでしょ？　彼は映画でよくやっているみたいに、親指で撃鉄を起こそうとしたけれど、もう起こしてあった。すでに発砲しているので、シングルアクションになっている。発砲した相手はダービー。しかも五発。

ダービーはまだ彼をにらみつけ、胃がよじれる気分を味わわせてやった。潮目が変わった。ダービーはゆっくり時間をかけて前に滑り出ると、つぶれた手をうしろにまわし、両膝を合わせて立ちあがった。以前に日本の幽霊が水をしたたらせながら床から現われる映画を観たけれど、髪を顔に貼りつかせたいまの自分はそれにそっくりだろう。

ラーズは頭のなかが真っ白になって、玄関を振り返った。「アシュリー」と外の闇に向かって叫んだ。「も……もう、キーホルダーは見つかった？」

返事はない。

距離がありすぎて、兄の耳には届かないのだ。ラーズは男性用トイレに移動して、窓枠のなくなった窓ごしに呼ぼうかと考えたが、そうすると、女たちに背を向けなくてはならない。

「アシュリー」彼はまた大声で呼びながらあとずさりし、ひびの入った自動販売機にぶつかった。「なんか……なんか変だ。女がおれをじっと見てる」

玄関まで移動したかったが、その場合もダービーに背を向けなくてはならない。それはしたくない。たしかに女は指をドアにはさまれ、どう見てもあそこから動けそうにないが、それでも一瞬でも目を離すのはためらわれる。いま女は、無事なほうの手をのばしてなにかつかもうとしている──壁の小さなプラスチックのパネルだ。いまのいままで、あそこにあんなものがあるとは気づいていなかった。

照明のスイッチだと気づくと同時に、室内が真っ暗になった。

「アシュリー」ラーズの声がうわずった。

完全な闇。

ラーズは床に膝をつき、兄の懐中電灯はどこかと手探りした。ガソリン缶のそばにあるのを探りあてたものの──力が強すぎて転がってしまった。ラーズは心臓をばくばくさせながら追いかけ、スイッチを入れ、LEDの青白い光を収納庫のドアに向けた。

よかった。ダービーもジェイバードもさっきと同じ場所にちゃんといた。ふたりとも懐中電灯の光に目を細め、ラーズを見ている。あたりまえじゃないか。おれはなにをそんなにびくびくしてるんだ？　もううんざりだ。いいかげんダービーを撃ち殺したい。いますぐに。それからアシュリーと一緒にこの貧相な建物に火をつけ、ろくでもない夜を終わりにし、ケニーおじさんの家に行って、〈ギアーズ　オブ　ウォー〉をプレイしてモンスター殺しに精を出すんだ。

「アシュリー」しわがれた声が出た。「もうこの女を殺していい？」

　返事はない。

　聞こえるのは外のざわざわという風だけだ。

「アシュリー、ねえ、もう女を――」

　突然、ジェイが動いたので、ラーズはびっくりした。彼女は暗いところを選んで進んだ。ラーズはベレッタを彼女に向け、懐中電灯をサーチライトのようにしてその動きを追った。少女はエドとサンディの死体のそばを通り過ぎ、バリケートを組んだ窓の前も過ぎた。「ジェイバード、ねえ、なにをしてるのかな？」ジェイはそれには答えず、玄関の前で足をとめた。それからドアに手をやった。

　ドアを押して閉めた。

「ジェイバード、だめだよ」彼はダービーに向きなおり、懐中電灯で彼女を照らした。暗いなかでふたりの女、それぞれに注意を向けなくてはならなくなった――左にいるダービーと、右にいるジェイ。一度に照らせるのはひとりだけ。

　こういうのは苦手だ。とことん苦手だ。

　うしろでかちりという音がして、ラーズは振り返り、懐中電灯の光を向けた――ジェイがつま先立ちになって、サムターンをまわしたところだった。ドアを施錠したのだ。それから彼女はラーズのほうを向くと、まぶしさに目を細めた。こっちもダービーと同じ、背筋がぞっとするような顔をしている。なるほど、ふたりはグルなんだな。手のこんだジョークなんだろうが、おれには理解できない。それはいつものことだ。ラーズはジョークを理解できたためしがない。そしてたいていの場合、ジョークのネタは彼自身だ。

苦い思い出が、これもそのひとつだと告げる。二年前の夏、アシュリーがストライプスをキャンプファイアに投げこむ直前の、あれと同じだ。なあ、ラーズ。流れ星を見たくないか？

「ジェイバード」彼はもう一度呼びかけた。

なんの反応もない。

「ジェイバード、そんなことすると……アシュリーが戻ってきたときにレッドカードのお仕置きをされるよ」彼はそう言うと、収納庫がある左に目を向け、ダービーに懐中電灯を向けた――彼女の姿はなかった。

ドアしかなかった。血が伝った跡。ドアに残されたつぶれた赤い肉片は、血もしたたるようなレアのハンバーグを思わせる。とろいラーズもさすがに一瞬にしてそれがなんなのか、なにを意味するのか、そしてなにがあって、これからどうなるのかを悟った。

ダービーがイタチ顔に横から思い切り体当たりすると、懐中電灯が転がり落ち、真っ暗闇のなかに消えた。怯えている余裕はなかった。痛みとアドレナリンの入り混じった叫びをあげた。

拳銃を持った相手の右腕の下にもぐりこんで叩き落とすと、銃はパンフレットのラックにぶつかって騒々しい音をたてた。チャンスは一度しかなく、それも一瞬のチャンスだ——左手に持った父のスイス・アーミーナイフは、ジェイがケージの格子を切るのに使ったから切れ味が悪くなっているけれど、それでも充分鋭い——ダービーはそれを、ラーソン・ガーヴァーの喉仏に突き刺した。

ナイフはすんなり入った。

ほとばしり出た血が彼女の顔にかかる。目に、口にかかる。生温かいニッケルの味。ラーズの手がいきおいよく動き、とがった爪で頬を引っかかれたけれど、その手は自分の首を押さえるためのものだった。出血をとめようというのだろう。

もう片方の手も動いた。イタチ顔の血で半分視界が奪われた目が、一瞬なにかを、ぼやけたものが動く様子をとらえた——銃だ。

ジェイが悲鳴をあげた。

例の黒い四五口径。パニックに襲われるなか、ダービーは即座に悟った。ラーズは銃を落としていなかった——さっき聞こえた派手な音は懐中電灯のものだったんだ——彼は銃を強く握りしめ、銃口をダービーの腹にぐりぐりと押しつけ——

銃——銃——銃——

アシュリーが雪に埋もれたキーホルダーを拾いあげようと膝をついたとき、建物から一発の銃声があがった。平壁とドアでくぐもったその音は閉じこめられた雷が鳴っているように聞こえた。信じられなかった。

まじか？

彼はため息をついた。「まったくしょうがないやつだな、ラーズ」

携帯電話の懐中電灯機能を使ってキーホルダーを確認した——うん、たしかにぼくのだ。サンディから渡された間抜けな〈セントリー・ストレッジ〉の鍵は銀色の丸い形で、小さく〝A‐37〟と刻印してあるが、それをべつにすればこれといった特徴はない。キーホルダーはトイレの窓から三十フィートほど離れたところで、雪に半分埋もれた状態で見つかった。

ダービーの話はいちおう本当だったわけだ。

それにしてもよかった。あれがうそで、しかもラーズがたったいま彼女の頭を撃ち抜いてしまったとなると、指紋がべったりついた、鑑識にとっての金脈ともいえるものを残していくところだったからだ。それに、ジェイバードのステロイド注射も手に入らず、となると少女は目的地に着くはるか前に死ぬところだった。そしたら、なにもかもが——カリフォルニアで発令されているアンバー・アラート、FBIによる捜査、サンディ、エド、それにダービーの殺害——そのすべてがたったの一セントにもならずに終わるのだ。それもこれも、かわいくて大事なラーズがかっとなって、許可なくダービーを撃ってしまったせいだ。

彼女が本当のことを言ってくれて助かった。

アシュリーはキーホルダーをポケットに突っこむと、コードレスのネイルガンを雪から拾いあげ、急ぎ足で玄関に向かった。

「ラーソン・ジェイムズ・ガーヴァー」白い息を盛大に吐いて走りながら、大声で言った。「いまのはオレンジカードに値するぞ――」

ダービーは必死で銃を奪おうとした。

イタチ顔はいまや防戦一方だった。心臓の激しい鼓動に合わせるように頸動脈から熱い血が噴き出していたが、それでもダービーを振り払いながらよろける足でじりじりと後退し、ベレッタをかまえるのに充分な距離をあけようとしていた。

ダービーはそうはさせじと必死だった。銃を放すまいと、ぬるぬるした手で相手の手をきつくつかんでいる。と、彼女は反時計まわりにくるりとまわって体の向きを変え、彼から離れようとし、銃を握った相手の指関節を逆向きにひねった。ラーズのほうが上背も力もあるが、頭はダービーのほうがよく、しかも慣性の力をどう使えば勝てるかをよく知っていた。

用心鉄のなかで彼の人差し指が折れた。

ミニキャロットみたいに。

ラーズの歯の隙間から悲鳴が漏れた。じっとりした笛のような響きが混じっていた。喉笛にあいた穴から空気が漏れていた。血があぶくとなってわき出ている。ラーズは銃を握ったままタンゴを踊るようにくるくるまわり、コーヒーカウンターにぶつかり、椅子を倒すうち、銃が天井に向けて発射され――パン、パン、パン――漆喰(しっくい)がぱらぱら落ちて、頭上の蛍光灯が炸裂し、銃のスライドが後退してロック状態となり、引き金がすかすかになった。

　ふたりはベレッタを取り合いながら、コロラド州の地図に激突した。

　ラーズは手を放した——弾が切れたと思ったからだ。

　ダービーは手を放さず——まだ使えると思ったからだ——それをラーズの歯に叩きつけた。

　彼は首を押さえたままふらふらとあとずさり、エドとサンディの死体につまずいた。ダービーはイタチ顔に馬乗りになって、何度も何度も殴りつけた。拳銃のアルミの台尻で強打しつづけた。渾身の一発が決まったとき、相手の頬骨が湿った音をたててつぶれるのがわかった。

　ラーズがダービーを蹴飛ばし、ふたりの体が離れた。

　ダービーは空のベレッタをかたかたいわせながらぬるぬるした床を尻であとずさりした。立ちあがろうとしたけれど、足が滑る。どこもガソリンで濡れている。両のてのひらもガソリンで濡れていたから、目に入ったラーズの血をまばたきで払った。格闘のさなかに燃料缶が倒れたらしい。缶は横倒しになって、とくとくとリズミカルな音をたてながら流れ出している。その近くで、自分のスイス・アーミーナイフのぎざぎざした影が、タイルの上でまわっていた。

　それを拾いあげた。

　ラーズは四つん這いでダービーから遠ざかり、錠のおりたドアに向かっていた。さほど速くない。不明瞭な言葉でなにやらうめいている。「アシュリー——アシュリー——あの女を殺して——あの女を殺して——」

　そうはさせるもんか。

今夜は。

「お願いだからあの女を殺して――」

ダービーはラーズに追いつくと、ナイフをラーソン・ガーヴァーの後頭部の上まで持ちあげた。ＬＥＤの光を受けて、金属がきらりと光る。今夜思ったことがこだまのようによみがえり――必要とあれば彼の喉を切り裂いてやる――横目でジェイと目を合わせた。

ジェイはおそれおののいた様子でじっと見ている。

「ジェイ」ダービーは荒い息で言った。「見ちゃだめ」


アシュリーはドアノブをひねった――鍵がかかっていた。

「ラーズ」彼は肩で息をしながら呼びかけた。「ドアをあけろ」

返事がない。

正面の窓を見たが、エドがひっくり返したテーブルが邪魔をしている。入るのは無理だ。隙間からなかをのぞくと、闇がひろがっているだけだった――なかの明かりは消えていた。

アシュリーはあわてて正面玄関まで戻ろうとしたが、その途中、盛りあがった雪につまずき、あやうくネイルガンを落としそうになった。

「ラーズ」顎の先に垂れたよだれが凍りかけている。「頼むよ……ラーズ、生きてるならなにか言ってくれ」

応答なし。

「ラーズ」

さっきのずしんとくる銃声に心がざわつき、パニックになった。どうしてラーズはつづけざまに三発も撃ったんだ？　あれはねらって撃ったものじゃない。切羽詰まった感じだった。いわゆる乱射というやつだ。だとすると、なかでなにがあったのか。

あいかわらず応答がない。

あとずさってドアを蹴った。ドア枠がきしんだものの、デッドボルト錠はびくともしない。さすがに不安になってきた。「ラーズ。怒ってるわけじゃない。わかるね？　とにかく返事を――」

声が聞こえて最後まで言えなかった。

弟の声じゃない。

ダービーだ。

「あんたの弟はいま話せない。わたしが喉を切り裂いてやったから」

アシュリーは膝から力が抜けるのを感じた。一瞬、頭がショートし、鍵がかかっているのも忘れて、またドアノブをひねった。「うそだ。うそに決まって――」

「最後の言葉を教えてあげようか？」

「うそをつくな――」

「殺される前、弟はあんたの名前を呼んでた」

「ダービー、いいかよく聞け。ぼくの弟を本当に殺したんなら、ジェイバードのちっちゃな骨から肉をそぎ落として——」

「あの子には指一本触れさせない」ダービーの声は、ぞっとするほどの覚悟でこわばっていた。「銃はわたしがもらった。次はあんたの番だから」

アシュリーはドアを殴った。

強烈な痛みがこぶし全体にひろがった。痛みの余韻で前腕がうずく。間違いだった——とんでもない間違いをしてしまった——こぶしを握りしめ、食いしばった歯のあいだから呼気が渦を巻いて立ちのぼり、目に熱い涙がこみあげた。

骨が折れたかもしれない。少なくとも捻挫はしただろう。

彼は大声でわめきちらした。なにを言ったかはきっと思い出せない。たぶん、最初にラーズの名前を呼んだと思うが、すぐに意味不明のうめき声に変わった。繰り返しドアを殴りつけ、もう片方の手もだめにしてやりたかった。びくともしないものを相手に、自分をめちゃくちゃにしたかった。しかし、そんなことをしてもなにも解決しない。

あとにしよう。嘆くのはあとだ。

ドアにもたれ、凍てついた金属部分に額を押しあて、呼吸をととのえた。まだ大丈夫。まだ戦闘不能になったわけじゃない。怪我をしていないほうの手でコードレスのネイルガンを持てる。しかも、十六ペニーの釘は充分にあり、ドラム型のマガジンにおさまっている。中古で手に入れたそれには指紋はいっさいついていない。いつでも撃てる。寒さによるバッテリーの消耗も、まだそれほどではない。表示灯はまだ緑色のままだ。

いいだろう、ダービー。

きみはママを失い、ぼくは弟を失った。今夜、ふたりが受けた苦痛はわくわくするほどよく似ている。手負いのふたりはどちらも喪失感にわれを忘れ、どちらも負傷した手をかばい、半端でない痛みを抱えている――

これはきみとぼく、ふたりのダンスだ。

トイレでキスしたときの、彼女の唇の感触がいまも残っている。一生、忘れることはないだろう。レッドブルとコーヒーと彼女の歯に繁殖しているバクテリアが入り混じった甘酸っぱい味。かわいい顔をしているくせに、息がくさいという現実。

ぼくたちはあの時計の猫だ。

ぼくはガーフィールド。きみはぼくのアーリーン。

しっかりつかまってなきゃだめだよ。ふたりでくるくるまわるように踊るんだから。

彼は心を落ち着け、考えをまとめ、神経をびんびんに張りつめさせた。「そうか、ダーブズ。戦おうっていうんだね。だったら相手をするよ。これから、なんらかの方法でなかに入る。そしたら、きみたちふたりにレッドカードを出す。ついでに言っておくけど、くそ女――」

彼は間をおいた。

「ぼくは撃った弾の数を数えてた。きみの手のなかにあるのは空(から)の銃だ」

四五口径オート・フェデラル。金色の縁にはそう書いてある。ジェイから渡されてからずっと、ポケットに入れていた弾。ダービーはいま、それを震えるてのひらの上で転がしていた。

ラーズの黒い拳銃の薬室に片手でこめると、キャプティブ・スプリングの力でスライドがもとに戻った。

ジェイが見つめている。

撃鉄は起こしてある。いつでも撃てる状態だ。自分でもどうしてそこまで自信があるのかわからない。銃は感情の象徴だ。ダービーはそう直感した。

「ラーズ」アシュリーがドアの向こうで怒鳴った。「ラーズ、まだ生きてるなら、頼む、頼むからその女を殺せ――」

ダービーはびしょ濡れの床を突っ切ってジェイに駆け寄り、きつく抱きしめた。「あと少し。あと少しで終わるよ」

ひとりを倒した。残るはあとひとり。

ジェイは顔面蒼白で、恐怖のまなざしで見つめていた。「おねえちゃんの手――」

「わかってる」

「指が――」

「大丈夫だから」

ダービーはまだ、右手の状態を自分の目でたしかめていなかった。見るのが怖かった。ようやく右手に目をやった——一瞬ちらりと見ただけだった——が、すぐに目をそらして、低くうめいた。

ひどい。

涙でかすむ目で、おそるおそるもう一度、損傷具合を確認した。親指、人差し指、中指の三本は無事。けれども、薬指は皮がむけていた。爪は割れて半分取れかけ、コーンフレークのように垂直に突き出ている。そして、小指はなかった。第一関節から先が全部。断ち切られて影も形もなく、もうダービーの体の一部ではなくなっていた。いまも部屋の向こうの蝶番に、原形をとどめぬほどにつぶれた状態ではさまっている。

そんな、そんな、そんな——

不思議にも、蝶番から手を引きちぎる行為そのものは少しも痛くなかった。時計まわりに二度、ひねるだけで自由になった。アドレナリンで感覚が鈍くなったせいか、ちょっと不快に感じた程度だった。それでも、血液は急速に失われ、手首から生温かい血がとめどなく流れ落ち、床に血だまりができている。無事なほうの手で傷を覆った。もう見ていられない。

何時間か前にエドが言っていたっけ。死神とのランチデートが目前に迫ってるってときに、骨と腱をちょっとばかり失うくらいなんだってんだ。

誰のものともわからない金属的な響きのひずんだ声が、ぐるぐるまわりながら近づいてくる。

ぼくは魔術師なんだよ、ラーズ。女を半分に切れる？

ぼくのトーストはいつも、バターを塗った面を上にして落ちるんだよ——

くらくらしながらも、床に置かれたままの救急箱の中身を調べた。べたべたする赤い指紋をそこらじゅうにつけながら、注射器や箱入りのバンドエイドをかき分ける。探しているのはあの分厚いガーゼ——でも、ない。サンディが全部使ってしまったのだ。

「指は……」ジェイは言いかけて口をつぐんだ。

「うん？」

「だから……指はもとどおりくっつくの？」

「うん。もちろん」ダービーは落ち着いた声を出した。これまでにどれだけ出血しただろう。あとどのくらい出血しても大丈夫なんだろう。

ガーゼで手当てするのはあきらめたが、そのとき、漂白剤の隣にもっといいものが見つかった——ラーズが持っていた絶縁テープ。適当な長さを引き出して歯で嚙み切り、右手に巻きつけた。親指はそのまま、残りの三本を握った形にして束ねた。

出血の手当てはすんだ。けれども、左手でベレッタを撃たなくてはならない。いままで銃を撃ったことはないし、ダービーは右ききだ。それでもうまく的にあたるといいけれど。弾は一個しかない。

ジェイはあいかわらず、おぞましいものに魅入られたような目で、傷を見つめているが、顔色が愕然とするほど悪くなっているのにダービーは気がついた。下水から引きあげられた死体のような灰色だ。「もしも……もしもドアにはさまってる指が見つからなかったらどうなるの？　だって、ぺったんこにつぶれてるし——」

「また生えてくるから」ダービーは最後にもう一回、黒い絶縁テープを巻いて嚙み切った。

「ほんとう？」

「本当だよ」

「指がまたはえてくるなんて知らなかった」

「生えてくるの」母が熱を計るときにやってくれたみたいにジェイの額に触れると、少女の肌は冷たかった。キャンドルの蠟みたいに冷たく湿っていた。ダービーは思い出そうとした——エドはどんな症状が出ると教えてくれたんだっけ。低血糖。吐き気。脱力感。発作、昏睡、死。彼の言葉が断片的に反響する。病院に連れていくしかない。おれたちにできるのはそれくらい——

「ダァァァビィィィ」玄関のドアが枠のなかで揺れ、デッドボルト錠がかたかたいった。

「始めたことを終わらせてやる」

「あの人……」ジェイは身をすくめた。「すごくおこってる——」

「大丈夫」ダービーは急いで壁に背中をつけ、左手の拳銃を持ちあげ、ドアに向けた。

「はずさないで」

「はずさない」

「はずさないってやくそくする？」

手のなかの銃が小さく震えた。「約束する」

薬室にこめた一発。ダービーはそれを厳しい運命のように、今夜ずっとポケットに入れていたけれど、とうとう使うときがやってきた。

アシュリーがまたドアを蹴り、激しい雷鳴のような音が響いた。ダービーはびくりとし、それ飢えたように用心鉄に指をかけた。いますぐ、ドアの向こうに向けて撃ちたいけれど、それは危険だとわかっていた。アシュリーが立っている場所も、だいたいの身長も把握しているものの、ドアを突き破って、なおかつ彼の息の根をとめられるだけのパワーが弾にあるとはかぎらない。

待つしかない。一発しかない弾を無駄に使う気にはなれなかった。

アシュリー・ガーヴァーがドアを蹴破り、自分たちがいるこの部屋に入ってきて、はずしようのない距離まで近づくのを待つしかない。

「じゅうをうったことはあるんだよね？」

「あるよ」ダービーはうそをついた。

ドア枠にひびが入った。細長い木片が床に落ちた。外でアシュリーが怒りくるった野獣さながらわめき、こぶしでドアを叩いた。

「それと同じじゅうを……」ジェイはまだ心配そうに言った。「うったことあるの？」

「うん」

「おねえちゃんはうつのがじょうず？」

「うん」

「指が一本なくても？」

「もういいでしょ、ジェイ。質問はそのくらいに――」ダービーは黙りこんだ。

ぷしゅっ。空気が抜けるような短い音がしてダービーは黙りこんだ。

バリケード代わりのテーブルの奥で窓が割れ、細かい破片が床に散らばった。テーブルと窓枠のあいだにできた三インチの隙間をなにかが動いている。オレンジ色で丸っこいそれは、大きくて愚鈍な動物がくちばしを突っこんできたように見えた。心臓の鼓動が数拍したところで、正体がわかった。

あれしかないじゃない。

ジェイを床に伏せさせ、自分は顔を覆った。「伏せて、伏せて――」

ぷしゅっ。自動販売機のガラスが白い粒となってはじけ飛んだ。〈スキットルズ〉と〈チートス〉の袋が床にぱらぱら落ちる。

ネイルガンの銃口が動いて、向きが変わった。アシュリーが放った最初の二発は高く飛びすぎたので、いまはねらいを調整しているところだ。試行錯誤。さっき、サンディが外をのぞくのに使った隙間が、今度はダービーたちをねらうのに使われている。

「あいつ、むかつく」ダービーは小声で言うと、体を回転させて腹這いになり、顔にかかった髪を払った。「本当にむかつく――」

「あの人、なにをしてるの？」

「なんでもない」

「あたしたちをくぎでうとうとしてるの？」

「大丈夫だから」ダービーはジェイの手首を引っ張って立ちあがらせた。「さあ、行くよ――」

ふたりが〈エスプレッソ・ピーク〉のなかに入って、石造りのカウンターに身を隠すと、釘が――ぷしゅっ、ぷしゅっ、ぷしゅっ――次々に飛んできて、床に壁に天井に当たって跳ねた。ペストリーケースが砕け散る。スタイロフォームのカップが跳ねる。コーヒーサーバーがゴングのような音をたて、ふたりのそばの床に落下し、湯をまき散らした。けれども、カウンターと戸棚のおかげで、ふたりはアシュリーが放つ釘をもろに受けることはなかった。「ほらね」ダービーはジェイが怪我をしていないか、体を軽く叩きながら言った。「大丈夫だった」

「ネイルガンをうってこないって言ったじゃない――」

「うん、そうだね。あれはうそ」

ぷしゅっ、ぷしゅっ。ふたりの上の壁が二発つづけて被弾し、ダービーの頰が切れた。蜂に刺されたような痛みが走り、生温かい血がほとばしった。彼女は身を低くし、跳ね返る釘からジェイを守ろうと、自分の体で覆った。少女の目に涙が浮かんでいるのが見えた。

「だめ、ジェイ。大丈夫だから。泣かないで――」

ぷしゅっ。釘がエド・シェファーの肩に刺さって湿った音をたて、体がよじれ、恐怖で引きつったような恰好になった。ジェイが悲鳴をあげた。

ダービーは自分の頰が切れているのもかまわず、ジェイをきつく抱きしめて黒い髪をなでつけてやり、ひたすら耐えた。ああ、もうだめ。ジェイにこれ以上のストレスをあたえたら、持ちこたえられない。わたしにはこの子が動けなくなって死んでいくのを、なすすべもなく見守ることしかできない――

「お願いだから、泣かないで、ジェイ」

ジェイはさらに激しくしゃくりあげ、呼吸が速くなり、ダービーの手を逃れようと――

「お願い、とにかくわたしを信じて――」

ぷしゅっ。釘が戸棚に食いこんで、細かな木片が頭から降りそそいだ。

「ジェイ、聞いて。もうすぐ警察が来る」ダービーは言った。「遅れてるけど、こっちに向かってるのはたしか。このハイウェイ沿いにあるパーキングエリアをひとつひとつチェックしてるはず。とくによく似た名前のパーキングエリアを。きっと警察が助けてくれる。あと、何分かすれば。わかる？　あと何分か持ちこたえられる？」

ただの気休めだ。なにもかも、気休めにすぎない。

ジェイはまだ泣きじゃくっている。目をきつく閉じて、いまにもまた悲鳴をあげそうだ。そこへ――ぷしゅっ――レジが傾き、ふたりの近くの床に叩きつけられるように落ち、キーパッドのキーが抜けた歯のようにタイルを転がった。

襲撃のあいだ、ダービーは七歳児を強く抱きしめ、飛散する破片が当たらないよう顔を守ってやり、不安な気持ちを静めてやろうとした。もうおしまいだとしか思えなかった――ジェイの神経がこれ以上の精神的苦痛に対処できるはずがない――けれども、そのときふと思い出した。記憶の底からよみがえってきた。母のやさしい声が聞こえる。大丈夫よ、ダービー。なんでもないの。悪い夢を見ただけよ。

そういうときはこうすればいいの――

「息を吸って」ダービーは少女に言った。「五まで数えて。息を吐いて」

ぷしゅっ。ガーフィールドの時計が割れて壁から落ち、プラスチックの破片が降りそそいだ。ダービーはジェイの髪についた破片を払ってやり、頰にそっと触れ、落ち着いた声を保って語りかけた。「息を吸って。五まで数えて。息を吐いて。できる？」

ジェイは息を吸いこんだ。そのまま息をとめ、吐き出した。

「ね？　簡単でしょ」

少女はうなずいた。

「もう一度やってごらん」

ジェイはまた息を吸いこんだ。ダービーはほほえんだ。そして吐き出した。

「その調子」ダービーはほほえんだ。「そのまま呼吸をつづけていれば――」

「ダァァビィィ」アシュリーがテーブルを蹴飛ばし、テーブルは床をこすりながら数インチ後退した。割れてとがったガラスが窓からぱらぱらと落ちる。彼は肩で息をしながらテーブルを押した。「きみはぼくの彼女になれたかもしれないんだ」

ダービーはガソリンの蒸気でふらつきながらも膝立ちになり、落ちたスタイロフォームのカップをわきにどけると、カウンターごしにラーズの黒い拳銃を向けた。緑に塗られた照門と照星を一直線に合わせ、引き金に指をかけた。

「いつものぼくはこうじゃない」アシュリーが外から大声で訴えた。「わかってもらえないかな、ダーブズ。きみを殺すつもりなんかなかった。それにぼくは……酒も煙草もやらないし――」

ジェイがたじろいだ。「あいつが……あいつが入ってくる」

「うん」ダービーは右目をつぶってベレッタのねらいをさだめた。「それを待ってた」

「アイダホに行くこともできたのに。きみとぼくとふたりで」アシュリーがまたテーブルを蹴ったので、テーブルは床をこすりながらさらに一インチ動き、破片が落ちた。緊迫したなかにアシュリーの声が響きわたる。「わかるかい？　一緒にラスドラムまで行ってたかもしれないんだ。そこで、おじさんがやってる自動車修理工場の上のロフトを借りるんだ。ぼくは〈フォックス・コントラクティング〉の仕事をする。きみはぼくの女になって、ふたり一緒に住み慣れた町をあとにする。ぼくが子どものころに遊んだ川を見せてあげるし――」

「あいつが言ってるのはほんとう？」ジェイが訊いた。

ダービーはため息をついた。「口から出まかせよ」

アシュリー・ガーヴァー――あまりに多くの仮面をかぶってきた、哀れな生き物である彼は、仮面の下にある顔がどんなだか自分でもわからなくなっている。自分にも心というものがあったんだと気づいたとしても、もうそれは壊れかけている。あるいは、ただ言葉を連ねているだけかもしれない。

「ぼくの女になれたはずなんだ」彼は涙声になって言った。

「なのにきみはそれをぶち壊しに――」

テーブルがまた動き、ダービーはベレッタを向けた。けれどもまだ撃つのは無理だ。もう少し待たなくては。アシュリー・ガーヴァーの姿が見えるまで、彼がテーブルをわきにどけて、割れた窓から飛びこんでくるまで待たなくては。そこでようやく銃を――

だめ。

ダービーは引き金を半分引いた状態で固まった。撃鉄は起きていて、落ちる寸前だった。

おそろしい事実に気づいてしまった。

ああ、なんてこと……

つんとくるガソリンの味が舌を刺激する。倒れた燃料缶の中身がすべて流れ出て、床全体に半インチほどたまっている。空気中に蒸気が充満し、壁が結露していた。

いまここでラーズの拳銃を撃ったら――と、ダービーはいまさら気づいて震えあがった――銃口炎で空気中の蒸気に引火してしまう。そこから連鎖反応が起こって、部屋全体が炎に包まれることだろう。ここには五ガロンのガソリンがまかれている。床一面が世界最大の火炎瓶を投げこまれたみたいに、逆巻く炎の海となってしまう。そうなったら脱出できる可能性はゼロ。ジェイのパーカも同じような状態だ。

ダービーのフードつきパーカは体に貼りつくくらい、ガソリンでぐっしょり濡れている。ここで発砲するのは自殺行為だ。ふたりとも生きたまま焼かれることになる。

ダービーは銃をおろした。「最悪」

「なのにきみはぼくの弟を殺した」アシュリーがまたテーブルを蹴った。オオカミが威嚇するような音を発して、息を吐く。テーブルがまた一インチ、ぎーっと音をたてて滑り、力の抜けたサンディのかかとにぶつかった——ようやく体を押しこむだけのスペースができた。

ダービーはあやうく、怒りまかせに拳銃を投げつけるところだった。「やばい、やばい、やばい」

ジェイの手が肩に触れた。「どうしたの？」

「わたし……」ダービーは目に入った血をぬぐうと、一から考え直し、必死であらたな計画を練った。「いいの、気にしないで。あいつがあんたに触れることは二度とない。なにがあろうと、わたしはあんたを守るよ、ジェイ。アシュリー・ガーヴァーがあんたを痛い目に遭わせることは二度とない。だって、わたしがあいつを殺すんだから」

「殺してやる」アシュリーがまたテーブルを蹴った。「このくそ女——」

ダービーは立ちあがり、手についたガソリンをぬぐった。「ジェイ、よく聞いて。警察なんか待ってられない。助けが来るのなんか待ってられない。ひと晩じゅうずっと待ってたけど、誰も助けてくれなかった。今夜、頼った人にはことごとく裏切られた。頼れるのはわたしたちだけ。言ってごらん、ジェイ——頼れるのはわたしたちだけ」

「たよれるのはわたしたちだけ」

「もっと大きな声で」

「たよれるのはわたしたちだけ」ジェイは震える脚で立ちあがった。

「走れる？」

「たぶん。どうして？」

ダービーの頭にあらたな考えが浮かんだ。窮余の策とも呼べない考えだ。カウンターの茶色いナプキンをひとつかみ取って、ベーグル用トースターに突っこんだ。コンセントを挿す。銃の薬室を閉じたときのような、かちっという音がして、トースターの電熱線が温まりはじめた。

ジェイはその様子をじっと見ていた。「なにしてるの？」

電熱線が真っ赤になるまで、十秒か、おそらくは二十秒かかるだろう。

頼れるのはわたしたちだけ。

カウボーイ式のブラックコーヒーが半分残っているカップ——たぶん、エドので、とっくに冷め切っている——を手に取り、走りながら飲み干すと、ジェイの手を握り、トイレに向かって駆けだした。手に手を取って。例の小さな窓に向かって。

「足をとめちゃだめだよ、ジェイ。足をとめちゃだめ——」

「ねえ、ほんとうに指はまたはえてくる？」

「うん」

アシュリーは派手な音をたてながらなかに入った。痛くないほうの手を使い、とがったガラスでてのひらを切らないよう用心しながら窓に飛び乗ると、つんと鼻にくるにおいがして思わず咳きこんだ。まいったな、そうとう強烈じゃないか。燃料缶の中身がこぼれたうえ、漂白剤とサンディの催涙スプレーの蒸気が混ざり、いかにも体に悪そうなにおいがただよっている。

しみる目をこすりながらそろそろとなかに入り、ネイルガンをかまえ、左から右へと動かした。まず目に入ったのは、コロラド州の地図の近くに倒れているエドとサンディだった。両脚を大きくひろげ、ぶざまな恰好で死んでいる。床にまかれたガソリンと血が混じって渦を巻く様子は、真っ赤なリボンを思わせた。

ふたりの隣に、弟のラーズがいた。

ああ、ラーズ。

彼はうつ伏せに倒れていた。真っ赤な海のなかで頭を横に向けている。髪はくしゃくしゃに乱れ、目はあいかわらず、眠たそうに半びらきだ。喉には生々しい一本の傷。頸動脈を切断した傷は骨にまで達していた。まるで人間版のペッツ・ディスペンサ（ペパーミント風味のキャンディ〈ペッツ〉を詰めるプラスチック製のケース。上部にさまざまなキャラクターの頭部がついている）だ。

陸軍から払い下げられたヘルメットとコンバットブーツという恰好で中学に通い、〈フェイマス・スターー〉のチーズバーガーにランチソースをかけるのが大好きで、VHSの黒いテープがビデオにからまってしまうほど『スターシップ・トゥルーパーズ』を繰り返し見ていた、やせっぽちの弟——その彼はもういない。この世を去った。あいつが、X-boxワンで新しい〈ギアーズ オブ ウォー〉をプレイすることはもうない。それもこれも、あいつがスクールバスの運転手の誘拐計画なんかに引きずりこまれたせいだ。鍵の変更と警察の介入と吹雪のおかげで、この週末の予定はとんでもなく大きくくるってしまった。

それでも、ダービーがいなければ、なんとかおさまったはずだ。

ダーブズ。ダーボ。あのコロラド大学ボールダー校の、目の覚めるような赤毛がよりによって靴ひも一本でぼくらの車に侵入し、ジェイバードにナイフを渡し、ただでさえ危険をはらんでいた夜を、あと戻りできないほど逸脱させてしまった。これまでの人生はここでこうして対決するためにあったのかもしれない。彼女のほうも同じだろう。ダービーはアシュリーの運命であり、アシュリーはダービーの運命だ。

べつの状況だったら、彼女と結婚したかもしれない。でも、いまは殺すしかない。しかも遺憾ながら、苦しむように殺さなくてはならない。

ああ、ラーズ、ラーズ、ラーズ。

ぼくが仇をとる。

約束するよ、必ずや――

右からしゅーっという音が聞こえ、アシュリーはダービーとジェイバードがコーヒースタンドのうしろで縮こまっているものと思い、向きを変えてコードレスのネイルガンをかまえた。けれども、〈エスプレッソ・ピーク〉には誰もいなかった。あちこちに釘が刺さり、ガソリンがしたたり、ひっくり返ったカップとプラスチック片で雑然としているが、人の姿はなかった。ふたりはいなかった。

ふと見ると、トースターのなかに茶色いナプキンが詰まっていた。

それがいま聞こえた音の正体か。

トースターの赤くなった電熱線から灰色の煙が立ちのぼっている。ぱちぱちと音をたててナプキンが燃えている。上唇を舌でなめると、ガソリンの蒸気の味がして、その瞬間、アシュリーはすべてを悟った。

「おいおい、冗談じゃない――」


火の玉がトイレの三角窓から噴き出し、膨張した灼熱の空気が次々に押し出された。ダービーは爆発の半秒前に外に飛び出し、ピクニックテーブルで一回バウンドし、荒っぽく着地したせいで左のくるぶしをひねった。

ぐぎっという いやな音がした。

数歩先を行くジェイが振り返った。「ダービー!」

「大丈夫」

けれども、大丈夫なんかじゃないのは自分がよくわかっている。かかとがずきずき痛む。一瞬にしてつま先の感覚がなくなった。靴のなかにとがったものがたくさん詰まったような、見えない指で神経をつままれたような感じが――

「歩ける?」

「大丈夫」ダービーがもう一度言った直後、頭上の壊れた窓からまたも炎が噴きあがった。壁のような熱い空気が襲いかかり、ダービーは雪のなかに膝からくずおれた。

うしろではビジターセンターが高々と燃えあがり、炎から真っ黒な煙が立ちのぼっている。煙は竜巻のように激しく渦を巻きながら、天高くのぼっていく。とんでもなく大きく、とんでもなく近い。すさまじい熱が背中を襲い、空気が哀れな音を発しながら炎に吸いこまれていく。いきおいよく燃える炎の木炭のようなにおい。雪が陽の光のようなオレンジ色に染まり、木々が骨のような影を落とす。

ジェイが手を握ってきた。「行こう。立って」

ダービーはもう一度立ちあがろうとしたけれど、かかとに力が入らない。またも吐き気をともなう痛みが襲ってきた。ダービーは足を引きずりながら歩きだした。

「あいつ、死んだ?」ジェイが訊いた。

「そんな簡単にはいかないよ」

「どういういみ?」

「死んでないってこと」ダービーはジーンズからラーズの拳銃を出した。ガソリンが引火したとき、アシュリーが建物のなかにいたかどうかはっきりしないけれど、即席の焼夷弾であの男の眉毛が焦げるくらいはしたと思う。でも、死んだかというと、それはない。あいつはまだ死んでいない。だってわたしが殺してないんだから。あいつの気障ったらしい顔に四五口径の弾を撃ちこんだら、ようやく安心できる。それまではだめだ。

「やっつけてくれたと思ったのに」ジェイが言ったとき、紅蓮の炎がうしろで噴きあがり、あたりに煙がもうもうと立ちこめた。月は沈んでいた。周囲の木立は炎に照らされた煙のなかに立つ、ぎざぎざの幽霊のようだ。大きな悪魔は燃えながらも黒い威容を保ち、その渦巻く炎という檻のなかには、骨さえも燃やしつくすほどの灼熱が捕らえられている。

すると今度は、赤々とした火の粉が暗闇からホタルのように舞い降り、ダービーとジェイのまわりの雪を攻撃した。火の粉は着地したとたんしゅっと音をたてて消え、何百という小さな隕石から蒸気があがった。これをよけて走るのは無理だ。

「ジェイ。上着を脱いで」

「どうして?」

「ガソリンがついてるから」ダービーは自分の〝アート・ウォーク〟の文字が入ったフードつきパーカを脱ぎ、雪のなかに投げ捨てた。数秒後、火がついて、キャンプファイアのような青みがかったオレンジ色の炎があがった。

ジェイはそれを見るなり、急いで自分の上着を脱いだ。

「ね? 言ったでしょ」

ふたりのまわりを舞う火の粉が数を増し、風にただようホタルとなって襲ってくるなかを、ダービーはジェイのあとを追って、痛みに耐えながら一歩、また一歩と進んだ。立ちどまるわけにはいかなかった。髪はまだガソリンでぐっしょり濡れている。火の粉がひとつ舞い落ちたら一巻の終わりだし、今夜さんざん戦ってきたのに、火の粉なんかで死にたくはない。

濡れて顔に貼りついた髪の毛を払った。「駐車場に行こう。ブルーに乗れば――」

「ブルーって？」

「わたしの車」

「車に名前をつけてるの？」

「エンジンをかけて寒くないようにしてあげる。それから……」ジェイと一緒に煙った闇を重い足取りで進みながら、ダービーはそこで言葉を濁し、そのあと頭に浮かんだことは言わずにおいた。あんたをブルーの助手席に乗せたら、わたしはアシュリーを探して、顔を撃ってやる。

そして、きっぱりと決着をつける。

ジェイは首をうしろにまわし、燃えさかる炎を気にしながら走っている。炎に包まれたビジターセンターからアシュリーがいつ現われるかと心配なんだろう。「おねえちゃん……おねえちゃんはあいつの弟をころしたんだよね」

「うん、そうだよ」その事実にダービーの心はいまも動揺していた――きょう、わたしはたしかに人を殺した。生身の人間の首にナイフを突き刺し、指の骨と頰骨を折り、喉をかき切った。使い古して刃が欠けてはいても、スイス・アーミーナイフはするりと入り、まるで肉を切っているような感覚だった（実際、あれも肉を切っているうちに入るのだけど）。そして、夜が終わる前に、もうひとり殺さなくてはならない。

ジェイがつぶやいた。「あいつ、弟のことが大好きなんだね」

「大好きだった。過去形よ」

「きっとおねえちゃんのこと、ゆるさないと思う」

「と……」ダービーはむせそうになりながら笑った。

「時すでに遅しよ、ジェイ」

あとひとり。

ビーバスは殺した。残るはバットヘッドのみ。

五十ヤード後方で、大きな悪魔の名のついた建物が、寝返りを打つモンスターのようにうめき、黒焦げになったあばらが燃えさかる炎のなかできしんだり、ぽんと音をたてたりしている。もうもうと立ちのぼる熱い蒸気を受け、解けかけた雪が屋根を滑り落ちた。

そしたら……そしたらようやく落ち着ける。

悪夢の子どもたち――この世の終わりの遊び時間に閉じこめられ、半分食いちぎられた十人ほどの子どもたち――の前まで来たとき、ジェイが足をとめ、坂の下を指さした。「見て。ほら、あれ！」

ダービーも目からラーズの血をぬぐって、見た。

ヘッドライトだ。

ワナパニ・パーキングエリアの進入車線に近づいてくる。巨大で強烈なハイビームが照らすなか、湾曲した銀色のプレートが光を受けた氷の砕片を飛ばしている。コロラド州運輸局の最初の除雪車がようやく到着したのだ。

ジェイは目をこらした。「あれは……あたしたちをたすけにきたの？」

「うん。助けにきたんだよ」

その光景にダービーは外の世界がまだ存在しているとわかり、安堵した。まだちゃんとある。助けの手を差しのべてくれるまともな人たちがいる世界が。しかもありがたいことに、血にまみれた悪夢からあと少しで這い出せるのだ。これで十中八九、ジェイは助かる。十中八九。

膝の力が抜け、ダービーはしゃがみこんだ。泣くと同時に笑っていた。顔はすっかりこわばって、もう、眉の上の傷が屋外看板のようにくっきり浮き出ている。そんなことはどうでもよかった。もう、本当にあとちょっとだ。黄色いヘッドライトが一対のランタンのように、闇のなかをぐんぐん近づいてくる。ゆっくりとしたエンジンの音が聞こえる。「ああ、よかった。神様。ありがとう。神様――」

携帯電話はもうないけれど、そろそろ午前六時になるのはわかっていた。無人のバンで、南京錠のかかった犬用ケージに閉じこめられ、おしっこのにおいをさせていた少女を発見してから九時間。あと一時間で陽がのぼる。

道路作業の人たちは予定より早く出発したんだ。

あるいは、似たようなパーキングエリアに関する謎めいたメールを受けた警察から、特別に指示があったのかも――

「ダービー」ジェイが不安でうわずった声を出し、手首を握ってきた。

「なあに？」

「あいつがいる。あたしたちを追いかけてくる」

午前五時四十四分

「ダァァビィィィ」

やはり、アシュリー・ガーヴァーは追ってきた。息も絶え絶えといった風情の人影が猛火を背景に黒く浮かびあがっている。ネイルガンは左手に持ち替えていた。傷めた右手をわきにはさんでいる。ダービーたちの五十ヤードうしろを、服から煙をたなびかせ、傷めていないほうの手で口もとをぬぐいながら、おぼつかない足取りで追ってくる。

距離がありすぎて、撃つのは無理だ。

ダービーの射撃の腕はまったく当てにならないし、たった一発しかない弾を無駄にするわけにはいかない。そこで、除雪車が威勢のいい音をさせながら近づき、ヘッドライトでまぶしく照らしてくるなか、拳銃を腰のうしろに隠した。

うしろからは人殺しが近づき、第三者の救いの手が前方に見える――どっちに進むか、悩むまでもない。

ジェイが手を引っ張った。「はやく行こう――」

ダービーは気がついた。たしかにある意味……悩むまでもない、と。

「ダービー、行こう。はしらなくちゃ――」

「ううん」

「えっ？」

ダービーは自分の足首を顎で示した。「わたしは足手まといになっちゃう。あんただけ逃げて」

ジェイの目に緊張が走った。「なんで？　そんなのだめ――」

「ジェイ、よく聞いて。わたしはあいつをとめなきゃならない。もうこれ以上は走れない。今夜はずっと、いやになるくらいずっとあいつから逃げてきたから、いいかげんうんざりなの」

ヘッドライトはますますまぶしくなり、煙霧のなかにいく筋もの光を投げかけ、ぎらぎらと光る雪にくっきりとした影を落としている。目に痛いくらいだ。うしろからはアシュリー・ガーヴァーの影がよろよろと近づいてくる――すでに、二十歩程度の距離にまで詰めていた。それでもまだ遠すぎる。ダービーはベレッタをしっかりと握った。

「あんたは逃げて」

「いや」

「逃げなさい」ダービーは煙で喉がひりひりするのを感じながら怒鳴った。「ヘッドライトに向かって走るの。運転手さんにUターンして病院に連れていってと伝えるのよ」

ダービーは少女を前に押しやったが、ジェイは抵抗した。少女は大声でわめいて足を踏ん張り、ダービーの肩を叩こうとしたけれど、それはハグに取って代わられた。ますますまぶしさを増す光のなかで、震えながらきつく抱き合い——

「すぐ戻るから」ダービーは少女の体を揺すりながら、髪の毛に口をつけてささやいた。「あいつを仕留めたら、あんたのもとに駆けつける」

「やくそくだよ」

「約束する、ジェイ——」

「またうそをついたら——」

「指切りしよう」ダービーは言って、ダクトテープをぐるぐる巻きにした右手をあげた。

ジェイは顔をしかめた。「それ、わらえない」

ふたりの頭上をなにかがかすめ、ダービーの髪が何本か引っ張られた。まず頭に浮かんだのは爆弾の破片だったけれど、そうじゃないのはすぐにわかった。釘が、スチール製の発射物が頭皮のそばを回転しながら飛んでいったのだ。アシュリーがふらつく足取りで近づいてきている——けれども、一発しかない弾を使うリスクをおかすには距離がありすぎる。

もう少しだ。

ダービーは少女をヘッドライトの方向に押しやった。「さあ、走って」

ジェイミー・ニッセンは震える足で二歩、雪のなかを進むと、熱い涙を目にいっぱいにためて振り返った。「はずしちゃだめだよ」

「はずさない」ダービーは言った。

それからアシュリーに向きなおった。

絶対にはずさない。

アシュリーはふたりがべつべつの方向に進みはじめたのを見て面食らった——ジェイバードは接近する除雪車に向かって走り、ダービーはこっちに向きなおった。

すでにふたりは二十歩ほど距離が離れている。

握った右手が小石をつめこんだみたいにずきずき痛む。頰と額は陽に灼けたみたいにこわばってひりひりする。唇はひび割れ、切れて血が顎をしたたっている。皮膚と髪の焦げたにおいがぷんぷんし、その強烈なにおいが煙とともに渦を巻きながら立ちのぼっている。〈ノース・フェイス〉のジャケットは背中が無残なまでに溶け、筋状になったものが下に垂れていた。

それなのに彼は死んでいなかった。悪人に休息なし、そうだろ？　そして今夜の彼はとことん邪悪な気分だった。素手で女の首の骨を折り、なんの罪もない男をネイルガンで死にいたらしめた。ドキュメンタリー番組の『フォレンジック・ファイルズ』で放送できそうな内容じゃないか。最後までやりとげるため、爆発する建物の窓から飛び出しながらも、第二度のやけどしか負わなかったのは悪運が強いとしか言いようがない。今度もまた、バターを塗った面が上だった。

ふと見ると、ダービーが足を引きずりながら近づいてくる。安全地帯を示すまぶしい光に背を向けて。逃げられる望みに背を向けて。

　アシュリーに向かってくる。

　彼は喉をつまらせながら笑ったが、動物が吠えているような声にしかならなかった。もしかして……もしかしてあの女も、今夜の半端でない緊張状態のなかで、頭がどうかしたのかもしれない。それは責められない。彼自身も彼女に対して憎悪を燃やせるか自信がなかった——テンションがあがりすぎて、目の前の頑固な女に対する自分の気持ちがよくわからないのだ。しかし、感情はわきに置いて、やはり大切な弟を殺した女にレッドカードを出さなくてはならない。彼はコードレスのネイルガンをダービーに向け、熱い煙に目を細め、もう一度引き金を引いた。

　かちっというううつろな音。

　なんだ？

　アシュリーはもう一度引き金を引いた——またも、かちっという音。パスロードのバッテリー表示ライトが差し迫ったように赤く点滅しているのを見て、彼はぎょっとした。とうとう、その瞬間がやってきてしまった。

「なんだよ、くそっ」

　彼は顔をあげた。ダービーはまだこっちに向かっている。足を引きずってはいるが不気味な様子で、人間とは思えぬほど落ち着き払い、彼だけの死の天使のように近づいてくる。ほかにも気づいたことがあった。なにか手に持っている。腰のうしろにあってアシュリーからはよく見えないが、角張った形をしたものがちらりと見え——ラーズのベレッタだ。

まさか。心がざわついた。そんなはずは——

ジェイは目を細くしてヘッドライトを見つめ、両腕を大きく振った。

除雪車は停止し、大きなタイヤがロックして横滑りし、エアブレーキがけたたましい泣き声をあげた。光がジェイを包み、足もとの雪を昼間よりも明るく煌々と照らした。ジェイはなにも見えなくなった。圧倒するようなふたごの太陽以外はなにも。

彼女は大声で叫んだ——なにを叫んだか、あとで思い出すことはないだろう。

エンジンがしゅっしゅっという音をたてた。除雪車のドアがあいた。運転していたのは自分の父親よりも年上の人で、ひげ面でおなかが出ていて、レッドソックスの帽子をかぶっていた。運転手は飛びおりると、なにか大声で叫びながらジェイに駆け寄った。早くも息を切らしていた。

ジェイも息が切れていて、氷の上に膝からくずおれた。運転手はハイビームを背にした大股の黒い影となって駆け寄った。除雪車のエンジンがまたしゅっしゅっと音をたてた。おばさんが飼ってるジャーマン・シェパードみたいだ。それから運転手はジェイの肩をつかみ、ひげ面を彼女の顔にくっつけてきた。そして、ドクター・ペッパーのにおいをさせながら、矢継ぎ早に質問を浴びせた。

大丈夫かい？

息がひどく苦しくて、しゃべれる状態じゃなかった。

なにがあったんだい？

斜面の上では、燃えさかるビジターセンターの屋根が内側に崩れ、木材がすさまじい音をたてて落ちていくと、さらなるホタルが夜空に解き放たれ、運転手は目を細くしてその様子をながめ、それからジェイに視線を戻し、ざらざらの手で顔をはさんだ。もう大丈夫だ――

ジェイはアシュリーのこと、ダービーのこと、ネイルガンのこと、斜面をのぼってすぐのところで生死をかけた戦いがおこなわれていることを訴えたかった。けれども、言葉はひとつも思い浮かばなかった。考えが少しもまとまらなかった。頭のなかがまたどろどろになっていた。ジェイが泣きだすと、運転手は両腕で抱き締めた。そして世界が粉々になった。

運転手はお祈りを唱えるようにささやいている。もう大丈夫だ。もう大丈夫だ。もう大丈夫――

ダービーは、とジェイは言いたかった。

ダービーはだいじょうぶじゃない――

そのときジェイは見た――点滅する赤と青が木立を照らすのを。一台のパトロールカーが除雪車のうしろにぴったりつけてとまった。除雪車のテールライトの光で、サイドドアに書かれた文字が読めた。

ハイウェイ・パトロール。

アシュリーは死にものぐるいで走った。

ありえない。発砲した数はちゃんと数えた。

ベレッタは弾がないはずだ。

彼は何度も何度も同じ言葉を自分に言い聞かせたが、それでも向きを変え、撃てるものなら撃ってみろとダービーに迫る勇気はなかった。だから、とめたアストロに向かって走っていた。ネイルガン一式が入っていた箱に予備のバッテリーを適当に放りこんだはずだからだ。まずはともかく、ネイルガンに新しいバッテリーを装着し、あらたな展開にどう対処するかを決めよう。

雪の吹きだまりにつまずき、銃声がして背中に弾が撃ちこまれるのではないかと身がまえたが、それはなかった。

アストロにたどり着いた。ロックを解除した。ドアを乱暴にあけた。大急ぎでなかに乗りこみ、助手席の下に手を入れた。ラーズの大切なプラスチックのA‐10サンダーボルトⅡをダッシュボードから払い落とし、パスロードのハードケースをあけた。震える指先でふたつの掛け金をはずした。

ラーズが取っ組み合いのさなかに発砲したのは四発だ。それはまちがいない。一発、二発、三発、四発。それに、サンディのトラックを撃つのに使ったのが五発で、合計九発。ベレッタのシングルカラム・マガジンに入っていたのが八発で、薬室に一発。四五口径の銃弾がなゼダービーの手に転がりこんだのか？　このバンの床で拾ったんだろう。そう言えば、ラーズがフェデラルの箱を逆さにあけて、床に五十発ほどばらまいたことがあったっけ。

ようやくパスロードのケースがあいた。ふたがグローブボックスにいきおいよくぶつかった。

最初に手にしたバッテリーケースは空だったので、べつのを手に取った。テープをはがした。バッテリーをてのひらに出す。パスロードの跳ね上げ式のパネルをひらき、使い終わったバッテリーを抜いた。

そこで身をすくめた。

音は聞こえなかったが、なんとなく気がついた。静電気が流れたみたいに、うなじの毛が逆立った感じがしたのだ。

彼女がうしろにいる。

それもいま。

これ以上ないほどゆっくり振り返ると、思ったとおり、ダービーがいた。

いつの間にか追いついていた彼女が、アストロのあけ放した運転席側のドアの外に立っていた。両手で握ったベレッタ・クーガーをアシュリーに向けている。六カ月前にラーズにプレゼントとして買ってやったその銃が、いまは彼の心臓をねらっている。とてもじゃないが信じられない。六時間前にジップロックの袋で窒息させようとした当の相手が、復讐心に燃えて戻ってくるとは。九本指の、黒い翼の死の天使。弟の血でぐっしょり濡れ、汗ばんだ肌が炎で照り輝いている。

「ジェイをどうするつもりだったの？」ダービーはつめ寄った。「さあ、答えて」

「ええっ？　本気か？」

ダービーは彼の胸から顔へと、ねらいをあげた。「本気」

「わかった」アシュリーは体を起こして助手席にすわり、ネイルガンを背中に隠して見えないようにした。「まあ、なんて言うか……だからさ。まいったな。本当に知りたいの？　たいしたことじゃないんだ。アイダホにおじさんがいてさ、ぼくらはファット・ケニーって呼んでるんだけど、そのおじさんが元気な白人の女の子を連れてきたら一万ドルと、もうけの十パーセントをくれるって言ったんだ。おじさんは州外から来るトラック運転手のために、地下室でちょっとしたサロンみたいなのをやっててね。ほら、一日二十時間も長距離を運転してる連中で、奥さんとは何日も会えなくて……だから……わかるよね。みんな欲求不満を抱えてる」

ダービーは視線をぴくりとも動かさなかった。ベレッタの照準を彼に合わせつづけているうち、例の白い傷痕が眉とひとつになった。湾曲して鎌のような形になった。

「まあ、野蛮な話だし、ぼくの趣味じゃない。けど、どうしても取り戻したいものがあったからさ」アシュリーはひたすらしゃべりながら時間を稼ぎ、右手でこっそりパスロードの予備のバッテリーはどこかとシートの上を探った。見つかったらセットして、このくそ女の顔に十六ペニーの釘をお見舞いしてやる。「うん、あのときはセックスとは関係ないと断言したけど、たしかにうそをついたよ、ダーブズ。もともとは単純な誘拐で終わる予定だったけど、警察の目が一斉にサンディに向けられたもんだから、計画の変更を余儀なくされた。その結果、正真正銘、どこから見ても、百パーセント、セックスがらみになったってわけ。ごめんよ」

体のうしろでは、指先がパスロードのバッテリーに触れ、アシュリーは手探りだけで——あった——それを握った。

「おじさんの名前は？」ダービーは質問した。

「ケニー・ガーヴァー」

「どこに住んでるの？」

「ラスドラム」

「住所」

「ブラック・レイク・ロードの九一二番地」アシュリーは装着するときの音を聞かれぬよう、バッテリーをそっとネイルガンに挿しこんだ。銃を突きつけられているにもかかわらず、思わずにやにや笑いが漏れた。背中でネイルガンを持ち、かまえて発射する準備をした。「というわけで、きみにはまいった。そっちの勝ちだ。降参だよ。警察が来るまで、ふたりでもう一度、サークルタイムでもして——」

「おことわり」ダービーは言って、引き金を引いた。

ぱーん。

午前六時一分

アシュリーは銃声を耳にして身をすくめた。銃声が聞こえたときに生きているとは思っていなかった。自分を仕留めた銃声は聞こえないはずじゃないか。

けれどもこの耳でちゃんと聞いた。

しかも、なんと、自分は死んでいない。

どういうことだ？

ダービーがアストロの運転席のドアのところで、唖然とした顔で体をよろめかせた。ラーズのベレッタをおろし、生々しい恐怖に射貫かれた目でアシュリーを見つめている。そこでようやく、彼女の右の鎖骨の下に目が行った。黒いTシャツに。ぬるぬるした感じの円がしだいに大きくなっている。血だ。

「そいつをおろせ！」

サイドミラーになにか動くものが映り、アシュリーが振り返ると、パークレンジャーだかパトロール警官だか保安官助手だかわからないが、とにかく制帽をかぶりグロックをかまえた人間がアストロのうしろに立ち、片手をテールランプにのせて、息をととのえていた。

男はふたたび大声で命じた。「そいつをおろせ、そこの女」

ダービーは百八十度まわって警官と向かい合い、唇を動かした。必死でしゃべろうとしていた。やがてベレッタ・クーガーを雪のなかに落とし——発砲させぬまま——膝から倒れた。かくして、機知に富んで、向こう気が強く、勇敢なダービー・ソーンは、雪に覆われた駐車場にごみ袋のように倒れこんだ。

アシュリーは口をあんぐりさせた。まさか。

冗談だろ。

こいつはいいや。

「そのまま動くな」警官は命令すると、肩につけた無線機を手にした。「発砲事案発生、発砲事案発生です。10-52——」

アシュリーは助手席で前屈みの姿勢を取りながら、状況を理解しようとした——あの田舎警官は火災に気を取られ、当然の成り行きとして、血まみれで拳銃を振りまわし、無抵抗の被害者を追いまわしてバンに追いつめ、処刑する寸前だったダービーが目に入った。低能のキャプテン・アメリカは発砲せざるをえなかった。彼女を撃つしかなかった。とまあ、そういうことだ。申し分ない。最高に申し分ない。

絶妙のタイミングと純然たる不運。そうとも、ぼくは昔から特別だった。超自然的な力がここでも作用してくれた。正真正銘の魔術師はかくして逮捕をまぬがれた。

警官は銃をかまえたまま近づくと、ベレッタをダービーから遠ざけるように蹴り、手錠をかけようと彼女の両手をうしろにまわした。扱いは乱暴で、両肘を上に引っ張りあげて鶏の手羽みたいな形にしたが、雪に流れ出る血の量を見れば、彼女がすでに死神とランチデートをしているのは一目瞭然だった。手錠が金属的なかちっという音をたててひらき、炎に照らされ、刺繍された警官の名前が読み取れた。ロン・ヒル伍長。

警官が顔をあげた。「すみません、手をあげてもらえますか——」

「ええ」アシュリーはネイルガンを持ちあげた。

ぷしゅっ、ぷしゅっ。

第五部　夜明け

午前六時十五分

　アシュリー・ガーヴァーはビング・クロスビーの「ホワイト・クリスマス」を口笛で吹きながら、ヒル伍長のグロック17、あざやかな黄色をしたテーザー銃、かっこいい振り出し式特殊警棒を頂戴した。札入れの中身も確認し、二十ドル札二枚と十ドル札一枚をポケットに入れながら、この警官の女房はどう見てもヌーそっくりだな、などと心のなかでつぶやいた。

　ハイウェイ・パトロールの警官は倒れながら反射的に発砲したため、アシュリーのうしろの助手席側のウィンドウを粉々にし、アストロの天井に穴をあけ、最後の数発は空に向けて飛んでいった。そのうちの一発がアシュリーの顔をかすめたらしい。頬が切れてひりひりする。もしかしたら、やけどした肌が高山の空気でひび割れただけかもしれない。

　いずれにせよ、なんたる幸運。さすが、バターを塗った面が上になる男だ。

　アシュリーは次に除雪車の運転手を殺すと決めた。あの背の高いディーゼル車は、パーキングエリアの駐車場を封じるふたのような存在だ。そのあと、見事な運転さばきでアストロを駆って、ヒル伍長の応援が到着する前にコロラドとはおさらばする。

もっとも——ふん、かかってくるならかかってこい。

アシュリー様が全部片づけてやる。

炎上して崩れ落ちるワナパニ・ビジターセンターを背に、細長い駐車場を進み、アイドリングしている除雪車のヘッドライトに近づいていった。そろそろ太陽が地平線上に顔を出すころなのだろう、空がピューター色に、明るい灰色に変わりはじめるなか、アシュリーは警官から奪ったグロックに残っている弾の数を確認した。マガジンの裏には小さな数字が彫ってあり、弾の残りが目で見て簡単にわかるようになっている。少なくとも九発残っている。それにヒル伍長のベルトから失敬した弾が満タンの予備のマガジンもある。それも念のために持った。

除雪車のまぶしいほどのヘッドライトの前まで来ると、目の上に手をかざした。グロックをジャケットのポケットに隠すと、ぴったりおさまった。除雪車のフロントガラスの向こうは見通せない——暗すぎる——が、オレンジ色の運転席側のドアは半びらきのままになっている。コロラド州運輸局を示すCDOTの文字が側面にステンシルされていた。

「おおい！」彼は大声を出した。「もう大丈夫だ」

静寂。

彼は唇をなめた。「ヒル伍長が……ヒル伍長からの伝言で、現場は安全が確保され、事態は収拾したとのことだ。誘拐犯は射殺された。そこで、無線でほかの除雪車に伝えてほしいそうだ」

　またも長い静寂。

　さんざん待ったのち、ドアがきしみながらあき、貧相な顔が現われ、フットレールに立った。

「連絡はもう入れたよ。そしたら――」

　アシュリーはグロックのねらいをさだめた。ぱーん。

　ウィンドウが割れた。あとちょっとのところではずしたが、男は除雪車から落ち、尻を雪でしたたかに打った。レッドソックスの帽子がひらひらと飛んだ。

　アシュリーは手をかざしながら、ヘッドライトをまわりこんだ。

　運転手はガラスの破片を押しつぶしながら腹這いになると、大急ぎで立ちあがり、半びらきのドアに手をのばして、なかに逃げこもうとした――ぱーん――が、アシュリーの一発で腕に穴があいた。運転手はしわがれた悲鳴をあげた。

　アシュリーはてのひらでドアを押して閉めた。「運転手さん、なんでもないって」

「殺さんでくれ」運転手は手首をきつく握り、片方の肘だけで横に這って逃げようとした。指のあいだから漏れる熱い血が雪にしたたり、赤い跡が点々とつく。「頼むよ、頼むから殺さんでくれ――」

　アシュリーは運転手を追った。「殺したりしないって」

「頼む、頼むからやめてくれ――」

「とまれって。なんでもないから。殺さないよ」アシュリーは男のぶよっとした背中に足を乗せて、動きを封じた。「暴れないでくれよ、運転手さん。なんでもないんだから。本当だって」彼はそう言いながら、グロック17を運転手のうなじに押しつけた。引き金を絞ろうとした……が手をとめた。

またも気配を感じた。例の妙な感覚を。

うしろに誰かいる。

今度はなんだ？

ぼろぼろになったダービー・ソーンの幽霊が血の復讐を果たしに現われたのかと思いながら振り返った――が、うしろにいた人物はもっと背が低くて小さかった。ジェイだった。赤いポケボールのシャツを着た人畜無害なジェイバードが、あらたな殺害現場を目撃する寸前だったのだ。正直言って、この子のことはすっかり忘れていた。でも、そうか、ラーズは計画から消えたけれど、この子をファット・ケニーに届けて、けっこうな金をもらおうじゃないか。

ジェイはなにか持っていた。

最初、サンディの催涙スプレーかと思った。

けれども七歳児がそれを持ちあげると――火明かりを受けてきらりと光る――催涙スプレーどころの騒ぎではないとわかり、アシュリーは愕然とした。ラーズのベレッタだった。知らない間にダービーの死体のそばの赤く染まった雪のなかから拾いあげたのだろう。それがいま、ジェイバードの震える小さな手のなかにある。

銃口をアシュリーに向けて。

これで二度めだ。

彼はうめいた。「おいおい、冗談はよせ――」

ぱーん。

午前六時二十二分

アシュリー・ガーヴァーはこのときもびくりとした。そして、このときも、聞くとは思っていなかった銃声に反応して鼓膜がじんじんいった。

目をあけた。ジェイは恐怖に目を大きくひらき、あいかわらず除雪車のそばに立っている。彼女の白い手に握られたベレッタは、スライドが後退した状態でロックされている。濁った色の硝煙がヘッドライトのなかで渦を巻いている。燃焼した火薬の焦げくさいにおいがただよう。

はずしたのか。

いちおう確認のため、腹部と胸部を叩いた。出血もなければ、痛みもない。上半身も下半身もなんともなかった。

やっぱりだ、とアシュリーは思った。三フィートしか離れてないのに、ジェイバードははずした。

少女の顎が小刻みに震えた。彼女はセミオートマチック拳銃のねらいをふたたびさだめ、もう一度撃とうとしたが、引き金はすかすかになっていた。かちりという音すらしない。弾切れだ。ダービーがどこであの奇跡の一発を見つけたのか知らないが、もうどうでもいい。弾はアシュリーを傷つけることなく耳のわきを飛んでいき、凍てついたモミの林のどこかに落ちたのだから。彼女たちの最後の希望は消え去り、アシュリーはまだ生きている。

ぼくって不死身なのかな？

まったく、不謹慎ながら笑ってしまう。

火の玉によって窓から投げ出されたけれど、軽いやけどだけですんだ。到着した警官が、ぎりぎりのタイミングで奇跡的にもまちがった人間を撃ち殺してくれた。そして今度はこれだ！　ジェイバードは至近距離で銃を向けながら、それでもはずした。ぼくのトーストはまたもやバターがついた面が上になって落ちた。ほとんど勝ち目がなかったのに！

アシュリーはどす黒い笑いがこみあげてくるのを必死で押しとどめた。生まれてからこの方、彼はずっと寛大なる未知の力によって、降り注ぐ結果から守られてきた。生まれたときからルックスと、ラーズが授かることはなかった他人の弱みにつけこむ狡猾さに恵まれていた。父親がアルツハイマーで自分が誰かもわからなくなる直前に〈フォックス・コントラクティング〉の経営をまかされたのもそうだ。チンクス・ドロップで絶望的なほど奥深くにはまりこんだときでさえ、まったくの偶然によって救出されたし、親指の骨だって、医者の見立てに反して完璧につながった――そうとも、その子はどえらい魔術師に成長し、でかいことをなしとげる運命にあるのはまちがいない。

でかいってどのくらい？

そうだな、いつか大統領になるかもしれない。

こらえきれずに笑った――しかし、おかしなことに、笑った声が聞こえなかった。耳鳴りがするだけだ。よくよく考えてみれば、顔の筋肉が動いているようにも思えない。

「よく撃てたな、ジェイバード」彼は言おうとした。

なんの音もしなかった。

ジェイはベレッタをおろした。異様なほど落ち着いた顔で、あいかわらず青い目でアシュリーをじっと見つめている。その目に怯えの色はなく――いまはまったく――好奇心に満ちている。

どういうことだ？

アシュリーはもう一度しゃべろうとし、今度はゆっくりと、慎重に発音した。「よく撃てたな、ジェイバード」聞こえてきたのは唇に局所麻酔をされたみたいに、呂律のまわらないうめきのような一音節だけだ。自分の声だった――たしかに自分の肺と気道から出てきた――けれども、自分ではない、口がよくまわらない誰かが話しているようにしか聞こえなかった。こんな背筋も凍るような感覚ははじめてだ。

やがて目の焦点が合わなくなった。

ジェイの姿がぼやけて二重になった。今度はふたりのジェイバードが見つめている。そのふたりが、彼の命を奪ったおそろいの拳銃を下に置いた。

生温かく湿ったものが顔を伝い落ち、頬をくすぐった。燃えた羽毛のような、濃密で不快なにおいが脳の底に届いた。アシュリーは無性に腹がたって、怒りに全身を震わせ、なにか言おうと、ジェイをあしざまにののしろうと、レッドカードをあたえてやると脅そうとし、警官から奪った武器をかまえて、彼女の口を永遠に閉じてやろうとしたが、すでにそれは手から落ちていた。しかも実におそろしいことに、それがなんという名前だったか思い出せなかった。たしか……たしか、最後が〝ック〟だったような。ポック？　ドック？　石入り(ロック・イン・ア)靴下(ソック)？　すべてがぼんやりとして、言葉が枯れ葉のようにしおれて落ちていく。がむしゃらに手をのばして、なにかひとつでもつかもうとするものの、手にできたのはたったひとこと——

「助けて——」

なにを言っているのかわからない、うめき声しか出なかった。

やがて、まわりの景色が逆になって、明けてきた空が沈み、アシュリーはうしろざまに倒れ、背中から雪の上に落ちた。銃は右のほうにあるけれど、もう体の自由がきかなくて手をのばせそうにない。倒れたことすら認識していなかった。千々に乱れる頭のなかでは、アシュリー・ガーヴァーはまだ宙に浮いていて、なすすべもなく、ひたすら落ちていく途中だった。

「ダービー、おわったよ」

彼女もまた落ちていきつつあったけれど、聞こえてきた少女の声に引きとめられた。細いつなぎひものように、この世にとどめてくれた。目やにでつぶれた目をあけると、灰色の大空を背景に、かがんでいるジェイの影が見えた。「ダービー、やったよ。じゅうをひろって、アシュリーがまたひとりころそうとしたから、あたしがうった」

ダービーは干からびた唇を懸命に動かした。「えらかったね」

「顔をうった」

「すごい」

「おねえちゃんも……おねえちゃんもうたれてる」

「うん、わかってる」

「だいじょうぶ?」

「そうでもない」

ジェイバードは身を乗り出して抱き締めた。髪の毛がダービーの顔をくすぐった。ダービーは息をしようとしたけれど、あばらがなぜか妙にきつく感じる。誰かが胸の上に乗って、肺をつぶそうとしているみたいだ。

息を吸って、と母の言葉が聞こえた。

うん。

そしたら五まで数えて。息を吐いて——

「ダービー」少女が揺さぶってくる。「だめ」

「うん? ちゃんとここにいるじゃない」

「いま、目をつぶろうとした」

「大丈夫よ」

「だめだってば。やくそくして。ぜったいに目をつぶらないってやくそくして」

「うん、わかった」ダービーはダクトテープを巻いた右手をあげた。「指切りしよう」

「それ、わらえないから。おねがい、ダービー」

懸命に努力したけれど、それでもまぶたがおりてきて、闇へと引っ張られそうになるのが自分でもわかる。「ジェイ、教えて。あんたがいちばん好きな恐竜の名前はなんだっけ？」

「もうおしえてあげたじゃない」

「もう一度、お願い」

「どうして？」

「とにかく聞きたいの」

ジェイはおずおずと答えた。「エウストレプトスポンディルス」

「それって……」ダービーは弱々しい笑い声をあげた。「それって、すごく間抜けな恐竜って感じがするよ、ジェイ」

少女は涙をこらえてほほえんだ。「スペルもわかんないくせに」

どうしてかわからないけれど、このごつごつした氷の一角は、これまで横になったどんな羽毛入りマットレスよりも心地がよかった。ここだと、傷ついた体の隅々までが癒やされる感じがする。安らかな眠りにつくような。そしてまたも、まぶたが落ちてくるのがわかった。

もう胸の痛みは感じず、重みがどんどん増してくる鈍い感覚があるだけだ。

ジェイがささやいた。

「いま、なんて？」

「ありがとうって言ったの」

その言葉にダービーはほんの少しぞくりとし、うまく言葉では言い表わせない感情で胃がきゅっとなった。ジェイになにを言えば、どう返事をしたらいいのかわからない——どういたしまして、とか？　でも、もしも選ばなくてはならない状況になったら、また同じことをするということだけはわかっている。今夜とまったく同じことを。すべての痛みを耐え、あらゆる犠牲を払う。子どもを食い物にする輩（やから）から七歳児を救うのが死ぬに値しないなら、なにが値するっていうの？

そしていま、雪のなかで血を流し、州の金で建てたワナパニ・ビジターセンターが燃えて黒い骨組だけになるのを見ながら、ダービーも落ちていきつつあった。深くて心地のいい安らぎへと。もう少しだ。本当にあと少しのところまで来ている。意識を失う前に、最後にひとつ、急いでやるべきことがあった。「ジェイ？　最後にひとつお願い。わたしの右のポケットに手を入れてちょうだい。青いペンが入ってるから」

少しの間。「うん」

「それを左手に持たせて」

「どうして？」

「いいからそうして。お願い。そしたら、除雪車のところまで戻って。運転手さんにUターンして、いますぐ病院に連れていってと頼むの。緊急事態で、発作が起こる前にステロイドの注射をしなくちゃいけないからって――」

「おねえちゃんもいっしょにくるんでしょ？」

「ううん。わたしはこのままここにいる。眠らないと」

「いやだ。いっしょに行こう――」

「無理よ」つなぎひもが切れ、ダービーはまた何階分もの真っ暗な床を落ちはじめ、頭の奥へと滑りこみ、いまはプロヴォに、調子のよくない配管とポップコーン・シーリングの子ども時代の自宅に戻って、母の腕に抱かれていた。悪夢は追い払われた。母の思いやりのこもった声が耳にささやく。ほらね？　もう大丈夫よ、ダービー。悪い夢を見ただけよ。

それも、もうおしまい――

「ねえってば」ジェイが遠くでささやいた。「いっしょに行こう――」

息を吸って。五まで数えて。息を吐いて。

わかった。

簡単でしょ。何度もつづけてごらん。

ぼんやりしていく頭で、アシュリーが最後に放った言葉を思い出すと、右の袖をまくりあげ、青ペンのキャップをはずし、手首に左手で書いた。素肌に直接、インクが少なくてかすれたペンで、すべて大文字で書いた。

ケニー・ガーヴァー。

アイダホ州ラスドラム
ブラック・レイク・ロード九一二番地。

さあ、これで本当にすべて終わった。ジェイは助かり、アシュリーのぞっとする計画は完全に潰え、白日のもとにさらされた。ようやく満足すると、持っていたペンから手を離した。警察は雪のなかで凍てついたこの体を見つけ、最後に残したメッセージを読むだろう。蹴破るべきドアははるか遠いアイダホにある。

ママがついてるわよ、ダービー。

うん。

怖がらなくていいのよ。脚の長い幽霊は本物じゃないから。母は彼女をさらに強く、ありえないほど強く抱き締め、完璧な瞬間につなぎとめてくれ、そして恐怖はようやく去った。

悪い夢を見ただけだし、それももう終わった。もう大丈夫よ。それにね……ダービー?

なあに？

えらかったわね。

電子メールの下書（未送信）
二〇一七年十二月二十四日　午後五時三十一分
宛先：amagicman13@gmail.com
送信者：Fat_Kenny1964@outlook.com

　返信が遅れてすまない、アシュリー。こっちにも猛吹雪が接近してたもんでね。ご近所さんの納屋がとうとう崩れ落ちて、馬たちが暴れてるよ。風景が完全に変わっちまった。で、おまえのメールの件だが、もちろん、やろう。前金で一万プラスもうけの十パーセントの分け前をやる。ここしばらくご無沙汰だったが、隠れ家の準備はできてるし、こういうことに興味のある男ふたりに声をかけた。ミルウォーキーのやつとポートランドのやつだ。

　おまえが手に入れるっていう薬があれば、当分は持つんだろうな？　病気なのはかまわんが、ゲーゲーやられちゃたまらんぞ。

　スクールバスの女運転手はきれいに片づけてくれよ。いまごろはボーズマンあたりまで来てるだろうから、ここに着くのはクリスマスの翌日か？　安全第一でいけ。それとラーズをちゃんと見てやってくれよな。大きな道路は避けろよ。

それじゃ、また。いま、玄関をノックする音が――

エピローグ

二月八日
ユタ州プロヴォ

ジェイはダービーの名字に発音しない〝e〟の字が入っていることを、墓石に彫られた文字を見るまで知らなかった。その下には死んだ日が刻まれている。十二月二十四日。

クリスマスの一日前。

元日の七日前。

いまから四十六日前。

ダービーの故郷を両親と訪れ、解けかけた雪にところどころ覆われた山腹の墓地に出向いたのは、父親が行こうと言いだしたからだ。最初はもっと早く、一月の訪問を希望していたけれど、ジェイの副腎の状態が悪化して二度も発作を起こしたため、しばらくはベッドから起きあがれず、要観察になってしまった。ようやく、先週になって長時間移動ができるほど体調が回復した。その間ずっと、父親はこう言いつづけていた。またダービー・ソーンに会いにいかないとな。小切手を切った程度じゃ返せないくらいの借りがあの人にはあるんだから。

「そこがそう?」父が訊いてきた。ジェイよりも数歩下にいて、ようやく追いついてきたところだ。

「うん」

コロラドのハイウェイでの一件後の日々は、いやになるほどぼんやりとしか思い出せないけれど、いくつかの瞬間がジェイの記憶に引っかかっている。点滴の針が痛かったこと。ヘリコプターの回転翼の音がものすごかったこと。聖ジョセフ病院のヘリパッドに降ろされたとき、関係者が輪になって拍手で迎えてくれたこと。薬で頭が妙にぼやけていたこと。父と母が夢のなかみたいなゆっくりとした動きで廊下を駆けてきたこと。指をからめるようにして手を握り合う両親など、いままで見たことがなかった。声をつまらせながらしゃべるのもはじめて聞いた。そして、ぎしぎしいうベッドのうえで三人で抱き合ったこと。涙のしょっぱさ。

それにカメラ。ふわふわの毛がついたマイク。手帳と事務用紙を手にした捜査官はやさしく質問したり、目配せし合ったりしていた。ジャーナリストとの電話インタビューでは、相手のアクセントがとてもわかりづらかった。船のマストみたいなアンテナを立てた報道陣のトラックが外にたくさんとまっていた。死者の話をするときには誰もが敬意と恐れをこめて声をひそめた。たとえば気の毒なエド・シェファー。不幸にも一瞬の判断ミスをおかしたために犠牲となったハイウェイ・パトロールのロン・ヒル伍長。

そしてダービー・ソーン。

すべての発端となった人物。いてもたってもいられない性分でうるんだ目をした、ボールダーの無名の大学に通う美大生。おんぼろのホンダ・シビックを駆ってロッキー山脈を越える途中、他人のバンに子どもが閉じこめられている現場に遭遇し、その子を救おうと英雄的な行動を取った人物。

しかも、圧倒的に不利な状況下で、救出に成功した。

ダービーがあのパーキングエリアにたどり着いたのには理由があったのよ、とジェイの母は聖ジョセフ病院で言った。ときどき神様は必要とされる人を必要とされる場所に導くことがあるの。

本人の知らないうちに。

強い風が墓地を吹き抜け、背の高い墓石のあいだをめぐり、ジェイはぶるっと体を震わせた。そこへ母が追いつき、サングラスをあげて三人で一緒に、黒いクレヨンでくっきりと写し取られた文字を読んだ。「彼女……すてきな名前だったのね」

「うん。そうだね」

陽光が雲の合間から射し、ほんの短いあいだだけれど、ジェイは肌が温まるのを感じた。

カーテンのような陽射しが墓地全体を包み、花崗岩と霜のおりた芝生に降り注いだ。陽射しは身を切るような寒さに追いたてられてあっという間にいなくなり、ジェイの父はコートのポケットに手を入れた。しばらく三人はなにも言わず、墓石の文字を紙に写し取るクレヨンのさらさらいう音を聞いていた。

「気の済むまでやっていいんだよ」父は言った。

けれども拓本をとる作業はほぼ終わっていた。スコッチテープが墓石から一度に一カ所ずつはがされた。そして紙がどけられると、彫られた名前が現われた。マヤ・ベランジュ・ソーン。

「どういういみだったの？」ジェイは訊いた。「お母さんとはおたがいに好きだったのってきいたとき、おねえちゃんは〝いろいろこみいってるの〟って答えたけど」

ダービーはブッチャーペーパーを丸めてボール紙の筒に入れると、母の墓から立ちあがり、ジェイの肩をぎゅっとつかんだ。

「もういいの」彼女は言った。「あれはわたしの勘違い」

訳者あとがき

雪に閉ざされたひなびたパーキングエリア。天候回復を待つ男女四人。このなかに少女誘拐犯がいる。携帯電話の電波は届かず、警察に緊急通報することもできない。

本書、テイラー・アダムスの『パーキングエリア』は、そんな極限状態のなか、ひとりの女子大生が少女救出のために孤独で壮絶な戦いを繰りひろげる、ノンストップサスペンスだ。

クリスマスイブ前日の夕刻。コロラド大学ボールダー校で美術を学ぶダービー・ソーンは、ブルーと名づけた愛車ホンダ・シビックで故郷のユタ州プロヴォに向け、高速道路を走っていた。天気は大荒れで、この時期としてはめずらしいほどの大雪に見舞われ、道路の両側には壁かと思うほど雪が積もっている。左のワイパーが雪の重みに耐えかねてひしゃげてしまうが、応急処置を施したくても、怖くて車をとめることすらできない。カーラジオからはビング・クロスビーが情感たっぷりに歌う「ホワイト・クリスマス」が流れてくる。

故郷に向かっているのは家族とともにクリスマスを祝うためではなく、母が膵臓ガンの手術を受けるという知らせを受けたからだ。しかし、ひしゃげていたワイパーがとうとう風で飛ばされて視界がきかなくなり、チェーンを巻いていないタイヤでこれ以上進むのはもう無理と思った矢先、前方にパーキングエリアの表示が見えた。ここで雪がおさまり、道路が通れる状態になるのを待つしかない。それが悪夢のような一夜の始まりだった。

ダービーは、駐車場にとまっている車のうち一台のバンに、七、八歳とおぼしき少女が檻のなかに閉じこめられているのを発見する。パーキングエリアの先客は四人。学生で自分と同年代と思われる若い男、初老の男女、そしてイタチのような顔をした、いかにもあやしげな男。このうちの誰かが誘拐犯なのはまちがいない。だが、いったい誰が……?

冒頭からただよう不穏な雰囲気。ダービーと犯人との緊迫した心理戦。後半のバイオレンスな展開。緩急を使い分けた筆致で読者を物語の世界に引きずりこんで離さない、一気読み必至のノンストップサスペンスだ。アメリカのアマゾンには現時点で四千近くものレビューが書きこまれ、八割を超す読者が四つ以上の星をつけ、平均は星五つ中の四・五。レビューには、こういうサスペンスが読みたかった、まさに巻を措くあたわず、最初から最後までのめりこむように読んだ、など高評価が並んでいる。

一般読者のみならず、作家からも好評をもって迎えられている。たとえば、『ウーマン・イン・ザ・ウィンドウ』のA・J・フィンは〝ダークでスピード感にあふれたエンジン全開のスリラー〟と評し、『ハートシェイプト・ボックス』や『ファイアマン』のジョー・ヒルは〝熟練の職人技で仕掛けられたダイナマイトのように、ひねりが次々に炸裂し、一瞬たりとも緊張感が途切れることがない〟と絶賛、『さよならを告げた夜』や『夜を希う』のマイクル・コリータは〝ティラー・アダムスはサスペンスの達人だ。次の作品がいまから待ち遠しい〟と書いている。

主人公のダービーは必ずしも、なんでも率先して行動するリーダー的存在ではないし(むしろ逆)、出来の悪い娘を自認し、よくできた姉と自分をくらべ劣等感にさいなまれている。母とのあいだに確執があり、クリスマスの休暇も、本当は実家に帰るつもりなどなかったくらいだ。ある意味、どこにでもいる等身大の女子大生の彼女が、孤立無援のなか、なんとかしなくてはという一念で、少女の救出に、文字どおり命を懸ける。もっとうまくやる方法もあっただろう。こんな危険をおかさなくても少女は救出できたかもしれない。本人も、ああすればよかった、こうしたほうがよかったのでは、となかば後悔しつつも、とにかく前へ前へと進んでいく。その無謀ともいえる行動がかえって共感を呼ぶ。誰もがダービーの無事を祈りながらページを繰ることだろう。

原題は〝No Exit〟で、直訳すれば〝出口なし〟ということだが、主人公ダービーが置かれた八方塞がりの状況を表わしている。著者のアダムスによれば、もともとは〝No Rest〟というタイトルをつけていたとのこと。こちらは〝休みなし〟という意味になるが、休憩する施設であるパーキングエリアで休憩(レスト)どころではない騒動に巻きこまれたことを表わすと同時に、本文中にも出てくる〝悪人に休息なし〟という言いまわしにかけているのだろう。詩的で奥の深いタイトルではあるが、これだとこの小説の持つ緊迫感が伝わらないということで変更したそうだ。

また、パーキングエリアを舞台にするアイデアは、かつて、シアトルとスポーケーンを車で行き来していたときに思いついたものだという。ひっそりとした夜のパーキングエリアを見ながら、その怖くて不気味な雰囲気がサスペンス小説の舞台に使えるとひらめいたのだとか。パーキングエリアは利用した経験のある人が多く、夜のひっそりとした雰囲気がもたらす恐怖感を喚起しやすいというのがその理由だが、そのねらいは当たったようだ。

さて、日本では初紹介となるテイラー・アダムスだが、インタビュー記事の記述から類推すると、現在は三十二、三歳らしい。イースタン・ワシントン大学を卒業したのち、映画やテレビの仕事をしていたようだ。最近のインタビューによれば、現在はシアトルのテレビ局で営業マネージャーとして働きつつ、執筆もつづけているとのこと。朝五時からの二時間と、行き帰りの計二時間の通勤電車内で執筆するというスタイルが合っているそうだ。

影響を受けた作家はスコット・スミス（『シンプル・プラン』など）、スティーヴン・ハンター（『極大射程』など）、そしてスティーヴン・キング（代表作は数知れず）。そう言われてみれば、本書『パーキングエリア』は、この三人の影響が色濃く出ているように思う。また、映像向きという点でもよく似ている。そう、本書はすでに20世紀フォックス（現・20世紀スタジオ）が映像化のオプション権を獲得している。プロデューサーは『アウト・オブ・サイト』や、最近では『LOGAN／ローガン』の脚本で知られるスコット・フランク。監督は二〇一六年に『キリング・グラウンド』でデビューしたオーストラリア人のダミアン・パワーだ。『キリング・グラウンド』はキャンプに訪れたカップルが人間狩りの標的にされるという、バイオレンスホラーだとか。『パーキングエリア』の映像化にぴったりの人選だなと思うものの、その手のジャンルの映画が苦手な訳者は、映像化されても薄目で見ることになりそうで、いまからびくびくしている。ちなみに、『キリング・グラウンド』はテイラー・アダムスのお気に入り映画のひとつで、超がつくほどお勧めだそう。

ところで本作はアダムスの長篇三作めにあたる。二〇一四年の *Eyeshot* はアメリカ南西部にひろがるモハーヴェ砂漠を車で移動中、突然、スナイパーにねらわれ、必死に逃げる男女の物語。二〇一五年の *Our Last Night* はゴーストハンターを主人公とし、呪われたライフルやタイムトラベルが登場するスーパーナチュラルなジェットコースター小説だ。四作めについては現在、構想を練っているところだそうで、『パーキングエリア』に似ている部分もあるけれど、基本的にはまったくちがう話になるとのこと。いつごろの刊行なのかといった具体的な内容についてはなにもわかっていないが、楽しみに待ちたい。

二〇二〇年四月

地下道の少女

アンデシュ・ルースルンド
& ベリエ・ヘルストレム
ヘレンハルメ美穂［訳］

Flickan under gatan
Anders Roslund & Börge Hellström

早川書房

地下道の少女

Flickan under gatan

アンデシュ・ルースルンド&ベリエ・ヘルストレム
ヘレンハルメ美穂訳

真冬のストックホルム。バスに乗せられた子ども四十三人が警察本部の近くで置き去りにされる事件が発生した。さらに病院の地下通路で、顔の肉を抉られた女性の死体が発見される。グレーンス警部らはふたつの事件を追い始めるが……。地下道での生活を強いられる人々の悲劇を鮮烈に描いた衝撃作。解説／川出正樹

ハヤカワ文庫

I Q

ジョー・イデ
熊谷千寿訳

IQ

〔アンソニー賞／シェイマス賞／マカヴィティ賞受賞作〕LAに住む青年〝IQ〟は無認可の探偵。ある事情で大金が必要になり、腐れ縁のドッドソンから仕事を引き受ける。それは著名ラッパーの命を狙う「巨犬遣いの殺し屋」を見つけ出せという奇妙な依頼だった！　ミステリ賞を数多く獲得した鮮烈なデビュー作

ハヤカワ文庫

ＩＱ ２

Righteous

ジョー・イデ
熊谷千寿訳

亡き兄の恋人だった女性に依頼され、高利貸しに追われるＤＪジャニーンを助けることになった探偵〝ＩＱ〟。腐れ縁の相棒とともにジャニーンが住むラスベガスに向かうが、事態は深刻だった。中国系ギャングの情報を盗んで売ろうとした彼女は、今や極悪な犯罪者たちに狙われていたのだ！〈ＩＱ〉シリーズ第二弾

ハヤカワ文庫

ホッグ連続殺人

The HOG Murders

ウィリアム・L・デアンドリア
真崎義博訳

雪に閉ざされた町は、殺人鬼の凶行に震え上がった。彼は被害者を選ばない。手口も選ばない。どんな状況でも確実に獲物をとらえ、事故や自殺を偽装した上で声明文をよこす。署名はＨＯＧ――この難事件に、天才犯罪研究家ベネデッティ教授が挑む！　アメリカ探偵作家クラブ賞に輝く傑作本格推理。解説／福井健太

2分間ミステリ

Two-Minute Mysteries

ドナルド・J・ソボル
武藤崇恵訳

銀行強盗を追う保安官が拾ったヒッチハイカーの正体とは？　屋根裏部屋で起きた、首吊り自殺の真相は？　一攫千金の儲け話の真偽は？　制限時間は2分間、きみも名探偵ハレジアン博士の頭脳に挑戦！　事件を先に解決するのはきみか、博士か？　いつでも、どこでも、どこからでも楽しめる面白推理クイズ集第一弾

ハヤカワ文庫

訳者略歴　上智大学卒，英米文学翻訳家　訳書『川は静かに流れ』『ラスト・チャイルド』『アイアン・ハウス』『終わりなき道』ハート，『逃亡のガルヴェストン』ピゾラット（以上早川書房刊）他多数

HM=Hayakawa Mystery
SF=Science Fiction
JA=Japanese Author
NV=Novel
NF=Nonfiction
FT=Fantasy

パーキングエリア

〈HM⑷⑺⑼-1〉

二〇二〇年六月二十日　印刷
二〇二〇年六月二十五日　発行

（定価はカバーに表示してあります）

著者　テイラー・アダムス
訳者　東野（ひがしの）さやか
発行者　早川浩
発行所　株式会社早川書房
郵便番号　一〇一 - 〇〇四六
東京都千代田区神田多町二ノ二
電話　〇三 - 三二五二 - 三一一一
振替　〇〇一六〇 - 三 - 四七七九九
https://www.hayakawa-online.co.jp

乱丁・落丁本は小社制作部宛お送り下さい。
送料小社負担にてお取りかえいたします。

印刷・株式会社亨有堂印刷所　製本・株式会社明光社
Printed and bound in Japan
ISBN978-4-15-184151-4 C0197

本書は活字が大きく読みやすい〈トールサイズ〉です。